D1137644

Présence du futur/94

Une collection d'*inédits* au format de poche

Seconde Fondation

ISAAC ASIMOV

Seconde fondation

*roman traduit de l'anglais
par Pierre Billon*

DENOËL

Titre original :

SECOND FOUNDATION

PREMIÈRE PARTIE

BAIL CHANNIS

I

LE MULET : ... *C'est après la chute de la Première Fondation que prirent forme les aspects constructifs du régime du Mulet. L'effondrement définitif du Premier Empire Galactique consommé, ce fut lui qui, le premier, se présenta devant l'Histoire avec un domaine unifié, de proportions véritablement impériales. Le défunt empire commercial de la Fondation déchue se composait de ramifications excentriques, dont la toile était lâchement tissée malgré cette doublure impalpable que constituaient les prédictions de la psychohistoire. Rien de comparable avec cette « Union des Mondes », étroitement soumise à la férule du Mulet, comprenant le dixième du volume de la Galaxie et le quinzième de sa population. Particulièrement durant l'ère de ce qu'on dénomma la Recherche...*

ENCYCLOPEDIA GALACTICA.

Il y aurait bien d'autres choses à dire sur le Mulet et son Empire que ne le fait l'Encyclopédie, mais la plupart s'écartent des préoccupations qu'elle s'est tracées. Le but principal de l'article est d'étudier les conditions économiques qui provoquèrent l'ascension du « Premier Citoyen de l'Union » — titre officiel du Mulet — et les conséquences économiques découlant de cet événement.

Si, à quelque moment, l'auteur de l'article éprouve une légère surprise devant l'extraordinaire rapidité de l'ascension du Mulet, depuis la totale insignifiance jusqu'à la puissance suprême sur de vastes dominions — et cela en l'espace de cinq ans — il n'en laisse rien paraître. Et si le coup d'arrêt soudain donné au mouvement d'expansion, au bénéfice d'une consolidation quinquennale du territoire, lui cause une nouvelle surprise, il se garde de la manifester.

C'est pourquoi, abandonnant l'Encyclopédie, nous poursuivons nos objectifs propres, en suivant le chemin de notre choix, et nous reprenons l'histoire du Grand Interrègne — entre les Premier et Second Empires Galactiques — à l'issue de ces cinq années de consolidation.

Du point de vue politique, le calme règne dans l'Union. Sur le plan économique, elle est prospère. Rares sont ceux qui se soucieraient d'échanger la paix dont ils jouissent, sous la poigne de fer du Mulet, contre le chaos antérieur. Dans les mondes qui avaient connu la Fondation cinq ans auparavant, traînait peut-être encore un regret nostalgique, mais rien de plus. Les chefs de la Fondation étaient morts là où ils étaient devenus inutiles, et convertis là où ils pouvaient encore servir.

Et parmi ces convertis, le plus utile était Han Pritcher, désormais général.

Aux jours de la Fondation, Han Pritcher était capitaine et membre du réseau clandestin de l'opposition démocratique. Lorsque la Fondation était tombée sans coup férir au pouvoir du Mulet, Pritcher avait combattu le Mulet. C'est-à-dire jusqu'au moment où il fut converti.

Cette conversion ne constituait pas une volte-face ordinaire, imposée par la force ou les impératifs d'une intelligence supérieure. Han Pritcher ne l'ignorait pas. Il avait changé de camp parce que le Mulet était un mutant doué de pouvoirs cérébraux suffisamment puissants pour modeler, à sa convenance, la pâte malléable dont le commun des mortels est composé. Mais ce processus lui donnait entière satisfaction. C'était dans l'ordre des choses. Le contentement de soi qu'apportait la conversion en était le premier symptôme, mais Han Pritcher avait cessé d'éprouver ne fût-ce que de la curiosité pour ce phénomène.

Et à présent qu'il rentrait de la cinquième expédition majeure dans les espaces de la Galaxie extérieurs à l'Union, c'est avec un sentiment bien proche d'une joie sans artifices que ce vétéran de l'espace, cet agent des Services Secrets, envisageait son entrevue imminente avec le « Premier Citoyen ». Son dur visage, qui semblait incapable de sourire, n'en laissait rien paraître — mais les apparences extérieures étaient négligeables. Le Mulet plongeait son regard à travers la carapace superficielle jusqu'aux sentiments les plus intimes, avec la même aisance qu'un individu normal décèle une crispation des sourcils.

Pritcher abandonna son véhicule aérien dans les ex-hangars du vice-roi et pénétra sur le territoire du palais à pied ainsi que l'exigeait l'étiquette. Il parcourut plus d'un kilomètre le long de la grand-route vide et silencieuse. Pritcher savait que, sur des kilomètres carrés, il n'existait pas un seul garde, pas un seul soldat, pas un seul homme armé.

Le Mulet n'avait nul besoin de protection.

Le Mulet était à lui-même son meilleur, son tout-puissant protecteur.

Les pas de Pritcher résonnaient doucement à ses oreilles, lorsque devant lui se dressa le palais resplendissant avec ses murailles incroyablement légères et robustes, et ses arcades aux voûtes d'une audace confinant à l'extravagance, caractéristiques de l'architecture du défunt Empire. Il étendait ses festons au-dessus des terrains nus, au-dessus de la cité populeuse qui limitait l'horizon.

A l'intérieur du palais, se trouvait l'homme unique sur les facultés mentales inhumaines duquel reposaient la nouvelle aristocratie et la structure entière de l'Union.

La porte gigantesque et lisse s'ouvrit majestueusement à l'approche du général, et il fit son entrée. Il prit pied sur la large rampe mécanique qui s'élevait sous ses pas. L'ascenseur l'enleva dans une course rapide et silencieuse. Il se trouva devant la petite porte discrète qui commandait le cabinet particulier du Mulet, dans la plus resplendissante de toutes les tours du palais.

Elle s'ouvrit...

Bail Channis était jeune. Bail Channis n'était pas converti. Ce qui, en langage courant, signifiait que sa personnalité morale n'avait pas été modelée par le Mulet. Elle demeurait telle qu'elle résultait de son hérédité, modifiée par l'influence du milieu. Et cette situation lui donnait également toute satisfaction.

Avant d'avoir atteint la trentaine, il jouissait d'un crédit merveilleux dans la cité. Il était beau garçon, doué d'un esprit vif et prompt à la repartie — et il connaissait par conséquent un grand succès dans la société. Il était intelligent et possédait une grande maîtrise de soi — ce qui lui valait la faveur du Mulet. Cette double réussite lui procurait un parfait contentement.

Et voilà maintenant que, pour la première fois, le Mulet lui accordait une audience personnelle.

Ses jambes le portaient allégrement le long de l'éblouissante chaussée menant aux tours en aluminium spongieux, autrefois résidence du vice-roi de Kalgan qui exerçait le pouvoir du temps des vieux empereurs ; et, plus tard, celle des seigneurs indépendants de Kalgan, qui gouvernaient en leur propre nom ; elles abritaient aujourd'hui le Premier Citoyen de l'Union, qui régnait sur son propre Empire.

Channis fredonnait en sourdine. Il n'éprouvait aucun doute quant au motif de sa convocation. Il s'agissait naturellement de la Seconde Fondation ! Ce croquemitaine omniprésent, à cause duquel le Mulet avait renoncé à sa politique d'expansion illimitée pour se confiner dans une prudence statique. Le terme officiel était « consolidation ».

Maintenant, il y avait des rumeurs — mais peut-on jamais empêcher les rumeurs de circuler ? On disait que le Mulet allait bientôt reprendre l'offensive. Que le Mulet avait découvert le repaire de la Seconde Fondation et ne tarderait pas à lancer l'attaque. Qu'il avait conclu un traité avec la Seconde Fondation et partagé la Galaxie. Qu'il avait décidé que la Seconde Fondation n'existait pas et qu'il allait faire main basse sur la totalité de la Galaxie.

Inutile d'énumérer toutes les variantes que l'on entendait dans les antichambres. Ce n'était pas la première fois que de telles rumeurs circulaient. Mais, actuellement, elles semblaient prendre plus de consistance, et tous les esprits altérés d'expansionnisme, qui fleurissent sur la guerre et dépérissent dans les époques de stabilité prolongée, ne se tenaient plus de joie.

Bail Channis était l'un d'eux. Cette mystérieuse Seconde

Fondation ne lui causait aucune crainte. Il ne redoutait pas davantage le Mulet et en tirait vanité. Certains, peut-être, qu'irritait un homme à la fois aussi jeune et aussi lancé, attendaient dans l'ombre le moment propice d'une revanche sur ce galant cavalier des dames de joyeuse vie, qui prenait ouvertement l'apparence physique du Mulet et sa claustration volontaire pour cible de ses sarcasmes. Mais nul ne se serait risqué à l'imiter, et bien peu osaient rire de ses plaisanteries. Et sa réputation se renforçait dans la mesure où son audace demeurait impunie.

Channis improvisait des paroles sur l'air qu'il fredonnait. Paroles dénuées de sens, dont le refrain était invariablement : « La Seconde Fondation menace la Nation et toute la Création. »

Il arrivait au palais.

La porte gigantesque et lisse s'ouvrit majestueusement à son approche et il fit son entrée. Il prit pied sur la large rampe mécanique qui s'élevait sous ses pas. L'ascenseur l'enleva dans une course rapide et silencieuse. Il se trouva devant la petite porte discrète qui commandait le cabinet particulier du Mulet, dans la plus resplendissante de toutes les tours du palais.

Elle s'ouvrit...

L'homme qui n'avait d'autre nom que le Mulet, ni d'autre titre que celui de « Premier Citoyen », jeta un regard à travers le mur dont la transparence à sens unique lui découvrait la cité légère et aérienne qui s'étendait à l'horizon.

Dans le crépuscule qui allait s'épaississant, apparaissaient les unes après les autres les étoiles, dont toutes, à l'exception d'une seule, lui devaient allégeance.

Cette pensée fit monter à son visage un sourire, passagèrement teinté d'amertume. Cette allégeance, ses sujets la devaient à une personnalité que bien peu avaient eu l'occasion de contempler.

Le Mulet n'était pas un homme qu'il convenait de regarder — du moins sans éprouver un sentiment de dérision. Soixante kilos de chair et d'os se répartissaient au long des cent soixante-dix centimètres de sa taille. Ses membres n'étaient que des tiges osseuses qui saillaient de son corps décharné, en articulations anguleuses, totalement dépourvues de grâce. Son visage maigre disparaissait presque sous un nez monstrueux en forme de bec charnu, formant une saillie de sept centimètres.

Seuls, les yeux s'inscrivaient en faux contre cette farce grotesque qu'était le Mulet. Dans leur douceur — douceur bien étrange pour le plus grand des conquérants de la Galaxie — flottait toujours une certaine tristesse.

Dans la cité, se trouvait toute la gaieté d'une capitale de luxe dans un monde de luxe. Il aurait pu établir sa capitale sur la Fondation, le plus puissant de tous ses ennemis à présent abattu, mais elle se trouvait bien loin, aux frontières extrêmes de la Galaxie. Kalgan occupait une position plus centrale, servait traditionnellement de lieu de plaisir à l'aristocratie et lui convenait mieux — du point de vue stratégique.

Mais dans cette gaieté qu'aiguisait encore une prospérité sans exemple, il ne trouvait pas la paix.

On le craignait, on lui obéissait, on le respectait même, mais à bonne distance. Qui donc aurait pu jeter sur lui des regards dépourvus de mépris ? Ceux-là seuls qu'il avait convertis. Et dans quelle mesure pouvait-on compter sur leur artificielle loyauté ? Elle manquait de sel. Il aurait pu instituer des titres, imposer une étiquette de cour, un cérémonial compliqué, mais tout cela n'aurait rien changé. Il valait mieux demeurer simplement le Premier Citoyen — et se cacher.

Il se sentit envahi soudain par une vague de révolte, violente et brutale. Il devait plier sous son joug jusqu'aux coins les plus reculés de la Galaxie. Mais cinq ans durant, il était demeuré silencieux dans sa retraite de Kalgan, à cause de cette menace éternelle et silencieuse que faisait planer sur l'espace cette Seconde Fondation invisible, inconnue, inaudible. Il avait trente-deux ans. L'âge mûr à peine — et pourtant, il se sentait vieux. Quel que fût son pouvoir mental de mutant, du point de vue physique, il était faible.

Toutes les étoiles ! Toutes les étoiles, visibles ou invisibles, devaient tomber en son pouvoir !

Ce serait sa revanche. Sur une humanité dont il était exclu. Sur une Galaxie qui ne s'accommodait pas de lui.

Au-dessus de sa tête, clignota l'éclat froid d'un signal lumineux. Il pouvait suivre la progression de l'homme qui avait pénétré dans le palais, et dans le même moment, comme si ses sens de mutant s'étaient trouvés aiguisés et affinés par sa solitude crépusculaire, il sentit le flux émotionnel envahir les cellules de son cerveau.

Il identifia sans effort le visiteur : c'était Pritcher.

Le capitaine Pritcher de l'ex-Fondation. Le capitaine Pritcher qui avait été ignoré et sous-estimé par les bureaucrates de ce gouvernement décadent. Le capitaine Pritcher dont il avait dévoilé, en se jouant, les activités d'espion besogneux et qu'il avait tiré du ruisseau fangeux. Le capitaine Pritcher dont il avait fait d'abord un colonel, puis un général ; à qui il avait confié des fonctions qui embrassaient la Galaxie tout entière.

Pritcher, aujourd'hui général, qui, de rebelle irréductible, était devenu d'une loyauté à toute épreuve. Et pourtant s'il était loyal ce n'était pas du fait des prébendes, ni de la gratitude, ni des devoirs que lui imposait sa promotion — mais simplement grâce à l'artifice de la conversion.

Le Mulet avait parfaitement conscience de l'existence de cette couche superficielle de loyauté et d'affection, à la fois solide et inaltérable, qui influençait les sentiments et les émotions de Han Pritcher — cette couche qu'il avait lui-même implantée, cinq ans auparavant. Profondément enfoui sous cette carapace, subsistaient les traits originaux d'une personnalité obstinée impatiente de toute règle — mais c'est tout juste si, même lui, parvenait encore à les détecter.

Derrière lui, la porte s'ouvrit, et il se retourna. Le mur reprit son opacité, et les lueurs rouges du couchant firent place à la blanche luminescence de l'énergie atomique.

Han Pritcher prit le siège qu'on lui désignait. Chez le Mulet, pas de révérences, de genou mis en terre, de titres honorifiques dans les audiences privées. Le Mulet était simplement le « Premier Citoyen ». Pour s'adresser à lui, on employait le mot *Monsieur*. On s'asseyait en sa présence et, le cas échéant, on pouvait lui tourner le dos.

Aux yeux de Han Pritcher, c'était là le signe d'un homme assuré de sa puissance. Cette procédure lui procurait une chaleureuse satisfaction.

« Votre rapport final m'est parvenu hier, dit le Mulet, je ne puis nier que je l'ai trouvé quelque peu déprimant, Pritcher. »

Les sourcils du général se rejoignirent au-dessus de son nez : « Oui, je l'imagine aisément — mais je ne vois guère à quelles autres conclusions j'aurais pu parvenir. Il n'existe pas de Seconde Fondation, Monsieur. »

Le Mulet réfléchit et secoua la tête, comme il l'avait fait maintes fois auparavant : « Il y a le témoignage d'Ebling Mis. Il y a toujours le témoignage d'Ebling Mis. »

Le fait n'avait rien de nouveau.

« Il se peut que Mis ait été le plus grand psychologue de la Fondation, mais ce n'était qu'un enfant comparé à Hari Seldon, dit Pritcher, outrepassant ses compétences. A l'époque où il analysait les travaux de Seldon, il était soumis à la stimulation artificielle de votre propre cerveau. Il se peut que vous l'ayez poussé trop loin. Il est possible qu'il se soit trompé, Monsieur. Il a *dû se tromper*. »

Le Mulet soupira, son lugubre visage tendu en avant sur la mince tige de son cou.

« Si seulement il avait vécu une minute de plus. Il était sur le point de me dire où se trouvait la Seconde Fondation. Il le *savait*, je vous le certifie. Je n'aurais pas été contraint de battre en retraite. Je n'aurais pas été contraint d'attendre, d'attendre interminablement. Que de temps perdu ! Cinq années gaspillées pour rien ! »

Pritcher n'aurait pu taxer de futilité le faible dépit manifesté par son chef ; son statut mental étroitement contrôlé le lui interdisait. Au lieu de cela, il était troublé, vaguement mal à l'aise.

« Quelle autre explication pourrait-on proposer, Monsieur ? dit-il. J'ai effectué cinq explorations. Vous avez établi vous-même les itinéraires. Je n'ai pas négligé le moindre astéroïde. Trois cents ans se sont écoulés depuis que Hari Seldon a prétendument établi deux Fondations qui devaient servir de noyau à un nouvel Empire et remplacer l'Empire agonisant. Cent ans après la mort de Seldon, la Première Fondation s'était fait connaître dans toute la Périphérie. Cent cinquante ans après Seldon, à l'époque de la dernière bataille contre le vieil Empire, elle était connue de toute la Galaxie. Aujourd'hui, après trois cents ans, où pourrait bien se trouver cette mystérieuse Seconde Fondation ? Sa présence n'a jamais été signalée nulle part.

— Si j'en crois Ebling Mis, elle garde jalousement le secret de son existence. Seul le secret peut transformer la faiblesse en force.

— Lorsque le secret est profond à ce point, les possibilités d'existence se réduisent à zéro. »

Le Mulet leva les yeux.

« Non. Cette Fondation existe réellement. (Il tendit brutalement un doigt osseux.) Nous allons modifier légèrement notre tactique.

— Auriez-vous l'intention de partir personnellement ? dit Pritcher en fronçant les sourcils. C'est là une décision que je me garderais fort de vous conseiller.

— Non, bien entendu. Vous entreprendrez une nouvelle expédition — la dernière. Vous partagerez le commandement avec une autre personne. »

Il y eut un silence, et la voix de Pritcher se fit dure.

« Qui, Monsieur ?

— Un jeune homme de Kalgan. Il s'appelle Bail Channis.

— Je n'ai jamais entendu parler de lui.

— Cela ne m'étonne pas. Mais il possède un esprit agile, il est ambitieux — et il n'est pas converti. »

La longue mâchoire de Pritcher trembla un fugitif instant. « Je ne discerne pas l'avantage que lui confère cette particularité.

— Il existe, cependant, Pritcher. Vous êtes un homme expérimenté et plein de ressources. Vous m'avez rendu d'excellents services. Mais vous êtes un converti. La loyauté que vous observez à mon égard vous a été imposée et échappe à votre libre arbitre. La perte de vos inclinations originelles vous a privé d'un agent moteur subtil qu'il m'est impossible de remplacer.

— Ce n'est pas mon impression, dit Pritcher d'un air farouche. Je me souviens parfaitement des jours où j'étais votre ennemi et je ne me sens nullement diminué.

— Naturellement, dit le Mulet dont la bouche grimaça un sourire, mais il est difficile de croire à votre objectivité. Ce Channis, par contre, est ambitieux — pour lui-même. On peut lui faire entièrement confiance. Ce n'est pas une question de loyauté, mais d'intérêt personnel. Il sait parfaitement que je l'ai pris en croupe et il est prêt à tout pour augmenter mon pouvoir, afin que la chevauchée soit longue et la destination glorieuse. S'il vous accompagne, c'est simplement pour tirer parti de ce mobile supplémentaire — cet aiguillon que constitue l'intérêt personnel.

— Dans ce cas, dit Pritcher obstiné, pourquoi ne pas me libérer de ma conversion, si je dois en être amélioré ? Je doute qu'on puisse à présent se méfier de moi.

— Cela jamais, Pritcher. Tant que vous demeurerez à portée de moi, ou que vous aurez la possibilité de me détruire, vous demeurerez sous l'effet de la conversion. Si je prenais la décision de vous libérer en cette minute, je serais mort à la suivante. »

Les narines du général se dilatèrent.

« Cette méfiance me fait beaucoup de peine.

— Je n'ai pas la moindre intention de vous blesser, mais il vous est impossible de deviner quels seraient vos sentiments si je leur permettais de suivre le cours naturel de vos inclinations. Croyez-moi, Pritcher, je n'aimerais guère affronter le ressentiment que vous pourriez montrer et dont vous ignorez même jusqu'à l'existence. »

Pritcher courba la tête. Le sentiment de son impuissance lui déchirait l'âme et lui donnait une impression de vide et d'hébétude. Il dit avec effort :

« Mais comment pouvez-vous faire entièrement confiance à cet homme... autant qu'à moi ?

— Justement, je ne puis me reposer entièrement sur lui. C'est pourquoi vous l'accompagnerez. Voyez-vous, Pritcher... (le Mulet s'enfonça profondément dans son vaste fauteuil, dont le dossier moelleux lui donnait l'apparence d'un cure-dent articulé) s'il lui arrivait de tomber par hasard sur la Seconde Fondation — s'il lui arrivait de penser qu'un accord avec ses membres pourrait être plus profitable que de travailler à mon service... Vous me comprenez ? »

Une lueur de satisfaction profonde brilla dans les yeux de Pritcher :

« J'aime mieux cela, Monsieur.

— Exactement. Mais n'oubliez pas : il faut lui laisser la bride sur le cou dans toute la mesure du possible.

— Certainement.

— Et... euh... Le jeune homme est un beau garçon, agréable et doué d'un grand charme. Ne vous laissez pas abuser. C'est un gaillard dangereux et sans scrupule. Ne vous mettez pas en travers de sa route, à moins que vous ne soyez préparé à le combattre à armes égales. C'est tout. »

Le Mulet était seul de nouveau. Il laissa les lumières s'éteindre et le mur qui se trouvait devant lui reprit sa transparence. Le ciel était pourpre à présent, et la cité n'était plus qu'une traînée de lumière à l'horizon.

A quoi rimaient tous ces efforts ? Et s'il devenait le

maître suprême de toute la création, en serait-il plus avancé ? Cela empêcherait-il des hommes comme Pritcher d'être droits et grands, assurés et forts ? Bail Channis en perdrait-il sa prestance physique ? Et lui-même serait-il différent de ce qu'il était à présent ?

Il maudit ses doutes. Connaissait-il seulement son objectif final ?

Au-dessus de sa tête, clignota l'éclat froid du signal lumineux. Il suivait la progression de l'homme qui avait pénétré dans le palais et, presque à son corps défendant, il sentit le doux flux émotionnel envahir les cellules de son cerveau.

Il identifia sans effort le visiteur. C'était Channis. Le Mulet ne voyait là aucune uniformité, mais la diversité primitive d'un cerveau puissant, exempt de toute influence extérieure et de toute empreinte étrangère. Ses sentiments affluaient et refluaient à la manière des vagues. Une certaine prudence affleurait à la surface, apaisante comme l'huile sur les flots, avec des touches de débauche cynique dans les tourbillons les plus cachés. Et au-dessous, coulait le puissant courant de l'intérêt personnel et de l'amour-propre, avec çà et là une pointe d'humour cruel, et un lac profond et tranquille d'ambition, dans les couches abyssales de la conscience.

Le Mulet avait l'impression qu'il pouvait canaliser le courant, sortir le lac de son lit et lui imprimer une nouvelle direction, assécher un torrent, en déchaîner un autre. Et après ? S'il parvenait à courber la tête bouclée de Channis et à lui inspirer la plus profonde des adorations, aurait-il en rien changé ce masque grotesque qui faisait de lui un oiseau nocturne fuyant la lumière du jour, un reclus au sein d'un Empire qui lui appartenait inconditionnellement ?

Derrière lui, la porte s'ouvrit, et il se retourna. Le mur reprit son opacité, et l'obscurité fit place à la luminescence blanche de l'énergie atomique.

Bail Channis s'assit avec légèreté et dit :

« L'honneur que vous me faites n'est pas entièrement inattendu, Monsieur. »

Le Mulet frictionna de la main sa gibbosité faciale et répondit avec une légère irritation dans la voix :

« Comment cela, jeune homme ?

— Une intuition, je suppose. Sinon, il me faudra avouer que j'ai prêté l'oreille aux rumeurs.

— Aux rumeurs ? A laquelle en particulier, parmi les douzaines de variantes qui circulent, faites-vous allusion ?

— A celles qui prétendent qu'une nouvelle offensive galactique est sous roche. Je nourris l'espoir que cette rumeur contienne une part de vérité et que je sois appelé à y jouer un rôle approprié.

— Dans ce cas, vous croyez sans doute qu'il existe une Seconde Fondation ?

— Pourquoi pas ? Cela rendrait les choses tellement plus intéressantes.

— Vous exprimez là un point de vue personnel ?

— Certainement. C'est le mystère lui-même qui m'intrigue ! Quel meilleur sujet pourrait-on trouver pour émettre des conjectures ? Les éditions spéciales de la presse ne parlent de rien d'autre, depuis quelque temps — ce qui est probablement significatif. L'un des écrivains les plus éminents de *Cosmos* a rédigé une histoire insolite sur un monde composé de purs esprits — il s'agit bien entendu de la Seconde Fondation — qui auraient développé leur puissance psychique au point de concurrencer toutes les sources d'énergie connues de la science. Ils seraient capables de faire sauter des astronefs à des distances de plusieurs années-lumière, d'expulser les planètes de leurs orbites...

— Intéressant. Mais avez-vous quelques notions sur le sujet ? Etes-vous convaincu de l'existence de ce pouvoir psychique ?

— Par la Galaxie, non ! Croyez-vous que de semblables créatures resteraient confinées dans leur planète ? Non, Monsieur. Je pense que la Seconde Fondation demeure cachée parce qu'elle est plus faible que nous ne pensons.

— Dans ce cas, je puis m'expliquer fort aisément. Que diriez-vous si je vous confiais le commandement d'une mission destinée à repérer la Seconde Fondation ? »

Pendant un instant, Channis se trouva pris de court, comme si les événements se précipitaient à un rythme plus rapide que celui qu'il avait prévu. Sa langue avait apparemment subi une paralysie momentanée et le silence se prolongeait.

« Eh bien ? » dit sèchement le Mulet.

Le front de Channis se creusa de multiples rides parallèles.

« Certainement. Mais quelle direction devrai-je prendre ? Etes-vous en possession de renseignements utiles ?

— Le général Pritcher vous accompagnera...

— Dans ce cas, ce n'est pas moi qui commanderai l'expédition.

— Lorsque j'aurai terminé, vous en jugerez. Ecoutez-moi, vous n'êtes pas originaire de la Fondation. Vous êtes né sur Kalgan, n'est-ce pas ? Oui. Dans ce cas, votre connaissance du Plan Seldon doit être plutôt rudimentaire. Le Premier Empire Galactique avait amorcé sa chute ; Hari Seldon et un groupe de psychohistoriens, analysant l'avenir selon des théories mathématiques dont on ne connaît plus l'usage à cette époque dégénérée, établirent deux Fondations, aux extrémités opposées de la Galaxie, de façon à servir de point de départ à un Second Empire. Hari Seldon avait compté sur un millier d'années pour accomplir son dessein — qui eût demandé trente mille ans en l'absence des Fondations. Mais il n'avait pas prévu mon intervention, que la psychohistoire était incapable de prédire puisqu'elle ne s'appuie que sur la loi des grands nombres. Vous me suivez ?

— Parfaitement, Monsieur. Mais en quoi cela me concerne-t-il ?

— Vous allez comprendre. J'ai l'intention de créer une Galaxie unie dès à présent — et d'atteindre en trois cents ans l'objectif auquel Seldon avait assigné un délai de mille ans. Une des Fondations — le monde des spécialistes de la physique — est encore florissante sous *mon* égide. Grâce à la prospérité, à l'ordre qui règnent dans l'Union, les armes atomiques qu'ils ont inventées sont capables de rivaliser avec tout ce qui existe dans la Galaxie — sauf peut-être la Seconde Fondation. C'est pourquoi j'ai besoin de rassembler sur celle-ci le plus de renseignements possible. Le général Pritcher soutient qu'elle n'existe pas. Je sais qu'il se trompe.

— Et comment le savez-vous, Monsieur ? » demanda délicatement Channis.

Du coup la voix du Mulet s'emplit d'indignation.

« Parce que des cerveaux soumis à mon contrôle ont été influencés. Oh ! avec une délicatesse, une subtilité extrêmes, je vous l'accorde ! Mais pas au point que la chose m'échappe. Ces interférences se font de plus en plus fréquentes et affectent des hommes de valeur en des circonstances graves. Vous étonnerez-vous à présent qu'une certaine discrétion m'ait contraint à l'immobilité au cours des dernières années ?

« C'est en cela que réside votre importance. Le général Pritcher est le meilleur des hommes de valeur qui me restent, c'est pourquoi je ne peux plus compter entièrement sur lui. Bien entendu, il ignore ce détail. Mais, *vous*, vous n'êtes pas converti, et donc pas instantanément identifiable comme étant aux ordres du Mulet. Vous pouvez abuser la Seconde Fondation plus longtemps qu'aucun de mes subordonnés — peut-être le temps suffisant pour atteindre votre objectif. Comprenez-vous ?

— Hum. Oui. Mais veuillez me pardonner, Monsieur, si je vous interroge. De quelle façon vos hommes sont-ils influencés ? Il faudrait que je puisse détecter le changement chez le général Pritcher, le cas échéant. Sont-ils affranchis de la conversion ? Deviennent-ils déloyaux ?

— Non. Je vous ai dit que le changement était subtil. Mais il est aussi plus inquiétant parce que plus difficile à détecter. Parfois, je dois attendre avant d'agir, ne sachant si un homme occupant un poste clé commet des erreurs normales ou bien si son cerveau a été influencé. Leur loyauté demeure intacte, mais ils ont perdu toute initiative, toute ingéniosité. Il me reste un individu parfaitement normal en apparence, mais complètement inutilisable. Six personnes ont subi le même sort au cours de l'année dernière. Six de mes meilleurs sujets. (Un coin de sa bouche se souleva.) Ils commandent actuellement des bases d'entraînement — et je souhaite ardemment que des événements imprévus n'exigent pas d'eux des décisions immédiates.

— Supposez, Monsieur... que la Seconde Fondation ne soit pas en cause. S'il s'agissait d'un autre mutant... comme vous-même ?

— La stratégie est bien trop calculée, la manœuvre s'étend sur une période bien trop longue. Un homme isolé ferait preuve d'une précipitation plus grande. Non, il s'agit bien d'un monde, et c'est vous qui serez mon arme contre lui. »

Les yeux de Channis brillèrent :

« J'en suis ravi. »

Mais le Mulet capta la bouffée d'émotion soudaine qui avait saisi le jeune homme. « Oui, vous pensez apparemment que vous remplirez une mission unique qui vous vaudra une récompense unique — que peut-être vous serez amené à me succéder, qui sait ? Vous avez raison. Mais les châtiments, eux aussi, peuvent être uniques dans leur genre. Mes performances psychiques ne se limitent pas seulement à créer de la loyauté. »

Et le petit sourire qui courut sur ses lèvres était plein de férocité. D'horreur, Channis bondit hors de son siège.

L'espace d'un instant, une fugitive fraction de seconde, il avait été étreint d'un chagrin bouleversant, accompagné d'une douleur physique qui avait plongé son esprit dans d'insupportables ténèbres. Puis tout avait disparu. Il ne restait rien, qu'une violente bouffée de colère.

« La colère ne peut rien vous apporter... Oui, vous faites votre possible pour la dissimuler, n'est-ce pas ? dit le Mulet. Je la vois, néanmoins. Alors, souvenez-vous... ce genre d'expérience, je peux le rendre encore plus pénible et plus durable. J'ai tué des hommes par mon pouvoir psychique. Aucune mort n'est plus cruelle. »

Il fit une pause. « C'est tout ! » dit-il.

De nouveau, le Mulet était seul. Il laissa les lumières s'éteindre et le mur, devant lui, reprit sa transparence. Le ciel était noir, et la masse de la Galaxie montait au firmament, étendant ses ramifications à travers les profondeurs veloutées de l'espace.

Tout cet essaim de nébuleuses constituait une masse d'étoiles si nombreuses qu'elles se confondaient les unes avec les autres pour former un nuage de lumière.

Et toutes tomberaient en son pouvoir...

Il ne lui restait plus qu'une seule disposition à prendre ; ensuite il pourrait dormir.

PREMIER INTERLUDE

Le Conseil Exécutif de la Seconde Fondation tenait ses assises. Pour nous, ce ne sont autre chose que des voix. Ni le décor de la réunion ni l'identité des membres présents ne sont essentiels à notre propos.

Nous ne pouvons davantage envisager de reproduire exactement une partie quelconque de la session, d'un point de vue littéral — à moins de sacrifier complètement le minimum d'intelligibilité auquel nous sommes en droit de nous attendre.

Nous avons affaire ici à des psychologues — et pas simplement des psychologues. Disons plutôt des savants, dont la formation est orientée vers la psychologie. C'est-à-dire des hommes dont la conception fondamentale de la philosophie scientifique est dirigée vers une direction entièrement différente de toutes celles que nous connaissons. La « psychologie », telle que la conçoivent des savants nourris d'axiomes déduits des méthodes d'observation de la science physique, ne possède que de très lointains rapports avec la véritable *psychologie*.

C'est à peu près dans cette mesure que l'on pourrait décrire la couleur à un aveugle — tout en étant soi-même aussi aveugle que son interlocuteur.

Nous voulions en venir à ceci, que les esprits assemblés possédaient une compréhension parfaite du travail intellectuel de chacun des autres, non seulement sur le plan de la théorie générale, mais grâce à l'application spécifique de ces théories, sur des individus particuliers, au cours de longues périodes. Le discours, tel que nous l'entendons, n'avait plus d'utilité. Le plus court fragment de phrase prenait la valeur d'une longue période oratoire. Un geste, un grognement, l'expression la plus fugitive — voire une pause judicieusement calculée — pouvaient fournir les informations les plus substantielles.

Nous prendrons donc la liberté de traduire largement une petite fraction de la conférence, en utilisant les combinaisons de mots nécessaires à l'entendement d'intellects formés, depuis l'enfance, à la pratique de la philosophie scientifique ; dussions-nous, ce faisant, omettre les nuances les plus délicates.

L'une des « voix » prédominait et cette « voix » appartenait à la personnalité connue sous le simple nom de Premier Orateur.

« Selon toute apparence, disait la « voix », nous avons maintenant définitivement établi quel est le facteur qui a bloqué le Mulet dans son premier élan. Je ne puis dire que ce résultat soit à porter... euh... au crédit des organisateurs de la situation. Apparemment, il a été à deux doigts de nous repérer, grâce à l'énergie psychique artificielle potentialisée de ce qu'ils appellent un « psychologue », dans la Première Fondation. Ce psychologue a été tué au moment précis où il allait communiquer son information au Mulet. Les événements qui ont conduit à cette exécution furent entièrement fortuits, en dépit de tous les calculs effectués au-dessous de la Phase Trois. Je vous cède la parole. »

Le Cinquième Orateur avait été indiqué par une simple inflexion de la voix.

« Il est certain, dit-il avec sévérité, que des erreurs ont été commises. Nous sommes, bien entendu, hautement vulnérables à une attaque en masse, en particulier une attaque menée par un phénomène cérébral tel que le Mulet. Peu de temps après qu'il eut acquis un renom galactique par la conquête de la Première Fondation — une année, pour être exact — il se trouvait sur Trantor. Moins de six mois plus tard, il aurait lancé l'assaut contre nous et le rapport des forces eût été de façon écrasante en notre défaveur — 96,3 plus ou moins 0,05 %, en chiffres exacts. Nous avons consacré un temps considérable à l'analyse des forces qui ont provoqué son arrêt. Nous connaissons, bien entendu, le mobile principal de son action. L'interaction entre son sentiment de frustration, dû à sa difformité physique et ses pouvoirs psychiques exceptionnels, est bien connue de nous. Cependant, c'est seulement par le recours à la Phase Trois que nous avons pu élucider — *après coup* — une réaction anormale de sa part, en présence d'un autre être humain qui éprouvait une affection honnête à son endroit.

« Puisque cette anomalie dépendait de la présence de cet autre être humain à un moment donné, on peut estimer, dans cette mesure, que les circonstances en ont été entièrement fortuites. Nos agents ont acquis la certitude que c'est une jeune femme qui a tué le psychologue du Mulet — une jeune femme qui inspirait au Mulet une confiance née d'un tendre sentiment et dont, par conséquent, il ne contrôlait pas le cerveau — pour la simple raison qu'il l'aimait.

« Depuis cet événement — pour ceux qui désirent connaître les détails, une étude mathématique du problème a été établie par la bibliothèque centrale — nous avons été sur nos gardes, et nous avons tenu le Mulet en échec par des méthodes peu orthodoxes, qui mettent journellement en danger tout le schéma historique de Seldon. C'est tout. »

Le Premier Orateur garda un instant de silence pour permettre à l'assemblée d'assimiler toute la portée de ces déclarations, puis il dit :

« La situation se caractérise donc par une extrême insta-

bilité. Le schéma originel de Seldon étant soumis à une
tension proche du point de rupture — et je dois mettre
l'accent sur le fait que nous avons commis erreur sur erreur
par notre incroyable manque de prévoyance — nous
sommes confrontés avec l'éventualité d'un effondrement
irréversible du Plan. Le temps nous gagne de vitesse.

« Il ne nous reste, à mon avis, qu'une solution, qui elle-
même comporte les plus grands risques :

« Nous devons permettre au Mulet de nous découvrir
— d'une certaine manière. »

Suivit d'une autre pause au cours de laquelle il nota les
réactions, puis :

« Je répète : d'une certaine manière. »

II

L'astronef était pratiquement prêt. Il ne manquait plus rien, sauf la destination. Le Mulet avait suggéré un retour sur Trantor — ce monde qui était la carcasse d'une incomparable métropole galactique, l'ancienne capitale du plus colossal Empire que l'humanité eût jamais connu — le monde mort qui avait été le centre vital de toutes les étoiles.

Pritcher désapprouvait cette idée. Pour lui, c'était un vieux sentier battu, usé jusqu'à la corde.

Il trouva Bail Channis dans la chambre de navigation de l'astronef. Les cheveux bouclés du jeune homme étaient juste assez ébouriffés pour permettre à une mèche unique de lui barrer le front — on eût dit un artifice de coquetterie — et ses dents bien rangées se découvraient en un sourire qui concourait à la séduction générale. Le dur-à-cuire sentit naître en lui un vague sentiment d'hostilité à l'égard de son compagnon.

L'excitation de Channis était évidente.

« Pritcher, c'est une coïncidence trop extraordinaire.

— Je ne sais pas à quoi vous faites allusion, dit le général froidement.

— Eh bien, prenez une chaise et expliquons-nous. J'ai parcouru vos notes. Je les trouve excellentes.

— Croyez bien que j'en suis flatté.

— Mais je me demande si vous êtes parvenu aux mêmes conclusions que moi. Avez-vous jamais tenté d'analyser le problème en procédant par déduction ? C'est très joli de fouiller les étoiles au hasard, et j'estime qu'avoir accompli tout ce travail en cinq expéditions, cela représente une jolie randonnée interstellaire. Mais avez-vous calculé combien il vous faudrait de temps à ce rythme pour explorer tous les mondes connus ?

— Oui. Plusieurs fois. (Pritcher ne se sentait nullement disposé à faire la moitié du chemin, mais d'autre part il était important de savoir ce que l'autre avait derrière la tête — cette tête libre de tout contrôle et dont les réactions étaient par conséquent imprévisibles.)

— Eh bien, analysons la situation et tentons de préciser l'objet de nos recherches.

— La Seconde Fondation, dit Pritcher d'un ton tranchant.

— Une Fondation de psychologues, aussi faibles en science physique que la Première Fondation l'était en psychologie. Vous avez appartenu à la Première Fondation, ce qui n'est pas mon cas. Pour vous, la conclusion est évidente, je suppose. Nous sommes chargés de découvrir un monde régi par le pouvoir psychique, mais considérablement en retard sur le plan technologique.

— Faut-il que la seconde proposition découle nécessairement de la première ? demanda tranquillement Pritcher. Notre Union des Mondes ne retarde pas sur le plan scientifique, bien que notre chef suprême doive sa puissance à ses facultés psychiques.

— C'est parce qu'il s'appuie sur les techniques de la Première Fondation, répondit l'autre avec une légère impatience, et c'est d'ailleurs l'unique réservoir de connaissances de la Galaxie. La Seconde Fondation, elle, doit se nourrir des miettes desséchées de l'Empire Galactique défunt. Rien à puiser là-bas.

— Si je vous comprends bien, vous prétendez qu'ils disposent d'un pouvoir psychique suffisant pour établir une hégémonie sur un groupe de mondes, tout en étant arriérés scientifiquement ?

— *Relativement* arriérés. Face à l'état décadent des régions environnantes, ils possèdent suffisamment de moyens pour se défendre. Mais ils sont désarmés devant les

forces résurgentes du Mulet, qui a derrière lui une économie atomique parvenue à maturité. D'autre part, pourquoi
leur repaire a-t-il été aussi bien caché, au départ, par leur
fondateur Hari Seldon ? Pourquoi continuent-ils à se cacher
actuellement ? Votre Première Fondation ne faisait pas
mystère de son existence et nul ne s'était soucié de la
soustraire aux regards. Pourtant ce n'était, il y a trois cents
ans, qu'une cité sans défense sur une planète isolée. »

Les traits du sombre visage de Pritcher prirent une expression sardonique.

« Maintenant que vous avez terminé votre savante analyse, peut-être aimeriez-vous que je vous fournisse la liste de
tous les royaumes, républiques, Etats et dictatures de toutes
sortes qui correspondent à la description que vous venez de
faire, sans compter les innombrables facteurs qui n'ont pas
été mentionnés ?

— C'est donc que cette éventualité aurait été envisagée ?
(Channis n'avait rien perdu de sa pétulance.)

— Vous ne trouverez pas ces renseignements ici, bien
entendu, mais nous avons établi un guide complet de toutes
les unités politiques de la périphérie opposée. Pensez-vous
vraiment que le Mulet était homme à travailler au petit
bonheur la chance ?

— Alors... (et la voix du jeune homme était débordante
d'énergie),   que   pensez-vous   de   l'Oligarchie   de
Tazenda ? »

Pritcher porta pensivement la main à son oreille.

« Tazenda ? Il me semble la connaître. Elle ne se trouve
pas dans la Périphérie, n'est-ce pas ? Je crois qu'elle se
trouve au tiers de la Galaxie, à partir du centre.

— Oui, et alors ?

— Les renseignements qui sont entre nos mains placent
la Seconde Fondation à l'autre extrémité de la Galaxie.
C'est le seul point de départ que nous possédions. Pourquoi
parlez-vous de Tazenda ? Elle fait avec le radian de la
Première Fondation, un angle de cent à cent vingt degrés.
Nous sommes loin des cent quatre-vingts indiqués.

— Les archives fournissent un autre renseignement. La
Seconde Fondation fut établie à Star's End.

— Jamais une région de ce nom n'a été localisée dans la
Galaxie.

— Pour la simple raison qu'il s'agissait d'un nom purement régional, que l'on a plus tard supprimé pour augmen-

ter le secret. A moins qu'il n'ait été inventé pour l'occasion
par Seldon et son groupe. Pourtant il existe une relation
entre « Star's End » et « Tazenda », ne pensez-vous pas ?

— Une vague ressemblance euphonique ? Ce n'est pas
suffisant.

— Y êtes-vous jamais allé ?

— Non.

— Ce monde est pourtant mentionné dans vos dos-
siers.

— Où cela ? Ah ! oui, c'était simplement pour nous ravi-
tailler en eau et en nourriture. Cette planète n'avait certainement rien de remarquable.

— Vous vous êtes posé sur la planète principale ? Le
centre du gouvernement ?

— Il ne m'est pas possible de le dire. »

Channis se plongea dans de profondes méditations, sous
le regard froid de son compagnon. Puis il leva la tête.

« Voudriez-vous examiner le Lens en ma compagnie,
pendant un moment ?

— Certainement. »

Le Lens était peut-être l'appareil le plus récent que l'on
trouvât à bord des vaisseaux interstellaires de l'époque. Il
s'agissait, en fait, d'une machine à calculer extrêmement
complexe, qui projetait sur un écran une reproduction de
l'image nocturne du ciel vu de n'importe quel point de la
Galaxie.

Channis ajusta les axes de coordonnées et l'on éteignit les
lumières de la chambre de pilotage. La lueur rougeâtre du
tableau de commande éclairait le visage de Channis. Pritcher était assis sur le siège du pilote, ses longues jambes
croisées, son visage perdu dans l'ombre.

Lentement, à mesure que s'écoulait le temps nécessaire à
l'introduction, les points lumineux devenaient de plus en
plus brillants. Bientôt apparut la masse dense des étoiles,
groupées au centre de la Galaxie.

« Voici, expliqua Channis, le ciel nocturne d'hiver tel
qu'on peut l'apercevoir de Trantor au point zéro. C'est un
secteur important, qui, pour autant que je le sache, a été
jusqu'à présent négligé dans vos recherches. Toute investiga-
tion intelligente doit prendre Trantor comme point de départ. Trantor était la capitale de l'Empire Galactique. Davantage sur le plan scientifique et culturel que politique,

c'est pourquoi la signification d'un nom descriptif doit, neuf fois sur dix, trouver sa source dans Trantor. Vous vous souviendrez, à ce propos, que si Seldon était orginaire d'Hélicon, dans la région périphérique, son groupe travaillait sur Trantor même.

— Que cherchez-vous donc à démontrer ? (La voix calme de Pritcher faisait l'effet d'une douche froide sur l'enthousiasme grandissant de l'autre.)

— La carte vous l'expliquera. Voyez-vous cette nébuleuse sombre ? (L'ombre de son bras tomba sur l'écran et les myriades d'étoiles de la Galaxie. Son doigt vint se poser sur une minuscule tache noire qui faisait l'effet d'un trou dans l'éclatant tissu stellaire.) Les archives stellographiques la nomment la Nébuleuse de Pelot. Observez bien. Je vais procéder à l'expansion de l'image. »

Pritcher avait déjà assisté à l'expansion de l'image sur un appareil de Lens, mais il retint cependant son souffle. Il avait l'impression de se trouver devant l'écran de télévision d'un astronef, se ruant à corps perdu à travers une Galaxie horriblement touffue, sans avoir recours à l'hyperespace. Les étoiles divergeaient devant eux à partir d'un centre commun, filaient vers l'extérieur et disparaissaient de chaque côté de l'écran.

Certains points se dédoublaient, puis devenaient globuleux. Des lambeaux de brume laiteuse se dissolvaient en myriades de points lumineux. Et toujours cette illusion de vitesse.

« Vous remarquerez, dit Channis que nous suivons la ligne directe qui unit Trantor à la Nébuleuse de Pelot, si bien que notre orientation stellaire est équivalente à celle de Trantor. Je ne tiens pas compte d'une légère déviation due à l'effet gravitationnel sur la lumière — et je ne dispose pas des moyens mathématiques nécessaires pour la calculer — mais je suis persuadé qu'elle est insignifiante. »

L'obscurité s'étendait sur l'écran. Le rythme de l'expansion se ralentissant, les étoiles quittaient comme à regret les quatre bords de l'écran. Sur les franges de la nébuleuse sans cesse grandissante, le brillant univers d'étoiles redoublait d'éclat, comme pour compenser l'absence de la lumière dissimulée par les nuages d'atomes de sodium et de calcium, qui remplissaient des espaces dont le volume se chiffrait en parsecs cubiques.

Channis braqua de nouveau son index.

« Voici la Bouche, comme l'appellent les habitants de cette région de l'espace. Le fait est significatif, car c'est seulement dans la direction de Trantor qu'elle ressemble à une bouche. (Il indiquait une coupure dans le corps de la nébuleuse, qui affectait grossièrement la forme d'une bouche dentelée, vue de profil, délimitée par la splendeur éblouissante des étoiles dont elle était remplie.) Suivez la Bouche vers l'intérieur de la nébuleuse, jusqu'à l'endroit où elle se rétrécit au point de ne plus former qu'une mince ligne de lumière irrégulière. »

De nouveau l'écran reprit son expansion et la nébuleuse, s'écartant de la Bouche, envahit bientôt toute la surface de l'écran. Le doigt de Channis suivait silencieusement l'étroite trace jusqu'à son extrême limite et poursuivait son mouvement vers une étoile solitaire ; et, là, son doigt s'arrêta, car au-delà c'étaient les ténèbres, sans faille.

« Star's End, dit le jeune homme simplement. Le tissu de la nébuleuse est diaphane à cet endroit, et la lueur de cette unique étoile se fraye un passage dans cette seule direction, qui est précisément celle de Trantor.

— Vous essayez de me dire que... (La voix du général s'éteignit dans un silence chargé de suspicion.)

— Je n'essaie rien du tout. Ceci est Tazenda — Star's End, l'Etoile Ultime. »

Les lumières réapparurent. Le Lens s'éteignit.

Pritcher rejoignit Channis en trois longues enjambées.

— Qu'est-ce qui vous a donné cette idée ? »

Channis se renversa sur son siège, l'air bizarrement intrigué.

« Un concours de circonstances fortuites. J'aurais bien aimé m'en attribuer le mérite, mais il s'agit d'une découverte accidentelle. Quoi qu'il en soit, tout concorde. Si j'en crois nos archives, Tazenda est une oligarchie. Son autorité s'étend sur vingt-sept planètes habitées. Son développement scientifique est médiocre. Et, par-dessus tout, c'est un monde obscur qui a adhéré à une politique de stricte neutralité dans cette région stellaire, sans manifester aucune visée expansionniste. Nous devrions aller voir ça de près.

— Avez-vous informé le Mulet de votre découverte ?

— Non. Et je n'ai nulle intention de le faire. Nous sommes déjà dans l'espace, et nous sommes prêts à faire le premier saut. »

Pris d'une horreur soudaine, Pritcher se précipita vers
l'écran du bord. Les froides immensités de l'espace
s'ouvrirent devant ses yeux lorsqu'il eut réglé l'appareil. Il
contempla fixement le spectacle, puis se retourna. Automatiquement, sa main se porta sur la courbe dure et familière
qui était la crosse de son pistolet.

« En vertu de quels ordres ?

— Des miens, général. (C'était la première fois que
Channis employait ce titre.) J'ai profité de votre distraction.
Vous n'avez probablement pas ressenti les effets de l'accélération, parce que le départ s'est produit au moment de
l'expansion de champ du Lens, et vous avez probablement
pris ce mouvement pour une illusion provoquée par le
déplacement apparent des étoiles.

— Pourquoi ce subterfuge ? Que manigancez-vous donc ?
A quoi rimaient toutes vos théories farfelues à propos de
Tazenda ?

— Il ne s'agit pas de théories farfelues. J'étais on ne peut
plus sérieux. C'est là que nous nous rendons. Si nous nous
sommes envolés aujourd'hui, c'est parce que le départ était
fixé dans trois jours à compter de cet instant. Général, vous
ne croyez pas à l'existence d'une Seconde Fondation. Je suis
d'un avis contraire. Vous vous contentez d'obéir aux ordres
du Mulet, mais vous n'avez pas la foi ; je n'ignore pas que
notre entreprise a disposé de cinq années pour se préparer.
De quelle façon ? Je l'ignore, mais rien ne nous empêche de
penser qu'ils entretiennent des agents sur Kalgan. Si j'ai
présents à l'esprit les éléments qui me permettent de repérer
la Seconde Fondation, il se peut qu'ils en soient avertis.
Désormais mon existence sera menacée, et je tiens beaucoup
à la vie. Aussi dérisoire que puisse être ce risque, j'aime
mieux jouer à coup sûr. Nul, si ce n'est vous, ne connaît
l'existence de Tazenda, et vous vous trouviez déjà dans
l'espace lorsque vous en avez été informé. D'autre part, il y
a la question de l'équipage. »

Channis souriait ironiquement. De toute évidence, il était
maître de la situation.

Pritcher laissa tomber la main qu'il avait posée sur la
crosse de son pistolet, et fut traversé un moment par un
vague sentiment de malaise. Qu'est-ce qui le retenait d'agir ?
Qu'est-ce qui le paralysait ? Au temps où il n'était qu'un

capitaine rebelle pour le compte de l'empire commercial de
la Première Fondation, c'eût été lui et non Channis qui
aurait pris une telle initiative audacieuse. Le Mulet avait-il
donc raison ? Son esprit contrôlé était-il à ce point assoupli
par l'obéissance qu'il avait perdu toute faculté d'initiative ?
Un sombre désespoir faisait couler dans ses membres un
océan d'étrange lassitude.

« Bien joué ! Néanmoins, vous voudrez bien me consulter, dorénavant, lorsque vous voudrez prendre des décisions
de cette nature. »

Un signal clignotant attira son attention.

« C'est la chambre des machines, dit Channis sur un ton
indifférent. Ils ont chauffé les moteurs en un délai de cinq
minutes et je leur ai demandé de me prévenir s'il se passait
quelque   chose   d'anormal.   Voulez-vous   prendre   le
quart ? »

Pritcher hocha la tête sans répondre et, demeuré seul,
s'enfonça dans une rêverie morose que hantait le spectre de
la cinquantaine toute proche. L'écran du bord était parci-
monieusement étoilé. Le corps principal de la Galaxie apparaissait dans un coin.

Qu'adviendrait-il s'il était un jour libéré de l'influence du
Mulet ?

Mais cette pensée le contracta d'horreur.

Le chef mécanicien Huxlani dévisagea d'un œil aigu le
jeune homme sans uniforme, qui se comportait avec l'assurance d'un officier de la flotte et semblait occuper un poste
d'autorité. Huxlani, qui faisait partie de la flotte régulière
depuis l'époque où le lait coulait encore sur son menton,
confondait généralement l'autorité avec les insignes qui en
étaient le signe extérieur.

Mais le Mulet avait nommé cet homme à ce poste et cela
lui suffisait, bien entendu. Rien d'autre n'importait. Même
au plus profond de son subconscient, aucun doute ne venait
l'effleurer. Le Mulet avait bien fait les choses.

Sans un mot, il remit à Channis le petit objet ovale.

Channis le saisit et avec un sourire engageant :

« Vous étiez de la Fondation, n'est-ce pas, chef ?

— Oui, commandant. J'ai servi dans la flotte de la Fondation pendant dix-huit ans avant l'arrivée au pouvoir du
Premier Citoyen.

— Vous avez suivi les cours techniques sur la Fondation ?

— Je suis technicien qualifié de première classe. Ecole Centrale d'Anacréon.

— Pas mal. Et vous avez trouvé ceci, dans le circuit de communication, à l'endroit où je vous avais demandé de chercher ?

— Oui, commandant.

— Devait-il normalement se trouver là ?

— Non, commandant.

— Alors, de quoi s'agit-il ?

— D'un hypertraceur, commandant.

— Cela ne me dit pas grand-chose. Je n'appartiens pas à la Fondation. Quel est son rôle ?

— C'est un dispositif qui permet de suivre la progression du vaisseau dans l'hyperespace.

— En d'autres termes, on peut nous suivre, où que nous allions ?

— Oui, commandant.

— Très bien. C'est une invention récente, n'est-ce pas ? Elle a été mise au point par l'un des instituts de recherche fondés par le Premier Citoyen, je crois ?

— En effet, commandant.

— Et son principe constitue un secret d'Etat. Exact ?

— Je le crois, commandant.

— Curieux appareil. »

Pendant quelques secondes, Channis fit passer méthodiquement l'hypertraceur d'une main à l'autre. Puis il tendit brusquement le bras.

« Prenez-le et remettez-le à l'endroit exact où vous l'avez trouvé et dans la même position. Compris ? Et puis oubliez l'incident. Complètement. »

Le chef mécanicien refréna un salut machinal, pivota sur ses talons et s'en fut.

L'astronef bondissait à travers la Galaxie, selon une ligne pointillée largement espacée. Les points en question consistaient en courts paliers de dix à soixante secondes-lumière accomplis en espace normal, entre lesquels s'étendaient des intervalles se montant à des centaines d'années-lumière, qui représentaient les sauts à travers l'hyperespace.

Bail Channis, assis devant le tableau de commande du Lens, ressentait en contemplant l'appareil un sentiment

proche de l'adoration. Il n'était pas issu de la Fondation, et
le jeu des forces obéissant à la pression d'un bouton ou la
rupture d'un contact n'était pas chez lui une seconde
nature.

Ce n'est pas que le Lens n'eût obtenu de la part d'un
membre de la Fondation autre chose qu'un regard blasé et
condescendant. Il recelait, dans ses flancs d'une incroyable
compacité, suffisamment de circuits électroniques pour isoler avec précision cent millions d'étoiles différentes, en
reproduisant exactement leurs positions réciproques et,
comme si cela ne suffisait pas, il était capable de faire
glisser une portion donnée du champ galactique le long des
trois axes de l'espace, ou de faire tourner une partie quelconque du champ autour d'un centre.

C'était pour cela que le Lens avait accompli une quasi-
révolution dans le domaine des voyages interstellaires.
Avant son apparition, le calcul de chaque saut dans l'hyperespace exigeait entre un jour et une semaine de travail
— une grande partie de ce travail consistant à faire le point,
d'une façon plus ou moins précise, pour déterminer la
position de l'astronef sur l'échelle galactique de référence.
En gros, cela consistait à effectuer une visée précise sur au
moins trois étoiles largement espacées, dont les positions,
par rapport au triple zéro arbitraire de la Galaxie, étaient
connues.

C'est dans le mot « connu » que résidait la difficulté.
Pour quiconque connaît bien le champ des étoiles d'un
certain point de vue de référence, celles-ci possèdent leur
individualité au même titre que les gens. Que vous veniez à
franchir dix parsecs, et votre propre soleil n'est plus reconnaissable... Encore heureux s'il est visible.

La solution, c'était évidemment l'analyse spectroscopique.
Pendant des siècles, l'objectif essentiel de la technique
interstellaire avait été l'analyse de la « signature lumineuse » d'un nombre de plus en plus grand d'étoiles, avec
des détails de plus en plus poussés. Grâce à ce moyen, et à
la précision croissante du saut lui-même, des lignes de
transport régulières à travers la Galaxie avaient été établies,
et les voyages interstellaires avaient cessé, de plus en plus,
d'être un art pour devenir une science.

Cependant, même sous la Fondation, alors qu'on disposait
de machines à calculer améliorées et d'une nouvelle
méthode pour explorer mécaniquement le champ des

étoiles, à la recherche d'une « signature lumineuse connue, il fallait parfois des jours pour localiser trois étoiles et calculer ensuite la position de l'astronef dans certaines régions qui n'étaient pas familières au pilote.

C'est le Lens qui avait changé tout cela. Tout d'abord, il ne faisait appel qu'au concours d'une seule étoile connue. Et ensuite, même un apprenti de l'espace, comme Channis, était capable de le faire fonctionner.

Selon les calculs concernant les sauts, l'étoile brillante apparaissait maintenant au centre de l'écran du bord. Channis espérait qu'il s'agissait bien de Vincetori.

L'écran du Lens fut placé directement auprès de l'écran de bord, et avec des doigts précautionneux, Channis régla les coordonnées de Vincetori. Il ferma le circuit d'un relais, et le champ d'étoiles apparut en pleine vue. En son centre, apparut également une étoile brillante, mais c'était apparemment leur seul point commun. Il ajusta le Lens le long de l'axe Z et procéda à l'expansion du champ, jusqu'au moment où le photomètre indiqua une même valeur de brillance pour les deux astres.

Channis chercha une seconde étoile de luminosité convenable sur l'écran de bord et, se reportant à l'écran de champ, il découvrit un astre correspondant. Lentement, il fit tourner l'écran pour obtenir un angle similaire de déflection. Il fit une grimace de dépit en éliminant le résultat. Il tenta la même expérience avec une seconde étoile brillante, puis une troisième. Cette fois, il sourit. Il avait touché juste. Peut-être un spécialiste, mieux entraîné à la perception des rapports, eût-il réussi du premier coup, mais après tout, une réussite sur trois, ce n'était pas si mal.

Cela, c'était le réglage. Dans la phase finale, les deux champs se superposaient et se fondaient. La plupart des astres apparaissaient comme des doubles rapprochés. Mais le réglage fin ne prenait pas longtemps. Les astres doubles se fondaient en un seul, un champ unique demeurait, et l'on pouvait désormais lire directement la position de l'astronef sur les cadrans. Le processus entier avait demandé moins d'une heure.

Channis trouva Pritcher dans son appartement privé. Selon toute apparence, le général se préparait à se coucher. Il leva les yeux.

« Des nouvelles ?

— Rien de particulier. Après un nouveau saut, nous serons sur Tazenda.

— Je sais.

— Je ne voudrais pas vous empêcher de dormir, mais avez-vous jeté un coup d'œil sur le film que nous avons trouvé sur Cil ? »

Han Pritcher jeta un regard maussade sur l'objet qui se trouvait dans sa boîte noire, sur sa bibliothèque basse.

« Oui.

— Et qu'en pensez-vous ?

— Je pense que si l'Histoire a jamais été étudiée du point scientifique, le souvenir s'en est perdu dans cette région de la Galaxie. »

Channis eut un large sourire : « Je vois ce que vous voulez dire. Plutôt sec comme exposé, n'est-ce pas ?

— Non pas, si vous avez du goût pour les chroniques autobiographiques des dirigeants. Authenticité douteuse, à mon avis, dans un sens et dans l'autre. Là où l'Histoire concerne principalement les individus, le tableau devient blanc ou noir, selon les préférences intéressées de l'auteur. Tout cela me semble absolument sans intérêt.

— Mais on y parle de Tazenda. C'est là-dessus que j'ai mis l'accent en vous confiant le film. C'est le seul, parmi ceux que j'ai pu trouver, qui en fasse mention.

— Soit. Ils ont eu de bons et de mauvais dirigeants. Ils ont conquis quelques planètes, remporté quelques victoires, perdu quelques batailles. Je ne leur trouve rien de particulièrement remarquable. Je n'ai pas une très haute opinion de votre théorie, Channis.

— Quelques détails vous ont cependant échappé. Avez-vous remarqué qu'ils n'avaient jamais pris part à des coalitions ? Ils se sont toujours tenus à l'écart des luttes politiques dans ce secteur de l'essaim stellaire. Comme vous le dites, ils ont conquis quelques planètes — mais ils ont mis un terme à leur expansion sans avoir éprouvé aucune défaite écrasante, aucun revers d'importance. On a l'impression qu'ils se sont étendus dans le seul but d'assurer leur protection, mais pas suffisamment pour attirer l'attention.

— A votre aise, répondit l'autre de sa voix indifférente. Atterrissez, je n'y vois pas d'objection. Au pis-aller... une légère perte de temps.

— C'est ce qui vous trompe. Ce pis-aller pourrait bien être une défaite totale. Du moins, s'il s'agit de la Seconde

Fondation. Souvenez-vous-en, nous nous trouverions en présence d'un monde uniquement composé de je ne sais combien de Mulets.

— Quelles sont vos intentions ?

— Je compte me poser sur quelque planète mineure et vassale. Recueillir une documentation aussi complète que possible sur Tazenda, improviser ensuite à partir de ces éléments.

— Très bien ! Pas d'objection ! Maintenant, si vous n'y voyez pas d'inconvénient, j'aimerais bien éteindre la lumière. »

Channis prit congé avec un geste de la main.

Et dans l'obscurité d'une pièce minuscule, dans une île de métal perdue dans l'immensité de l'espace, le général Han Pritcher demeurait éveillé, suivant ses pensées qui le menaient dans de fantastiques dédales.

Si tous les indices qu'il s'efforçait si péniblement d'admettre se trouvaient vérifiés, alors Tazenda était bien la Seconde Fondation. Il n'y avait pas à sortir de là. Mais comment, comment se faisait-il ?

Etait-il possible que ce fût Tazenda ? Un monde à ce point banal ? Que rien ne distinguait parmi les autres ? Une carcasse branlante perdue parmi les débris d'un Empire ? Un détritus parmi d'autres détritus ? Il revoyait la face ravinée du Mulet et sa voix fluette lorsqu'il parlait du psychologue de l'ancienne Fondation : Ebling Mis, le seul homme qui eût — peut-être — percé le secret de la Seconde Fondation.

Pritcher se souvenait de la densité que le Mulet avait donnée à ses paroles : « Mis semblait bouleversé d'étonnement. On eût dit qu'une particularité de la Seconde Fondation avait de loin surpassé son attente, s'était développée dans une direction totalement imprévue. Si seulement j'avais été capable de lire ses pensées plutôt que de déchiffrer ses émotions. Celles-ci, cependant, m'apparaissaient en toute clarté, et par-dessus tout, il y avait cette surprise immense. »

La surprise était l'élément fondamental. Mis avait donc mis le doigt sur quelque chose de suprêmement étonnant ! Et voilà qu'arrivait ce garçon, ce joyeux luron qui se réjouissait sans contrainte dans l'attente de voir Tazenda et sa banale médiocrité. Il fallait qu'il eût raison. Il le fallait *absolument*. Sans quoi rien n'aurait plus de sens.

La dernière pensée consciente de Pritcher fut teintée de dureté. L'hypertraceur qu'il avait disposé le long du tube éthérique était toujours à sa place. Il l'avait vérifié une heure auparavant, profitant d'un instant où Channis était occupé ailleurs.

SECOND INTERLUDE

C'était une réunion ordinaire dans l'antichambre de la Salle du Conseil — bientôt viendrait le moment de pénétrer dans la pièce pour régler les affaires courantes — et l'on procédait à quelques rapides échanges de pensées.

« Ainsi le Mulet a pris le départ.

— C'est ce que je viens d'apprendre. Risqué ! Extrêmement risqué !

— Non, pas si les événements adhèrent aux points de jonction préparés.

— Le Mulet n'est pas un homme ordinaire — et il est difficile de manipuler les instruments qu'il a choisis sans se faire repérer par lui. Les esprits contrôlés sont difficiles à influencer. On dit qu'il a surpris la chose dans certains cas.

— Oui, je ne vois pas bien comment on pourrait l'éviter.

— Les esprits non contrôlés sont plus malléables. Mais si peu occupent des postes d'autorité sous sa férule... »

Ils pénétrèrent dans la Salle du Conseil. D'autres membres de la Seconde Fondation les suivirent.

III

Rossem est l'un de ces mondes marginaux que néglige en général l'Histoire Galactique il est bien rare qu'ils s'imposent à l'attention des hommes qui occupent les myriades d'autres planètes plus fortunées.

Dans les derniers jours de l'Empire Galactique, quelques prisonniers politiques avaient habité ses étendues désertiques, cependant qu'un observatoire et une petite garnison navale le préservaient d'une désertion complète. Plus tard, dans les jours troublés précédant l'époque de Hari Seldon, les hommes les plus faibles, excédés par la récurrence périodique de l'insécurité et du danger, las de voir leurs planètes mises à sac et une succession fantomatique d'empereurs se frayer un chemin jusqu'à la pourpre suprême pour exercer passagèrement un pouvoir tyrannique et stérile, avaient fui les centres populeux pour chercher refuge dans ces coins déshérités de la Galaxie.

Dans les solitudes glaciales de Rossem, s'agglutinaient les villages. Leur soleil n'était qu'une petite étoile naine rougeâtre qui gardait pour elle sa maigre chaleur, tandis qu'une neige clairsemée ne cessait de tomber pendant neuf mois de l'année. Le robuste grain indigène demeurait en léthargie dans le sol pendant tous ces mois d'hiver, pour croître et mûrir ensuite avec une rapidité quasi panique, lorsque les rayons du soleil faisaient, comme à regret, monter la température aux alentours de dix degrés.

De petits animaux, rappelant les chèvres, broutaient les herbages, grattant la neige de leurs sabots tri-ongulés.

Les hommes de Rossem obtenaient ainsi leur pain et leur lait, et — lorsqu'ils pouvaient se payer le luxe de sacrifier un animal — même leur viande. Les sombres et sinistres forêts qui croissaient de haute lutte, sur la moitié équatoriale de la planète, fournissaient un bois solide et de texture serrée, pour la construction de l'habitat. Ce bois, de même que certaines fourrures et minéraux, convenaient même à l'exportation, et les astronefs de l'Empire débarquaient périodiquement, apportant en échange matériel agricole, poêles atomiques et même des postes de télévision. Ces derniers n'étaient pas superflus, car le long hiver imposait aux paysans une claustration interminable.

Le fleuve de l'Histoire impériale dédaignait les paysans de Rossem. Les astronefs marchands pouvaient apporter sporadiquement des nouvelles ; de nouveaux fugitifs débarquaient à l'occasion — certain jour, un groupe relativement important arriva en corps constitué et demeura sur place — et tous ces gens apportaient habituellement des nouvelles de la Galaxie.

C'est à ces occasions que les Rossemites entendaient parler des grandes batailles, des populations décimées, des empereurs tyranniques et des vice-rois rebelles. Et ils soupiraient en secouant la tête, fermaient étroitement leurs cols de fourrure autour de leurs visages barbus et s'asseyaient sur la place du village, sous les pâles rayons du soleil, pour philosopher à l'aise sur la méchanceté des hommes.

Puis, après un certain temps, les astronefs marchands disparurent et la vie devint plus dure. Les importations de délicates nourritures étrangères, de tabac, de matériel s'arrêtèrent Quelques bribes de nouvelles recueillies sur les écrans des téléviseurs leur firent pressentir des événements alarmants. On apprit enfin que Trantor avait été mise à sac. La grande métropole de toute la Galaxie, cette splendide, inaccessible et incomparable demeure historique des empereurs avait été dépouillée, ruinée, totalement anéantie.

C'était là un événement inconcevable, et pour bien des paysans de Rossem, grattant péniblement la terre de leurs champs il semblait que la fin de la Galaxie fût imminente

Et puis, un jour semblable aux autres, un astronef apparut de nouveau dans le ciel. Les anciens de chaque village hochaient la tête d'un air entendu et soulevaient leurs vieilles paupières en chuchotant qu'il en était ainsi du temps de leurs pères — mais ce n'était pas la vérité. Il s'en fallait.

Ce vaisseau n'était pas un navire impérial. Le sceau de l'Aster et du Soleil manquait à sa proue. C'était un engin informe, fait de bric et de broc à partir de pièces ayant appartenu à des vaisseaux plus anciens, et ceux qui en débarquèrent se présentèrent comme les soldats de Tazenda.

Les paysans n'y comprenaient rien. Ils n'avaient jamais entendu parler de Tazenda ; ils n'en accueillirent pas moins les soldats avec leur hospitalité traditionnelle. Les nouveaux venus s'enquirent avec précision de la nature de la planète, du nombre de ses habitants, de ses cités — mot que les paysans confondirent avec « village », ce qui ne fut pas sans provoquer de malentendus — du type de l'économie et ainsi de suite.

D'autres astronefs suivirent et des proclamations firent savoir sur toute la planète que Tazenda avait pris les rênes du pouvoir, qu'une chaîne de stations de collecteurs d'impôts serait établie le long de l'équateur — la région habitée — qu'un certain pourcentage de grain et de fourrure serait prélevé annuellement selon un certain coefficient numérique.

Les Rossemites ne savaient trop quel sens attribuer au mot « impôts ». Lorsque vint le moment de la collecte, ils furent nombreux à payer, tandis que d'autres regardaient, éperdus, ces hommes en uniforme venus d'un autre monde charger sur leurs vastes chars terrestres le grain et les fourrures.

Ici et là, des paysans indignés formèrent des bandes et brandirent d'anciennes armes de chasse, mais cette rébellion se termina en déconfiture. En grommelant, ils s'étaient dispersés à l'arrivée des hommes de Tazenda et avaient vu avec désolation leur lutte pour l'existence devenir encore plus âpre.

Mais un nouvel équilibre s'établit. Le gouverneur de Tazenda vivait dans le village de Gentri, où n'avaient pas accès les Rossemites. Comme les officiels sous ses ordres, il n'était pour les autochtones qu'un vague personnage venu de l'extérieur et il n'empiétait que rarement sur leur domaine. Les fermiers-collecteurs, des Rossemites à la solde de Tazenda, se présentaient périodiquement ; mais on avait pris l'habitude de les voir — et le paysan avait appris à cacher son grain, à mener son troupeau dans la forêt et à ne pas afficher dans sa hutte les signes extérieurs d'une trop grande prospérité. Ensuite, il répondait aux interrogatoires indiscrets par un regard stupide et en montrant du geste ses seules possessions visibles.

Ces tracasseries se firent moins insistantes, les impôts décrurent, comme si Tazenda s'était lassée d'extorquer péniblement des liards à un monde aussi déshérité.

Le commerce se développa et sans doute Tazenda estima-t-elle cet expédient plus profitable. Les gens de Rossem ne recevaient plus les rutilantes créations de l'Empire, mais les machines et la nourriture de Tazenda valaient encore mieux que les produits du cru. Et puis, il y avait les vêtements de femmes. Celles-ci pouvaient désormais abandonner la grossière toile grise tissée à la maison, ce qui était très important.

C'est ainsi qu'une fois de plus, l'Histoire galactique s'écoula d'une manière relativement paisible, et les paysans continuaient à extraire chichement leur subsistance d'un sol ingrat.

Narovi souffla dans sa barbe en sortant de sa hutte. Les premières neiges commençaient à couvrir le sol gelé, et le ciel bas était d'une couleur uniformément rose terni. Il explora consciencieusement la nue et décida que le temps n'était pas à l'orage. Il pouvait se rendre à Gentri sans grand risque, pour échanger ses excédents de grain contre des aliments en conserve qui lui dureraient tout l'hiver.

Il rugit à travers la porte qu'il venait d'entrebâiller pour la circonstance : « A-t-on garni le véhicule de combustible, Yunker ? »

Une voix cria de l'intérieur, puis apparut le fils aîné de Narovi, avec sa courte barbe rouge qui ne parvenait pas encore à masquer la minceur adolescente de son visage. « Le véhicule, dit-il d'un ton maussade, est garni de combustible et fonctionne bien, mais les axes sont en mauvais état. Mais je ne suis pas à blâmer. Ne vous ai-je pas dit qu'il fallait faire appel à un spécialiste ? »

Le vieil homme fit un pas en arrière et examina son fils

sous ses sourcils baissés ; puis il projeta en avant son menton velu :

« Et alors, est-ce ma faute ? Comment aurais-je pu
m'offrir les services d'un spécialiste ? La récolte n'a-t-elle
pas été plus que maigre depuis cinq ans ? Mes troupeaux
n'ont-ils pas été décimés par la peste ? Est-ce que les peaux
n'ont pas...

— *Narovi*. (La voix bien connue qui venait de l'intérieur
coupa court à ses lamentations.)

— Bon, bon, il faut à présent que ta mère vienne mettre
le nez entre un père et son fils. Fais sortir la voiture et
assure-toi que les remorques sont solidement arrimées. »

Il frappa l'une contre l'autre ses mains gantées et leva de
nouveau les yeux vers le ciel. Les nuages rougeâtres
s'assemblaient et le ciel gris qui apparaissait dans leurs
interstices n'apportait pas de chaleur. Le soleil était
caché.

Il allait détourner les yeux lorsqu'un objet attira sa vue.
Son doigt se leva machinalement, tandis que sa bouche
s'ouvrait largement pour pousser un cri, sans se préoccuper
le moins du monde de l'air glacé.

« Femme ! cria-t-il vigoureusement. Vieille femme, viens
ici ! »

Une tête indignée apparut à une fenêtre. Les yeux de la
femme suivirent la direction indiquée par son doigt, sa
bouche s'ouvrit à son tour. Avec un cri, elle se précipita au
bas de l'escalier de bois, saisissant au passage un vieux
châle et un carré de toile. Elle apparut bientôt, le carré de
toile bien serré sur sa tête et ses oreilles, le châle sur les
épaules.

« C'est un astronef qui vient de l'espace extérieur ! souffla-t-elle.

— Je le vois bien ! dit Narovi avec impatience. Nous
avons des visiteurs, vieille femme, des visiteurs ! »

Le vaisseau s'approchait lentement, s'apprêtant à se poser
sur le champ gelé, dans la partie nord de la ferme de
Narovi.

« Mais qu'allons-nous faire ? gémit la femme. Pouvons-
nous offrir l'hospitalité à ces gens ? Se contenteront-ils du
sol de terre battue de notre cabane et des miettes de la
galette de maïs de la semaine dernière ?

— Préfères-tu qu'ils aillent chez nos voisins ? (Le teint de
Narovi, congestionné par le froid, s'empourpra encore et

ses bras, couverts d'une maigre fourrure, saisirent l'épaule musculeuse de la femme.) Femme de mon cœur, murmura-t-il, tu feras descendre au rez-de-chaussée les deux chaises de notre chambre. Tu veilleras à ce qu'un jeune animal bien gras soit immolé et rôti avec des tubercules ; tu prépareras un nouveau gâteau de maïs. A présent, je vais saluer et accueillir ces hommes puissants qui viennent de l'espace... et... et... (Il s'interrompit, inclina sur le côté son vaste bonnet et se gratta la tête d'un air perplexe.) Oui, je vais emporter ma cruche d'eau-de-vie de grain. Il est agréable de boire une bonne rasade. »

Durant ce discours, les lèvres de la femme n'avaient pas cessé de remuer silencieusement. Ce stade une fois passé, sa bouche émit des cris discordants.

Narovi leva un doigt. « Vieille femme, qu'est-ce donc que les Anciens ont dit la semaine passée ? Eh bien ? Fouille ta mémoire. Les Anciens sont allés de ferme en ferme — en personne ! Vois s'ils estimaient la chose importante — pour nous demander de les prévenir immédiatement — *ordre du gouverneur* — si jamais des astronefs venus de l'espace apparaissaient dans le ciel.

« Ne saisirai-je pas l'occasion de gagner les bonnes grâces des gens au pouvoir ? Examine ce navire. As-tu jamais vu le pareil ? Ces hommes du monde extérieur sont riches, puissants. Le gouverneur en personne n'a pas hésité à lancer des messages urgents à leur sujet et les Anciens sont allés de ferme en ferme malgré la bise. Peut-être a-t-on annoncé sur tout le territoire de Rossem que ces hommes sont hautement désirés par les Seigneurs de Tazenda... et c'est sur ma propre ferme qu'ils se posent ! »

Il trépignait positivement d'anxiété. « Que nous nous acquittions convenablement des lois de l'hospitalité — que mon nom vienne aux oreilles du gouverneur — et rien ne nous sera plus refusé. »

Sa femme fut soudain consciente du froid qui la pénétrait à travers ses légers vêtements d'intérieur. Elle bondit vers la porte en criant par-dessus son épaule : « Ne t'occupe pas de ces gens. »

Mais elle parlait à un homme qui avait déjà pris sa course vers ce fragment d'horizon où l'astronef opérait sa descente.

Ce n'était pas le froid ni les espaces nus et désolés qui

préoccupaient le général Han Pritcher. Non plus que l'aspect misérable du pays, ou le paysan trempé de sueur.

Il s'inquiétait plutôt de savoir s'ils avaient agi sagement en se lançant dans cette aventure. Il se trouvait seul sur cette planète en compagnie de Channis.

Dans l'espace, l'astronef pouvait toujours se tirer d'affaire dans les circonstances ordinaires, et pourtant il ne se sentait pas en sécurité. C'était Channis, évidemment, qui était responsable de cette initiative. Il lança un regard de biais vers le jeune homme et le surprit à cligner joyeusement de l'œil dans la direction d'une ouverture ménagée dans la cloison garnie de fourrures, où les yeux fureteurs et la bouche béante d'une vieille femme venait d'apparaître momentanément.

Channis, du moins, semblait parfaitement à son aise. Pritcher constata le fait avec une satisfaction aigre-douce. Désormais, le jeu ne suivrait plus exactement la voie qu'il avait tracée. D'autre part, leurs émetteurs-récepteurs à ultra-ondes demeuraient le seul lien qui les unissait à l'astronef.

Leur hôte rustique leur prodiguait de vastes sourires tout en hochant la tête à plusieurs reprises. D'une voix pénétrée de respect, il leur dit :

« Nobles seigneurs, je prends l'extrême liberté de vous avertir que mon fils aîné — un brave garçon travailleur, auquel ma pauvreté m'interdit de donner l'éducation qu'il mérite — vient de m'informer que les Anciens arriveront bientôt. J'espère que votre séjour sous mon toit aura été aussi agréable que mes humbles moyens — car je suis pauvre, bien qu'honnête et humble fermier, dur au travail, comme chacun pourra vous le dire — me le permettent.

— Les Anciens ? dit Channis d'un ton léger. Ce sont sans doute les dirigeants locaux ?

— C'est bien cela, nobles seigneurs, et tous d'honnêtes et dignes hommes, car notre village est connu sur Rossem pour sa vertu et sa loyauté — bien que la vie soit dure et les produits des champs et de la forêt bien maigres. Peut-être ferez-vous état de la civilité et du respect dont j'ai témoigné à l'égard des voyageurs et, ainsi, il se peut que les Anciens m'accordent un nouveau véhicule à moteur, car le vieux peut à peine se traîner, et nous dépendons de lui pour notre subsistance. »

Il prononçait sa requête avec une pressante humilité et

Han Pritcher opinait du chef avec la hautaine condescendance compatible avec le titre de « nobles seigneurs » dont on les gratifiait généreusement.

« Nous ferons compliment aux Anciens de votre hospitalité. »

Pritcher saisit l'occasion d'un moment fortuit de solitude pour glisser un mot à l'oreille d'un Channis apparemment à moitié endormi.

« Je n'apprécie pas tellement cette entrevue avec les Anciens, dit-il. Avez-vous une opinion quelconque sur le sujet ? »

Channis parut surpris. « Non. Quest-ce qui vous préoccupe ? »

— Il semble que nous ayons mieux à faire que d'attirer l'attention sur nous dans ce village. »

Channis lui dit rapidement, d'une voix basse :

« Il se peut qu'il devienne nécessaire d'attirer l'attention lors de nos prochaines initiatives. Nous ne trouverons pas le genre d'homme que nous cherchons en plongeant à l'aveuglette notre main dans un sac. Des gens qui dirigent grâce à leur pouvoir psychique n'occupent pas obligatoirement des postes honorifiques. Tout d'abord, les psychologues de la Seconde Fondation ne sont probablement qu'une infime minorité par rapport à l'ensemble de la population, de même que les savants et les techniciens de notre Première Fondation étaient en nombre extrêmement réduit. Les gens ordinaires ne sont rien d'autre probablement, que ce qu'ils paraissent — des gens très ordinaires. Il se peut que les psychologues eux-mêmes se cachent jalousement, et les hommes qui occupent apparemment les postes de direction se croient, en toute sincérité, les véritables maîtres. Il se peut que la solution de notre problème se trouve ici même, sur cette misérable planète gelée.

— Je ne vous suis absolument pas.

— Voyons, ce n'est pas compliqué. Tazenda est probablement un monde immense dont la population s'élève à des millions, voire des centaines de millions d'individus. Comment ferions-nous pour identifier les psychologues dans cette masse et raconter sincèrement au Mulet que nous avons découvert la Seconde Fondation ? Ici, au contraire, sur ce monde minuscule de paysans, sur ces planètes vassales, tous les dirigeants de Tazenda — c'est notre hôte qui le dit — sont concentrés dans le village principal de Gentri.

Leur nombre ne doit guère excéder une centaine, Pritcher, et parmi eux, il doit bien se trouver un ou plusieurs hommes de la Seconde Fondation. Nous nous y rendrons éventuellement, mais voyons d'abord les Anciens. Je pense que c'est la première étape d'une progression logique. »

Ils se séparèrent avec le plus grand naturel, cependant que leur hôte pénétrait dans la pièce en coup de vent, en proie à une agitation visible.

« Nobles seigneurs, les Anciens arrivent. Je prends une fois de plus la liberté de vous demander de glisser un mot en ma faveur. (Il se plia en deux dans un paroxysme de servilité.)

— N'ayez crainte, nous nous souviendrons de vous, dit Channis. Sont-ce là vos Anciens ? »

C'étaient eux, apparemment. Ils étaient au nombre de trois.

L'un d'eux s'avança. Il s'inclina respectueusement, mais sans perdre un pouce de sa dignité. « Nous sommes très honorés. Nous vous avons procuré des moyens de transport et j'ose espérer que vous nous ferez l'honneur de paraître à notre salle de réunion. »

TROISIEME INTERLUDE

Le Premier Orateur considéra le ciel nocturne avec mélancolie. Des lambeaux de nuage passaient devant la faible clarté des étoiles. L'espace semblait agressivement hostile. Habité par le froid et les intempéries, il n'était guère accueillant, mais la présence de cette créature étrange, le Mulet, le chargeait et l'assombrissait encore d'une sinistre menace.

La réunion était terminée. Elle n'avait guère duré. On avait débattu des doutes et des incertitudes que suscitait le difficile problème mathématique posé par un mutant dont les réactions demeuraient imprévisibles. Toutes les éventualités les plus extrêmes devaient être envisagées.

Avaient-ils acquis quelque certitude ? Quelque part, dans cette région de l'espace — à portée de main, selon l'échelle galactique — se trouvait le Mulet. Quelle action allait-il entreprendre ?

Ses hommes ne se montraient pas trop difficiles à manier. Ils réagissaient conformément aux prévisions.

Mais qu'en serait-il du Mulet lui-même ?

IV

Les Anciens de cette région particulière de Rossem n'étaient pas exactement tels qu'on aurait pu s'y attendre. Ils ne constituaient pas une simple extrapolation de la paysannerie — c'est-à-dire : plus âgés, plus autoritaires, moins amicaux.

Pas du tout.

La dignité dont ils avaient fait preuve à la première entrevue s'était accentuée au point de devenir, aux yeux des visiteurs, leur caractéristique dominante.

Ils étaient assis autour de leur table ovale comme autant de penseurs graves et avares de leurs mouvements. La plupart avaient dépassé le cap de la prime jeunesse, néanmoins les quelques individus dont le visage s'agrémentait d'une barbe la portaient courte et soigneusement entretenue. Cependant, suffisamment nombreux étaient ceux qui ne paraissaient pas avoir encore atteint la quarantaine, pour que le titre d'Ancien puisse être considéré davantage comme un témoignage de respect plutôt qu'une référence à l'âge de l'intéressé.

Les deux visiteurs venus de l'espace étaient placés au sommet de la table et, dans le silence solennel qui accompagnait un repas plutôt frugal et dont le caractère tenait plutôt du cérémonial que d'une opération destinée à calmer l'appétit, ils s'imprégnaient de cette atmosphère nouvelle qui offrait tellement de contrastes avec ce qu'ils avaient connu jusqu'à présent.

Le repas terminé, après qu'une ou deux observations respectueuses — trop brèves et trop simples pour qu'on puisse les qualifier de discours — eurent été prononcées par ceux des Anciens qui jouissaient apparemment de la plus haute estime, la réunion prit un tour plus familier.

On eût dit que l'atmosphère d'accueil protocolaire présidant à la réception des personnages étrangers avait cédé le pas à une ambiance rustique faite de curiosité et d'empressement amical.

Ils se pressaient autour des deux nouveaux venus et les assaillaient de questions.

Ils demandaient s'il était difficile de piloter un astronef, de combien de membres se composait l'équipage, s'il était possible de construire de meilleurs moteurs pour leurs véhicules terrestres, s'il était vrai qu'il neigeait rarement sur les autres planètes (ce qui n'était pas le cas pour Tazenda), combien de gens vivaient sur leur monde, s'il était aussi étendu que Tazenda, quelle distance les en séparait, comment étaient tissés leurs vêtements, et ce qui leur donnait ce lustre métallique, pourquoi ils ne portaient pas de fourrures, s'ils se rasaient chaque jour, quelle sorte de pierre portait la bague de Pritcher... et ainsi de suite.

Et presque toujours, les questions étaient adressées à Pritcher, comme si, en sa qualité d'aîné, il était automatiquement investi de la plus haute autorité. Le général se trouva contraint de répondre avec un luxe accru de détails. Il avait l'impression d'être entouré par une foule d'enfants. Leurs questions témoignaient d'un émerveillement extrême, absolument désarmant. Leur passion d'apprendre était immense et ne souffrait pas de résistance.

Pritcher expliqua que les astronefs n'étaient pas difficiles à piloter et que l'importance de leurs équipages variait, selon la taille de l'engin, entre un seul homme et un grand nombre ; qu'il ignorait les détails de construction de leurs moteurs, mais qu'il était certain qu'ils étaient susceptibles d'amélioration ; que les climats variaient à l'infini suivant les planètes ; que des populations se chiffrant par centaines de millions vivaient sur le monde d'où il venait, mais qu'il était beaucoup moins étendu et plus insignifiant que le grand empire de Tazenda ; que leurs vêtements étaient tissés à l'aide de fils de silicone sur lesquels le lustre était obtenu artificiellement par une orientation convenable des molécules superficielles, et qu'on pouvait les chauffer par un procédé spécial, si bien que les fourrures n'étaient pas nécessaires ; qu'ils se rasaient chaque jour ; que la pierre enchâssée dans sa bague était une améthyste. Et les questions fusaient toujours. Il sentait sa rude carapace se fondre, contre son gré, au contact de ces naïfs villageois.

Et toujours, ses réponses étaient suivies d'un rapide commentaire des Anciens, comme s'ils débattaient entre eux de la qualité des informations obtenues. Il était difficile de suivre leurs discussions particulières, car ils avaient à ce moment recours à leur version typiquement accentuée du langage galactique universel, lequel, pour avoir été trop longtemps séparé de la langue-mère, avait gardé une forme archaïque.

On aurait presque pu dire que leurs brefs commentaires frôlaient le seuil de l'entendement, tout en restant subtilement compréhensibles.

Channis interrompit finalement le déluge de questions.

« Mes chers hôtes, votre tour est maintenant venu de répondre, car nous sommes étrangers et nous aimerions bien connaître, autant que possible, le noble empire de Tazenda. »

Alors, il arriva ceci qu'un grand silence tomba sur l'assemblée et les Anciens qui, l'instant d'avant, parlaient avec une intarissable volubilité, devinrent muets comme des carpes. Leurs mains qui voletaient avec tant d'agilité et de délicatesse, comme pour donner à leurs paroles plus de portée et exprimer les diverses nuances de leur pensée, s'immobilisèrent soudain à leurs côtés. Ils échangèrent des regards furtifs, enclins, selon toute apparence, à s'effacer les uns devant les autres.

Pritcher s'interposa rapidement.

« Mon compagnon formule cette demande en toute amitié, car la renommée de Tazenda s'est étendue à toute la Galaxie, et nous ne manquerons pas, naturellement, d'informer le gouverneur de la loyauté et de l'affection que lui portent les Anciens de Rossem. »

Nul soupir de soulagement ne fut poussé, mais les visages s'éclairèrent. Un Ancien passa ses doigts dans sa barbe, redressa une boucle d'une pression légère et dit :

« Nous sommes les fidèles serviteurs des Seigneurs de Tazenda. »

La contrariété que Pritcher avait éprouvée en écoutant Channis formuler sa demande avec aussi peu de diplomatie s'était atténuée. Il était évident, du moins, que les effets de l'âge, dont il avait ressenti depuis peu les premières atteintes, ne lui avaient pas retiré la faculté de réparer les bourdes commises par les autres.

« Dans notre lointaine région de l'univers, continua-t-il, nous ne sommes pas très versés dans l'histoire des anciens Seigneurs de Tazenda. Je suppose que leur règne a été pacifique et s'est poursuivi pendant de longues années. »

L'Ancien qui était déjà intervenu répondit. Assumant le rôle de porte-parole, il s'exprimait d'une voix basse et monocorde.

« Même le grand-père du plus âgé d'entre nous n'a nulle souvenance d'une époque d'où les Seigneurs fussent absents, dit-il.

— Ce fut une ère de paix ?

— Ce fut une ère de paix. (Il marqua une certaine hésitation.) Le gouverneur est un fort et puissant Seigneur qui n'hésiterait pas à punir les traîtres. Naturellement, il n'y a pas de traîtres parmi nous.

— J'imagine que, dans le passé, certains ont expié leurs fautes comme ils le méritaient. »

Nouvelle hésitation.

« Il ne s'est jamais trouvé de traîtres dans nos rangs, ni chez nos pères ni chez les pères de nos pères. Mais il n'en a pas été de même dans d'autres mondes, et une mort prompte a sanctionné la faute des coupables. Il ne convient pas que nous nous mêlions de ces choses, car nous sommes d'humbles gens, de pauvres fermiers qui ne font pas de politique. »

Sa voix trahissait une anxiété certaine, et l'inquiétude assombrissait les yeux de tous.

« Pourriez-vous nous dire la marche à suivre pour obtenir une audience de votre gouverneur ? » demanda Pritcher d'une voix douce.

C'est à ce moment que se produisit l'imprévisible.

Après un long moment de silence, l'Ancien lui dit :

« Comment... ne le saviez-vous pas ? Le gouverneur sera ici dès demain. Il attendait votre visite. Vous nous avez fait un très grand honneur. Nous... espérons ardemment que vous témoignerez auprès de lui de notre loyauté à son égard. »

Le sourire de Pritcher se crispa imperceptiblement.

« Il nous attendait ? »

L'Ancien promena un regard étonné sur ses compagnons.

« Mais... il y a déjà une semaine que nous étions prévenus de votre arrivée. »

Le logement qui leur fut attribué était relativement luxueux, si l'on considérait le niveau économique de la planète. Pritcher avait connu bien pis. Quant à Channis, il ne montrait qu'indifférence pour les contingences extérieures.

Mais un élément de dissension inédit venait de surgir entre les deux hommes. Pritcher sentait venir le moment d'une décision irréversible, tout en souhaitant une temporisation supplémentaire. Une entrevue immédiate avec le gouverneur accroîtrait dangereusement les risques de la partie engagée. Par contre, en cas de victoire, les profits pourraient s'en trouver multipliés. Il se sentit envahi d'une bouffée de colère en considérant Channis, dont les sourcils s'étaient légèrement rapprochés et dont la lèvre inférieure se contractait sur les incisives en une moue délicate. Il avait horreur de ces inutiles comédies dont il attendait l'issue avec impatience.

« Il semble que notre venue ait été prévue.

— Oui, dit simplement Channis.

— C'est là tout ce que vous trouvez à dire ? Vous n'avez pas d'autre commentaire plus judicieux à nous proposer ? Nous débarquons ici, et on nous informe que le gouverneur nous attend. Sans doute apprendrons-nous de sa bouche que tout le royaume de Tazenda était averti de notre arrivée imminente. Dans ce cas, je ne vois pas très bien quelle pourrait être la valeur de notre mission. »

Channis leva les yeux, sans faire le moindre effort pour dissimuler la lassitude de sa voix.

« Etre averti de notre arrivée est une chose, connaître notre identité et les raisons de notre visite en est une autre.

— Et vous croyez pouvoir les cacher aux hommes de la Seconde Fondation ?

— Peut-être. Pourquoi pas ? Seriez-vous déjà prêt à jeter

le manche après la cognée ? Supposons que notre astronef
ait été détecté en cours de route. Est-il tellement extraordinaire qu'une puissance entretienne des postes d'observation
dans l'espace ? Ne serions-nous que des étrangers ordinaires
que nous présenterions néanmoins un intérêt.

Un intérêt à ce point évident que le gouverneur en personne se dérange pour venir nous accueillir ? »

Channis haussa les épaules : « Nous aurons tout le temps
de nous occuper de ce problème plus tard. Pour l'instant,
voyons à quoi ressemble ce gouverneur. »

Pritcher découvrit ses dents dans un rictus amer. La
situation devenait ridicule.

Channis poursuivit avec une animation artificielle :

« Nous savons au moins une chose. Tazenda *est* la Seconde Fondation, sinon il faudrait conclure que des millions d'indices nous indiquent unanimement la mauvaise
voie. Comment interprétez-vous cette terreur évidente que
les autochtones ressentent à l'égard de Tazenda ? Or, on
n'aperçoit aucun signe apparent de domination politique.
Leurs groupes d'Anciens se réunissent librement, autant
qu'on en puisse juger, et sans intervention extérieure
d'aucune sorte. Les taxes qui leur sont imposées ne sem-
blent pas exagérées et la collecte s'effectue sans grande
rigueur. Les gens parlent beaucoup de leur pauvreté, mais
ont le physique de gens robustes et bien nourris. Leurs
habitations sont sommaires et leurs villages rudimentaires,
mais ils sont évidemment conçus en fonction du climat. En
fait, ce monde me fascine. Je n'en ai jamais vu de plus
rebutant, néanmoins je suis convaincu que la population ne
souffre pas et que son existence, exempte de complications,
lui apporte un bonheur dont ne jouissent pas les sociétés
raffinées de nos pays civilisés.

— Dois-je en conclure que vous êtes un fervent des vertus paysannes ?

— Les étoiles m'en préservent ! (Cette idée semblait amu-
ser fort le jeune Channis.) Il me suffit d'en souligner le
caractère significatif. Apparemment, Tazenda est un administrateur efficace — efficace dans un sens différent de celui
du vieil Empire ou de la Première Fondation, voire de
notre propre Union. Toutes ces puissances ont apporté à
leurs sujets un confort mécanique au détriment de valeurs
plus intangibles. Tazenda leur apporte le bonheur et pour-
voit convenablement à leurs besoins matériels. Ne voyez-

vous pas que toute l'orientation de leur domination est
différente ? Elle s'exerce, non sur un plan physique, mais
psychologique.

— Vraiment ? (Pritcher se permettait d'ironiser.) Et que
faites-vous de cette terreur que les Anciens manifestent à
l'égard des punitions que ces bienveillants administrateurs
infligent aux traîtres ? Comment la conciliez-vous avec
votre thèse ?

— Ont-ils été l'objet de sanctions ? Ils ne parlent que des
châtiments imposés aux autres. On pourrait penser que la
notion de punition a été à ce point implantée dans leurs
esprits que le châtiment lui-même est devenu inutile. Leur
mentalité en est tellement imprégnée qu'il n'existe pas, j'en
suis certain, un seul soldat sur toute la planète. Il me
semble que cela saute aux yeux, ne le voyez-vous pas ?

— Je le verrai peut-être, répondit froidement Pritcher,
lorsque j'aurai rencontré le gouverneur. A ce propos, et si
nos mentalités étaient conditionnées ?

— Bah ! Vous en avez l'habitude », répondit Channis
avec un mépris brutal.

Pritcher pâlit imperceptiblement et se détourna avec effort. Ils ne s'adressèrent plus la parole de la journée.

Dans le calme silence de la nuit glaciale, Pritcher tendait
l'oreille vers la respiration régulière de son compagnon.
Rassuré, il régla son poste de poignet sur la longueur
d'ultra-onde dont il était le seul à disposer, à l'exclusion de
Channis, et, par de silencieux frôlements d'ongles, se mit en
communication avec l'astronef.

La réponse lui parvint sous la forme de brèves périodes
de vibrations inaudibles, qui dépassaient à peine le seuil des
perceptions sensorielles.

« Vous n'avez encore reçu aucune nouvelle communication ? »

La réponse fut répétée à deux reprises successives.

« Aucune. Nous attendons toujours. »

Il descendit du lit. Il faisait froid dans la pièce. Il s'enveloppa de la couverture fourrée et se plongea dans la
contemplation des étoiles, si différentes, par leur brillance
et leur complexité, de l'uniforme poussière galactique qui
dominait les nuits de sa périphérie natale.

Quelque part, au milieu de ces astres, se trouvait la
réponse aux questions qui bouleversaient son entendement,

et il souhaitait ardemment que lui parvînt enfin la solution qui résoudrait pour lui ces problèmes irritants.

Pendant un instant, il se demanda une fois de plus si le Mulet avait raison — si la conversion l'avait effectivement rivé de cette énergie indomptable que donne la confiance en soi. Ou n'était-ce pas plutôt l'effet de l'âge et des vicissitudes que lui avaient values les dernières années ?

En réalité, il n'en avait cure.

Il était las.

Le gouverneur de Rossem arriva en modeste apparat. Son seul compagnon était l'homme en uniforme qui tenait les commandes du véhicule terrestre.

Celui-ci était d'apparence somptueuse mais ses performances semblaient des plus médiocres au général. Dépourvu de maniabilité, il virait avec une lamentable gaucherie et, plus d'une fois, le moteur cala par suite d'un changement de vitesse trop précipité. Il était évident, à première vue, qu'il utilisait un combustible chimique et non atomique.

Le gouverneur tazendien descendit prestement sur la légère couche de neige et s'avança entre deux rangées d'Anciens respectueux. Il passa rapidement sans les regarder et pénétra dans la maison. Tous y entrèrent à sa suite.

De la place qu'on leur avait assignée, les deux hommes de l'Union observaient la scène. Le gouverneur était trapu, plutôt massif, court, fort peu impressionnant.

Et puis après ?

Pritcher maudit son absence de sang-froid. Son visage demeurait bien entendu d'un calme glacial. Sa défaillance passerait inaperçue de Channis — mais il savait fort bien que sa tension artérielle s'était accrue et que sa gorge était desséchée.

Il ne ressentait pas une peur physique. Il n'était pas de ces êtres stupides et sans imagination, formés d'une pâte trop grossière pour être accessibles à la peur, mais la crainte physique était un sentiment que l'on pouvait raisonner et dominer.

Il s'agissait ici de tout autre chose, d'une peur toute différente.

Il jeta un coup d'œil rapide vers Channis. Le jeune homme examinait ses ongles dont il grattait machinalement une imperceptible aspérité,

Une vague d'indignation gagna Pritcher. Qu'avait à craindre Channis d'être mentalement contrôlé ?

Pritcher prit une profonde inspiration et tenta de réfléchir. Dans quel état d'esprit se trouvait-il avant que le Mulet eût converti le démocrate qu'il avait été ? Il lui était difficile de se souvenir. Il n'avait pas une nette conception de sa mentalité. Il était impuissant à rompre les fils de la toile d'araignée qui le liaient émotionnellement au Mulet. Sur le plan intellectuel, il se souvenait qu'il avait tenté une fois d'assassiner le Mulet, mais en dépit de tous ses efforts, il lui était impossible de retrouver les sentiments qui avaient motivé son acte. Cependant, il s'agissait peut-être d'une action d'autodéfense de son esprit, car à la seule intuition de ce que ces sentiments auraient pu être — sans qu'il fût question de détails, mais seulement de l'orientation générale de son influx émotionnel — il sentit des nausées lui monter à la gorge.

Et si le gouverneur modelait à son tour son esprit ?

Qu'adviendrait-il si les tentacules mentaux d'un membre de la Seconde Fondation s'insinuaient le long des anfractuosités émotionnelles de son psychisme, pour les faire éclater et les rassembler à nouveau selon une configuration différente ?

Il n'avait éprouvé aucune sensation la première fois. Aucune souffrance, aucun déchirement affectif — même pas le sentiment d'une solution de continuité. Il avait, depuis toujours, aimé le Mulet. S'il avait jamais existé une époque — remontant à cinq courtes années — où il avait cru ne pas l'aimer, où il l'avait haï — il ne pouvait s'agir que d'une affreuse illusion. La seule pensée de cette illusion le plongeait dans l'embarras le plus profond.

Mais de souffrance, point.

La rencontre avec le gouverneur serait-elle une réédition de cette expérience ? Tous les événements passés — toute sa dévotion au service du Mulet — toute l'orientation de sa vie — iraient rejoindre le royaume des rêves brumeux que représentait pour lui le mot démocratie. Le Mulet deviendrait à son tour un rêve, et sa loyauté se consacrerait désormais à la seule Tazenda.

Il se détourna brusquement, pris d'une violente envie de vomir.

A ce moment, la voix de Channis explosa dans son oreille.

« Je crois que le moment est venu, général. »

Pritcher se retourna de nouveau. Un Ancien venait d'ouvrir silencieusement la porte et se tenait sur le seuil, avec un calme plein de dignité et de respect.

« Au nom des Seigneurs de Tazenda, Son Excellence le Gouverneur a le plaisir de vous accorder une audience et vous demande de bien vouloir paraître devant lui.

— Certainement », dit Channis. Il resserra sa ceinture d'une secousse et se coiffa d'un capuchon rossemite.

Pritcher serra les mâchoires. La véritable partie allait enfin commencer.

Le gouverneur de Rossem n'était pas un homme de formidable apparence. Tout d'abord, il était nu-tête, et ses cheveux châtains, clairsemés et grisonnants, donnaient de la douceur à son visage. Ses arcades sourcilières s'abaissèrent et ses yeux enchâssés dans un réseau de fines rides prirent un regard scrutateur ; cependant, son menton rasé de frais était petit et fuyant, et selon les canons de cette pseudo-science qui prétend déterminer le caractère par l'étude de la conformation faciale, c'était un faible.

Pritcher évita les yeux et fixa le menton. Il ne savait pas si cette manœuvre serait efficace — ou s'il existait quelque possibilité de parade.

La voix du gouverneur était haut perchée, indifférente.

« Soyez les bienvenus sur Tazenda. Que la paix soit avec vous. Avez-vous mangé ? »

Sa main — doigts longs, veines apparentes — désigna la table en fer à cheval, d'un geste quasi royal.

Ils s'inclinèrent et prirent place. Le gouverneur s'installa au sommet, du côté extérieur du fer à cheval, et eux à l'intérieur. A droite et à gauche, s'étendait la double rangée des Anciens, silencieux.

Le gouverneur s'exprimait en phrases courtes et hachées, faisant l'éloge des aliments importés de Tazenda (ils étaient, en effet, d'une qualité quelque peu différente, bien qu'à vrai dire pas tellement supérieure à la nourriture plus rustique des Anciens), déplorant le climat rossemite et faisant allusion comme par hasard, à la complexité des voyages spatiaux.

Channis parlait peu. Pritcher pas du tout.

Puis le repas se termina. De petits fruits, servis cuits,

furent passés à la ronde ; les serviettes furent rejetées et le gouverneur se renversa sur son siège.

Ses petits yeux étincelaient.

« Je me suis informé de votre astronef. J'aimerais qu'il soit l'objet de la plus grande attention et des plus grands soins. Je me suis laissé dire que sa position était inconnue.

— En effet, répondit Channis d'un ton léger. Nous l'avons laissé dans l'espace. C'est un vaste oiseau qui convient aux longs voyages à travers des régions parfois hostiles, et nous avons pensé qu'en le posant, nous pourrions susciter quelques doutes quant à nos intentions pacifiques. Nous avons préféré atterrir seuls et désarmés.

— C'est un geste amical de votre part, dit le gouverneur sans conviction. Un vaste vaisseau, avez-vous dit ?

— Mais pas un bâtiment de guerre, Excellence.

— Ah ! hum. D'où venez-vous ?

— D'un petit monde dans le secteur de Santanni, Excellence. Peut-être ignorez-vous même son existence ; il est tellement insignifiant. Nous serions heureux d'entretenir des relations commerciales avec Tazenda...

— Vraiment ? Qu'avez-vous à vendre ?

— Des machines de toutes sortes, Excellence, en échange de denrées alimentaires, de bois, de minerais...

— Ah ! hum. (Le gouverneur paraissait sceptique.) Ces questions ne me sont pas très familières. Nous pourrions peut-être établir des contrats fructueux pour les deux parties. Peut-être, lorsque j'aurai examiné vos lettres de créance — car mon gouvernement exigera des informations détaillées avant d'entreprendre des négociations — et observé votre vaisseau, serait-il judicieux de votre part de vous rendre à Tazenda. »

Cette proposition n'obtint aucune réponse, et l'attitude du gouverneur se refroidit perceptiblement.

« Mais, avant tout, il est nécessaire que je voie votre vaisseau.

— Malheureusement, dit Channis d'un air lointain, on s'occupe en ce moment de le réparer. Si Votre Excellence voulait bien nous accorder un délai de quarante-huit heures, nous le mettrions de grand cœur à votre disposition.

— Je n'ai guère l'habitude d'attendre. »

Pour la première fois, Pritcher rencontra le regard de l'autre et son souffle explosa silencieusement dans sa poitrine. Il éprouva pendant un instant la sensation d'un homme qui se noie, puis ses yeux s'arrachèrent péniblement à l'emprise adverse.

Channis ne cilla pas.

« L'astronef ne pourra pas se poser avant quarante-huit heures, Excellence. Nous sommes sans armes, à votre merci. Pouvez-vous douter de l'honnêteté de nos intentions ? »

Il y eut un long silence, puis le gouverneur dit d'un ton rogue :

« Parlez-moi du monde d'où vous venez. »

Ce fut tout. L'incident était clos. Aucune friction ne se produisit plus désormais. Le gouverneur, ayant accompli sa mission officielle, se désintéressait apparemment de l'affaire et l'entretien s'éteignit dans une mort sans gloire.

Lorsque tout fut terminé, Pritcher se retrouva dans leur logement commun et procéda à un examen de conscience.

Avec minutie, en retenant son souffle, il ausculta ses sentiments. Il n'avait certes pas l'impression d'être changé de quelque façon ; mais il restait à savoir s'il aurait eu conscience d'une quelconque modification. Après la conversion opérée sur lui par le Mulet, avait-il noté en lui quelque différence ? Est-ce que tout ne lui avait pas semblé naturel et normal ?

Mais il fallait soumettre son esprit à l'épreuve décisive.

Avec une froide résolution, il lança un cri à travers les silencieuses cavernes de sa conscience. Ce cri était : « Il faut démasquer et détruire la Seconde Fondation ! »

Et le sentiment qui l'accompagnait était une haine sincère.

Pas la plus petite ombre d'hésitation.

La seconde épreuve consistait à substituer le nom du Mulet à celui de la Seconde Fondation. Aussitôt le souffle lui manqua et sa langue se pétrifia à la simple évocation de la phrase sacrilège.

Tout allait bien pour l'instant.

Mais si la pénétration de l'adversaire avait pris un tour plus subtil ? Si son esprit avait subi d'imperceptibles modifications ? Des changements qu'il ne pouvait déceler, parce que leur existence même faussait son jugement ?

Il ne disposait d'aucun moyen de le savoir.

Mais il éprouvait toujours, à l'égard du Mulet, le même

sentiment d'indéfectible loyauté, et cela seul importait réellement.

Il tourna de nouveau son esprit vers l'action. Channis s'activait dans le coin qui lui était réservé. Pritcher porta le pouce sur son poste de poignet.

Et lorsqu'il reçut la réponse, une vague de soulagement déferla sur lui, qui le laissa sans force.

Les muscles impassibles de son visage ne trahirent rien de son drame intérieur mais tout son être criait de joie. Et lorsque Channis tourna vers lui son visage, il sut que la farce était sur le point de finir.

QUATRIEME INTERLUDE

Les deux Orateurs se croisèrent sur la route et s'arrêtèrent.

« J'ai reçu un message du Premier Orateur », dit l'un d'eux.

Une lueur d'appréhension brilla dans les yeux de l'autre :

« Point de jonction ?

— Oui. Puissions-nous vivre pour voir se lever une nouvelle aube. »

Si Channis avait remarqué le subtil changement intervenu dans l'attitude de Pritcher et leurs relations réciproques, il n'en laissait rien paraître. Il se renversa sur le dur banc de bois et allongea les pieds en éventail, devant lui.

« Quelle impression vous a laissé le gouverneur ? »

Pritcher haussa les épaules.

« Aucune. Surtout pas celle d'un génie. Un spécimen bien médiocre des représentants de la Seconde Fondation, si vous voulez mon avis.

— Je n'en suis pas tellement sûr. Je ne sais trop que penser de lui. Supposons que vous soyez à sa place... (Channis prit un air songeur) quelle attitude adopteriez-vous ? Imaginez que vous ayez quelque soupçon de nos desseins, quelles mesures prendriez-vous à notre égard ?

— Je procéderais à votre conversion, naturellement.

— A l'exemple du Mulet ? (Channis leva les yeux brusquement.) Le saurions-nous, si nous avions été convertis ? Je me pose la question. Que se passerait-il, s'ils n'étaient que de simples psychologues, mais des psychologues vraiment intelligents ?

— Dans ce cas, je vous aurais tué sans perdre une seconde.

— Et notre navire ? Non ! (Channis agita l'index.) Nous

jouons une mascarade, mon vieux Pritcher. Rien d'autre qu'une mascarade. A supposer qu'ils possèdent le pouvoir d'influencer notre esprit, nous ne sommes — vous et moi — que des hommes de paille. C'est au Mulet qu'ils doivent livrer bataille, et ils déploient autant de circonspection vis-à-vis de nous que nous en montrons vis-à-vis d'eux. Je suis sûr qu'ils connaissent notre identité. »

Pritcher le couvrit d'un regard glacial :

« Qu'avez-vous l'intention de faire ?

— Attendre. (Il avait lancé le mot rageusement.) Laissons-les venir. Ils sont inquiets, peut-être à propos de l'astronef, mais plus probablement à cause du Mulet. La visite du gouverneur était une manœuvre d'intimidation. Elle n'a donné aucun résultat. Nous n'avons pas bronché. Le second émissaire sera un membre de la Seconde Fondation qui nous proposera un marché.

— Et alors ?

— Alors, nous conclurons le marché.

— Je ne suis pas de cet avis.

— Vous pensez sans doute que ce serait trahir le Mulet ? Il n'en est rien.

— Non. Non, le Mulet est de taille à déjouer toutes vos trahisons, aussi ingénieuses soient-elles. Mais je ne suis toujours pas de votre avis.

— Selon vous, nous sommes incapables de jouer au plus fin avec les membres de la Seconde Fondation ?

— C'est possible, mais ce n'est pas la véritable raison. »

Channis laissa tomber son regard sur ce que l'autre tenait dans sa main et dit avec une fureur contenue : « Ce serait donc *cela* la véritable raison ? »

Pritcher brandit son pistolet : « Vous avez deviné. Je vous arrête.

— Pourquoi ?

— Je vous accuse de trahison contre le Premier Citoyen de l'Union. »

Les lèvres de Channis se durcirent : « Qu'est-ce qui vous prend ?

— Trahison, je vous le répète et, pour ma part, je prends les mesures en conséquence.

— Quelles preuves avez-vous ? De vagues présomptions, des rêveries ? Etes-vous devenu fou ?

— Non. Et vous ? Croyez-vous que le Mulet confie à de jeunes écervelés, à peine sevrés, de bouffonnes missions pour qu'ils puissent à loisir jouer les matamores ? Cela m'avait paru bizarre au début. J'ai perdu bien du temps à douter de moi-même. Pourquoi son choix s'était-il porté précisément sur vous ? A cause de vos sourires enjôleurs ? De vos vêtements bien coupés ? Parce que vous avez vingt-huit ans ?

— Parce qu'on peut me faire confiance. Votre logique at-elle des raisons que la raison ne connaît pas ?

— Disons plutôt, parce qu'on *ne peut pas* vous faire confiance. Ce qui est assez logique, vu les circonstances.

— Faisons-nous assaut de paradoxes, ou s'agit-il d'un jeu à qui dira le moins de choses en employant le plus de paroles ? »

Le pistolet avança, suivi de Pritcher. Il se tenait tout droit devant l'homme plus jeune. « Debout ! »

Channis obéit, mais sans aucune hâte spéciale, et les muscles de son estomac ne se contractèrent nullement lorsque le canon de l'arme vint se poser sur sa ceinture.

« Ce que voulait le Mulet, dit Pritcher, c'était découvrir la Seconde Fondation. Il avait échoué, j'avais échoué, et un secret que ni l'un ni l'autre de nous ne peut percer est un secret bien caché. Il ne restait qu'une possibilité : dénicher un chercheur qui connaissait déjà la cachette.

— C'est de moi qu'il s'agit ?

— Apparemment. A l'époque, je n'en savais rien, naturellement ; mais si l'âge a quelque peu ralenti mes réflexes, je sais toujours discerner où se trouve mon devoir. Avec quelle facilité étonnante nous avons trouvé Star's End ! Avec quelle sûreté miraculeuse vous avez choisi, parmi un nombre infini de possibilités, la région correcte du champ du Lens ! Après quoi, avec quel bonheur nous tombons précisément sur le point correct, parmi tant d'autres qui s'offraient à notre observation ! Stupide maladroit ! M'avez-vous à ce point sous-estimé que vous ayez cru pouvoir me faire avaler cette incroyable accumulation de hasards soi-disant fortuits ?

— Vous voulez dire par-là que j'ai trop bien réussi ?

— Dix fois trop pour un homme loyal.

— Parce que les chances de succès que vous aviez bien voulu m'accorder étaient tellement basses ? »

Le canon du pistolet s'enfonça dans son estomac. Dans le

visage de Pritcher, seule la lueur froide qui commençait à briller dans les yeux trahissait la colère grandissante.

« Parce que vous êtes à la solde de la Seconde Fondation !

— La solde ? » Et, avec un infini mépris : « Prouvez-le !

— Ou sous son influence mentale.

— A l'insu du Mulet ? Ridicule !

— Non pas à l'insu du Mulet, mon jeune étourneau. Avec sa pleine connaissance. Autrement, vous imaginez-vous qu'on vous aurait confié un astronef pour vous servir de jouet ? Vous nous avez menés à la Seconde Fondation, comme il était prévu.

— Puis-je m'informer du mobile qui me pousserait à une telle conduite ? Si j'étais un traître, comme vous le dites, pour quelle raison vous mènerais-je au cœur de la Seconde Fondation ? Pourquoi ne vous aurais-je pas entraîné gaiement de-ci de-là, à travers la Galaxie, pour finir, comme vous, par rentrer bredouille ?

— A cause de l'astronef. Parce que les hommes de la Seconde Fondation ont évidemment besoin de l'arme atomique pour assurer leur défense.

— Il faudrait bien autre chose que cela. Un seul astronef ne signifierait rien pour eux, et s'ils s'imaginent qu'il leur suffira de l'examiner pour assimiler la science nécessaire et construire une usine atomique l'année suivante, ces gens de la Seconde Fondation sont vraiment de pauvres naïfs. Aussi naïfs que vous, dirais-je.

— Vous aurez l'occasion d'expliquer tout cela au Mulet.

— Nous retournons donc sur Kalgan ?

— Au contraire. Nous demeurons ici. Et le Mulet nous rejoindra dans un quart d'heure environ. Vous pensiez donc qu'il ne nous avait pas suivis, mon cher jeune homme à l'esprit agile, à l'imagination fertile ? Mais la trop haute opinion que vous avez de vos mérites vous aveugle. Vous avez joué le rôle inverse d'un leurre. Vous n'avez pas attiré vers nous nos victimes, mais vous nous avez certainement menés vers elles.

— Puis-je m'asseoir, dit Channis, et vous expliquer quelque chose au moyen d'un croquis ? Je vous en prie.

— Restez debout.

— Après tout, je puis aussi bien vous le dire debout.

Vous pensez que le Mulet nous a suivis à cause de la présence de l'hypertraceur dans le circuit de communication ? »

Il se pouvait que le pistolet eût tremblé, Channis n'aurait pu en jurer.

« Vous ne paraissez pas surpris, dit-il. Mais je ne perdrai pas de temps à supputer ce qui se passe au fond de vous. Oui, je connaissais ce fait. Et maintenant, après vous avoir montré que je connaissais un secret dont vous me pensiez ignorant, je vais vous révéler quelque chose dont je sais que vous n'êtes pas informé.

— Pas tant de préambules, Channis. J'aurais cru que votre imagination fonctionnait mieux.

— Il ne s'agit pas le moins du monde d'imagination. Il y a eu des traîtres ou, si vous préférez, des agents ennemis. Mais le Mulet avait appris la vérité d'une façon assez curieuse. Il apparaît que certains de ses hommes convertis ont été influencés. »

Cette fois, il n'y avait pas à s'y tromper, le pistolet avait frémi.

« C'est sur ce point que j'attire tout spécialement votre attention, Pritcher. C'est la raison pour laquelle il avait besoin de moi. Je ne suis pas un converti. N'a-t-il pas mis l'accent sur ce point en votre présence, qu'il vous ait ou non donné ses véritables raisons ?

— Trouvez autre chose, Channis. Si j'étais contre le Mulet, je le saurais. (Avec calme et rapidité, Pritcher fouillait son esprit. Rien de changé. L'homme mentait de toute évidence.)

— Vous voulez dire que votre loyauté à l'égard du Mulet demeure intacte ? Peut-être. Cette loyauté n'a pas été influencée. Un revirement eût été trop aisément décelable, a dit le Mulet. Mais comment vous sentez-vous du point de vue mental ? Depuis le début de ce voyage, avez-vous toujours été dans votre état normal ? N'avez-vous pas éprouvé parfois des sensations bizarres, comme si vous n'étiez plus tout à fait vous-même ? »

Pritcher recula son arme d'un centimètre.

« Qu'entendez-vous par-là ?

— Je dis que vous avez été influencé. Vous avez été reconditionné. Vous n'avez pas vu le Mulet installer cet hypertraceur, ni personne, d'ailleurs. Vous avez simplement découvert l'appareil à l'endroit où on l'avait disposé, et vous en avez conclu que c'était le Mulet. Depuis ce moment, vous êtes persuadé qu'il nous suit. Je sais que votre poste de poignet communique avec l'astronef grâce à une longueur d'onde dont je n'ai pas la disposition. Pensiez-vous que je l'ignorais ? »

Il s'exprimait maintenant avec rapidité et colère. Sa carapace d'indifférence s'était muée en fureur. « Mais ce n'est pas le Mulet qui s'approche de nous en ce moment. Ce n'est pas le Mulet.

— Qui donc, alors ?

— Qui, en effet, selon vous ? J'ai découvert cet hypertraceur le jour de notre départ. Mais je n'ai pas pensé une seconde que la manœuvre venait du Mulet. Il n'avait aucune raison, à cette époque, d'utiliser à notre égard ce moyen déloyal. Ne voyez-vous pas l'absurdité d'une pareille conduite ? Si j'étais un traître, et qu'il le sût, il pouvait me convertir aussi facilement qu'il vous avait converti vous-même, et il aurait pu extraire de mon cerveau le secret de la retraite de la Seconde Fondation sans me faire parcourir la moitié de la Galaxie. Peut-on cacher un secret au Mulet ? Et si je ne le connaissais pas, j'étais incapable de l'y conduire. Alors pourquoi m'avoir confié cette mission ?

« A n'en pas douter, l'hypertraceur a dû être posé dans le vaisseau par un agent de la Seconde Fondation. C'est lui qui vient vers nous en ce moment. Aurait-on pu vous abuser si votre précieux esprit m'avait pas été modifié ? Il vous sied bien de jouer les justiciers, vous qui prenez pour de la sagesse le délire le plus extravagant ! J'aurais livré un astronef à la Seconde Fondation ? Et qu'auraient-ils fait d'un astronef ?

« C'est à vous qu'ils s'intéressent, Pritcher. Vous en savez plus que quiconque sur l'Union, le Mulet mis à part, et s'il est dangereux pour eux, vous ne l'êtes pas. C'est pourquoi ils m'ont insufflé dans l'esprit la notion du but de notre recherche. Bien entendu, il m'était impossible de découvrir Tazenda en explorant au hasard la Galaxie à l'aide du Lens. Je le savais. Mais je savais aussi que la Seconde Fondation était sur nos traces et qu'ils avaient fomenté l'entreprise. Pourquoi ne pas se prêter à leur jeu ? C'était un combat de dupes. Ils voulaient mettre la main sur nous, je cherchais à découvrir leur cachette ; et malheur à celui qui se montrerait le plus faible dans cette surenchère de mascarades.

« Cependant, nous jouons perdants, tant que vous m'appuierez ce pistolet sur le ventre. L'idée ne vient pas de vous, c'est évident. Mais d'eux. Donnez-moi ce pistolet, Pritcher. Vous pensez sans doute que ce serait une erreur, mais cette idée ne vient pas de vous. C'est la Seconde Fondation qui a pris possession de vos facultés. Donnez-moi le pistolet, Pritcher, et nous affronterons ensemble les manœuvres de l'ennemi. »

Pritcher était la proie d'une confusion horrifiée qui allait grandissant. Pouvait-il se fourvoyer à ce point ? Pourquoi doutait-il éternellement de lui-même ? Qu'est-ce qui rendait donc les explications de Channis à ce point plausibles ?

Plausibles !

N'était-ce pas plutôt son esprit torturé qui luttait désespérément pour repousser l'invasion étrangère ?

Sa personnalité s'était-elle dédoublée ?

Dans un brouillard, il apercevait Channis debout devant lui, la main tendue, et soudain il comprit qu'il allait lui remettre le pistolet.

Au moment précis où les muscles de son bras se contractaient pour effectuer le mouvement correspondant, la porte s'ouvrit sans hâte derrière lui, et il se retourna.

Il existe peut-être, dans la Galaxie, des hommes qui peuvent être confondus l'un avec l'autre même par des gens qui ont tout le loisir de les examiner à tête reposée. D'autre part, il peut exister certains états d'esprit qui peuvent amener à se méprendre sur l'identité de deux individus dissemblables. Mais le Mulet échappait à toute combinaison de ces éventualités.

Toute la détresse morale dont Pritcher était la proie ne put s'opposer au déferlement de vigueur et de froide résolution qui l'envahit aussitôt.

Sur le plan physique, le Mulet était incapable de dominer quelque situation que ce soit. Dans le cas présent, sa situation n'était pas plus avantageuse.

Il offrait un spectacle assez ridicule sous les couches de vêtements qui tentaient d'étoffer sa silhouette, sans parvenir pour autant à lui donner des proportions normales. Son visage était emmitouflé, et son nez proéminent, rougi par le froid, recouvrait le reste.

Dans un rôle de sauveur, il était impossible d'imaginer apparition plus grotesque, plus incongrue.

« Gardez votre pistolet, Pritcher », dit-il.

Puis il se tourna vers Channis qui s'était assis en haussant les épaules.

« Si je ne m'abuse, nous sommes en pleine confusion et le conflit a pris une tournure aiguë. Vous prétendez avoir été suivis par un autre que moi ? Qu'est-ce à dire ? »

Pritcher intervint avec vivacité.

« Est-ce pour obéir à vos ordres qu'un hypertraceur a été placé sur l'astronef, Monsieur ? »

Le Mulet tourna vers lui des yeux froids. « Certainement. Croyez-vous qu'une organisation galactique autre que l'Union des Mondes puisse y avoir accès ?

— Il disait...

— L'intéressé est présent, général. Je ne vois pas l'utilité des citations indirectes. Vous avez exprimé une opinion, Channis ?

— Oui. Mais apparemment je me suis trompé, Monsieur. J'étais persuadé que le traceur avait été placé à bord de l'astronef par un individu à la solde de la Seconde Fondation et que nous avions été attirés en ce lieu pour la réalisation d'un dessein que je me préparais à contrecarrer. J'avais également l'impression que le général était plus ou moins entre leurs mains.

— A vous entendre, il semblerait que vous jugez cette opinion erronée.

— En effet. Sinon, ce n'est pas vous que nous aurions vu apparaître à la porte.

— Eh bien, tirons tout cela au clair. (Le Mulet se débarrassa de ses couches extérieures de vêtements capitonnés et chauffés électriquement.) Je vais m'asseoir, si vous n'y voyez pas d'inconvénient. Maintenant, nous sommes ici en sécurité et absolument à l'abri de tout danger d'intrusion. Nul habitant de ce morceau de glace n'éprouvera le désir de s'approcher de nous, je puis vous en donner l'assurance. (Il faisait allusion à ses pouvoirs avec un sérieux redoutable.)

Channis extériorisa sa répugnance : « Pourquoi ce souci d'intimité ? Va-t-on nous servir le thé et introduire les danseuses ?

— Cela m'étonnerait. En quoi consistait votre fameuse théorie, jeune homme ? Un membre de la Seconde Fondation suivait vos traces au moyen d'un dispositif que je suis le seul, exclusivement, à posséder ? Et... comment dites-vous que vous avez découvert cet endroit ?

— Apparemment, je ne puis expliquer une série de faits sans admettre que certaines notions aient été introduites dans mon cerveau...

— Toujours par le même membre de la Seconde Fondation ?

— Qui d'autre ?

— Alors, il ne vous est pas venu à l'esprit que, si un membre de la Seconde Fondation pouvait vous amener par la séduction, la persuasion ou la contrainte à vous rendre sur la Seconde Fondation pour l'accomplissement de ses desseins personnels, et cela par des méthodes analogues aux miennes — notez que je ne puis implanter dans le cerveau d'autrui que des émotions, non des idées — il ne vous est donc pas venu à l'esprit, dis-je, que s'il possédait ce pouvoir, il était bien inutile de vous faire filer par un hypertraceur ? »

Channis leva brusquement les yeux et rencontra ceux de son souverain avec un sursaut. Pritcher poussa un grognement et ses épaules se détendirent de façon perceptible.

« Non, dit Channis, cela ne m'était pas venu à l'esprit.

— Ou que, s'ils étaient contraints de vous filer, c'est qu'ils se sentaient incapables de vous diriger. Or, privé de direction, vous aviez fort peu de chance de trouver votre route comme vous l'avez fait. Cela vous est-il venu à l'esprit ?

— Pas davantage.

— Pourquoi donc ? Votre niveau intellectuel aurait-il subi une régression aussi hautement improbable ?

— Je vous répondrai par une question, Monsieur. Vous joignez-vous au général Pritcher pour m'accuser d'être un traître ?

— Si c'était le cas, auriez-vous quelque chose à dire pour votre défense ?

— Seulement ce que j'ai déjà exposé au général. Si j'étais un traître connaissant la cachette de la Seconde Fondation, vous pouviez me convertir et obtenir directement le renseignement. Si vous avez jugé nécessaire de me filer, c'est donc que je ne connaissais pas le secret et, par conséquent, je n'étais pas un traître. Je réponds à votre paradoxe par un autre.

— Et quelle est votre conclusion ?

— Je ne suis pas un traître,

— Il faut bien que je l'admette puisque vos arguments sont irréfutables.

— Dans ce cas, puis-je vous demander pour quelle raison vous nous avez fait suivre secrètement ?

— Parce que tous les faits supposent une troisième explication. Pritcher et vous-même avez expliqué quelques-uns de ces faits à votre manière, mais pas tous. Si vous voulez bien m'accorder le temps nécessaire, je vous fournirai tous les éclaircissements. Et en peu de temps, si bien que vous ne risquez pas de vous ennuyer. Asseyez-vous, Pritcher, et donnez-moi votre pistolet. Désormais, nous ne risquons plus d'être attaqués. Ni de l'intérieur, ni de l'extérieur, ni même par la Seconde Fondation. Grâces vous en soient rendues, Channis. »

La pièce était éclairée selon la coutume rossemite au moyen d'un filament chauffé par le courant électrique. Une simple ampoule était suspendue au plafond et sa faible lueur jaunâtre projetait les ombres portées des trois personnages.

« Puisque j'estimais nécessaire de filer Channis, dit le Mulet, j'espérais bien tirer un profit de cette manœuvre. Il s'est rendu à la Seconde Fondation avec une précision et une rapidité déconcertantes et l'on peut raisonnablement en déduire que je n'en attendais pas moins de lui. Tels sont les faits. Channis connaît évidemment la réponse. Moi aussi. Vous comprenez, Pritcher ? »

Pritcher répondit d'un ton bourru : « Non, Monsieur.

— Alors, je vais vous expliquer. Un seul type d'homme est susceptible à la fois de connaître la retraite de la Seconde Fondation et de m'empêcher de l'apprendre. Channis, je crains fort que vous ne soyez, vous-même, un membre de la Seconde Fondation. »

Channis s'accouda sur ses genoux et, les lèvres rigides, il dit avec colère : « En avez-vous une preuve formelle ? A deux reprises aujourd'hui, des déductions se sont soldées par une erreur.

— Des preuves formelles ? J'en ai, Channis. Ma tâche fut assez facile. Je vous ai dit que l'esprit de mes hommes avait été influencé. Le coupable devait être évidemment : 1° un individu non converti, et 2° parfaitement introduit dans les milieux influents. Le champ était vaste mais non point illimité. Votre réussite était trop insolente, Channis, vous étiez trop populaire, votre voie trop facile. Des doutes me vinrent...

« Et puis, je vous ai offert de prendre le commandement de cette expédition, et cette responsabilité ne vous a pas fait reculer. J'épiais vos émotions, mais je me gardais bien de jouer les fâcheux. Vous avez fait montre d'une confiance excessive, Channis. Nul homme vraiment compétent n'aurait pu s'empêcher d'éprouver des doutes devant une tâche aussi difficile. Puisque votre esprit n'en a même pas été effleuré, de deux choses l'une, vous étiez ou un sot ou un homme contrôlé.

« Il ne m'était pas difficile de vous mettre à l'épreuve. Je m'emparai de votre esprit en profitant d'un moment de détente et le remplis de chagrin pendant un instant passager. Plus tard, vous avez simulé la colère avec un art tellement consommé que j'aurais donné ma tête à couper qu'il s'agissait d'une réaction parfaitement naturelle, mais auparavant un détail avait emporté ma conviction. Car, au moment où je faisais violence à vos sentiments, pendant une infime fraction de seconde, avant que vous ayez pu vous ressaisir, j'ai perçu une résistance. C'était tout ce que je voulais savoir.

« Nul n'aurait pu me résister, même pendant ce petit instant, s'il n'avait possédé des pouvoirs analogues aux miens.

— Soit, et ensuite ? dit Channis d'une voix basse et amère.

— Ensuite vous allez mourir, car vous êtes un membre de la Seconde Fondation. C'est tout à fait nécessaire. Vous vous en rendez compte, je le suppose ? »

De nouveau, Channis se trouva confronté avec le canon d'un pistolet. Mais cette fois l'arme était guidée par un esprit que l'on ne pouvait pas modeler à volonté comme celui de Pritcher, un esprit aussi mûr et aussi résistant aux pressions externes que le sien.

Et le temps dont il disposait pour modifier le cours des événements était des plus courts.

Ce qui suivit est difficile à expliquer pour un individu doué de sens normaux et incapable d'exercer un quelconque contrôle émotionnel sur autrui.

Voici, dans l'essentiel, ce qui se déroula pendant le court

instant où le Mulet effectua une pression du doigt sur la détente du pistolet.

La conformation émotionnelle normale du Mulet était une résolution froide et implacable, que jamais l'ombre d'une hésitation ne venait ternir. Si, par la suite, Channis avait eu la curiosité de calculer le temps qui séparait la décision de tirer du déclenchement du flux désintégrateur, il aurait conclu qu'il disposait d'un répit d'environ un cinquième de seconde.

C'était vraiment mince.

Dans le même temps, le Mulet s'aperçut que le potentiel émotionnel de Channis avait opéré une brusque poussée verticale, concurremment avec le sien qui cherchait le contact, et, simultanément, un torrent de haine corrosive se déversait sur lui, en provenance d'une direction imprévue.

Ce fut ce nouvel élément qui écarta son doigt de la détente. Aucune autre force au monde n'y serait parvenue. Et, en même temps que ce revirement, il eut une vision totale de la situation nouvelle.

La scène dura beaucoup moins de temps que ne l'aurait normalement exigé son intensité dramatique. Il y avait le Mulet, dont le doigt avait quitté la détente et qui regardait fixement Channis. Il y avait Channis, contracté, qui n'osait respirer. Et il y avait Pritcher, convulsé sur sa chaise, chacun de ses muscles tendu à se rompre ; chacun de ses tendons frémissant du désir de bondir en avant ; le visage grimaçant d'une haine atroce, masque de mort méconnaissable qui avait enfin remplacé l'impassibilité de commande ; et ses yeux, rivés sur le Mulet avec une fixité hallucinante, ne voyant que lui, uniquement que lui.

Seuls un mot ou deux furent échangés entre Channis et le Mulet — un mot ou deux, et aussi ce courant extrêmement révélateur de conscience émotionnelle qui demeure à jamais le véritable médium de compréhension entre de tels adversaires. Pour l'intelligence de notre récit, il sera dorénavant indispensable de traduire en mots la suite des événements.

« Vous vous trouvez entre deux feux, Premier Citoyen, dit Channis. Vous ne pouvez contrôler simultanément deux esprits, surtout lorsque l'un d'eux est le mien — alors, faites votre choix. Pritcher est libéré de votre conversion en ce moment. J'ai fait sauter ses liens. Il est redevenu l'ancien Pritcher ; celui qui a, autrefois, tenté de vous assassiner ; celui qui vous considère comme l'ennemi de tout ce qui est libre, juste et sacré ; celui qui sait que vous avez fait de lui, contre son gré, un misérable sycophante. Je le retiens en annihilant sa volonté, mais si vous me tuez, en infiniment moins de temps qu'il ne vous en faudra pour braquer sur lui votre pistolet ou le plier à votre volonté, il vous écrasera comme un chien. »

Le Mulet avait compris la situation. Il ne bougea pas.

Channis continua : « Si vous vous retournez pour le re-prendre sous votre coupe, pour le tuer ou toute autre ma-nœuvre, je vous avertis que vous n'aurez plus le temps de vous remettre en position pour m'arrêter. »

Le Mulet ne bougea pas. Il poussa un léger soupir de résignation.

« Donc, dit Channis, jetez ce pistolet, reprenons cet entre-tien sans violence et je vous laisserai la libre disposition de Pritcher.

— J'ai fait une grosse erreur, dit enfin le Mulet. Je n'aurais pas dû vous rencontrer en présence d'un tiers. J'ai introduit une variable de trop dans l'équation. C'est une faute qu'il me faudra payer, je suppose. »

Il laissa tomber le pistolet avec insouciance et le projeta d'un coup de pied de l'autre côté de la pièce. Aussitôt, Pritcher se trouva plongé dans un profond sommeil.

« En se réveillant, il retrouvera son état normal », dit le Mulet avec indifférence.

L'incident entier, entre le moment où le doigt du Mulet s'était posé sur la détente du pistolet et celui où il avait laissé tomber l'arme, avait duré un peu moins d'une seconde et demie.

Immédiatement en deçà des frontières de la conscience, un peu au-delà des limites de la perception, Channis surprit une trace fugitive d'émotion dans l'esprit du Mulet. Mais elle exprimait toujours sa certitude confiante dans le triomphe.

VI

Deux hommes, apparemment détendus et entièrement à l'aise, de pôles opposés sur le plan physique — dont chacun des nerfs était un détecteur d'émotion à haut voltage.

Pour la première fois depuis de longues années, le Mulet n'avait pas une vision suffisamment claire de la route à suivre. Channis le savait. Cependant, s'il pouvait momentanément se protéger, c'était au prix d'un effort ; et il n'ignorait pas davantage que l'assaut que méditait son adversaire ne lui coûterait guère. Dans une épreuve d'endurance, il était vaincu d'avance.

Mais cette pensée même constituait pour lui un péril mortel. En trahissant la moindre faiblesse, il donnerait une arme au Mulet. Il y avait déjà comme une faible lueur — un moral de vainqueur — dans l'esprit du Mulet.

Gagner du temps...

Qu'est-ce qui retardait les autres ? A quelle source le Mulet puisait-il sa confiance ? Que savait son adversaire qu'il ignorait lui-même ? L'intellect qu'il observait ne lui révélait rien. Si seulement il pouvait lire les pensées... Et pourtant...

Channis donna un brutal coup de frein à son tourbillon mental. Se concentrer sur un seul objectif : gagner du temps...

« Puisqu'il est avéré, dit-il, et je ne le nie plus, depuis notre petit duel à propos de Pritcher, que j'appartiens à la Seconde Fondation, voyons si vous pourriez m'expliquer les raisons qui ont motivé ma venue sur Tazenda ?

— Oh ! non. (Le Mulet se mit à rire dans l'excès de sa confiance.) Je ne suis pas Pritcher. Je n'ai pas d'explications à vous donner. Vous aviez vos raisons. Je ne m'inquiète pas de leur bien-fondé. Votre comportement favorisait mes desseins et j'en demande pas plus.

— Cependant, la trame de l'Histoire, telle que vous la concevez, doit bien comporter quelques lacunes. Tazenda est-elle bien la Seconde Fondation que vous vous attendiez à trouver ? Pritcher ne tarissait pas sur vos précédentes et infructueuses tentatives, sur votre psychologue, Ebling Mis. Il a quelque peu bavardé, grâce aux légers... euh... encouragements que je lui ai prodigués. Allons, Premier Citoyen, souvenez-vous d'Ebling Mis.

— Pourquoi cela, s'il vous plaît ? »

Confiance !

Channis sentait cette confiance émerger en terrain découvert, comme si l'anxiété éprouvée par le Mulet s'effaçait progressivement avec le temps.

Il dit d'une voix ferme, refrénant le courant de son désespoir ·

« Vous manquez donc à ce point de curiosité ? Pritcher m'a parlé de l'énorme surprise éprouvée par Mis. Il y avait sa hâte terriblement dramatique d'avertir rapidement la Seconde Fondation. Pourquoi ? Pourquoi ? Ebling Mis mourut. La Seconde Fondation ne fut pas avertie. Et cependant, elle existe encore. »

Le Mulet sourit avec un plaisir réel, puis, dans un accès soudain et surprenant de cruauté que Channis sentit surgir puis refluer : « Il m'apparaît au contraire que la Seconde Fondation avait bien reçu l'avertissement. Comment expliquer autrement l'arrivée à Kalgan d'un certain Bail Channis, chargé d'influencer l'intellect de mes subordonnés et d'assumer la tâche plutôt ingrate de me battre à mon propre jeu ? L'avertissement est arrivé trop tard, voilà tout.

— Alors... (Channis laissa la compassion déborder de son cœur), vous ignorez même la nature de la Seconde Fondation, vous ne savez rien du sens profond des mesures qui ont été prises. »

Gagner du temps.

Le Mulet perçut la pitié de l'autre et ses yeux se plissèrent d'une hostilité immédiate. Il se frictionna le nez d'un geste familier et dit d'une voix cinglante : « A votre aise, expliquez-moi la Seconde Fondation. »

Délibérément, Channis choisit d'avoir recours aux mots plutôt qu'aux symboles émotionnels : « Si je suis bien informé, c'est surtout le mystère qui entourait la Seconde Fondation qui intriguait Mis. Hari Seldon avai établi ses deux organismes selon des conceptions tellement différentes ! La Première Fondation fut un météore qui éblouit toute la Galaxie. La Seconde, un abîme de ténèbres.

« Il vous serait impossible de comprendre la raison de cette conduite sans ressusciter l'atmosphère intellectuelle qui régnait sous l'Empire déclinant. C'était une époque de concepts absolus, de grandes généralités définitives, du moins dans le domaine de la pensée. C'était aussi le signe d'une culture décadente qu'on ait construit des barrages pour s'opposer à l'expansion des idées. C'est sa révolte contre ces barrages qui rendit Seldon fameux. Cette ultime étincelle de création juvénile, jaillie de son cerveau, éclaira l'Empire d'une lueur crépusculaire qui faisait vaguement pressentir le soleil levant du Second Empire.

— Dramatique, en vérité. Et ensuite ?

— Alors il créa ses Fondations selon les lois de la psychohistoire. Mais qui, mieux que lui, savait que ces lois ne sont que toutes relatives ? Il n'a jamais été dans son intention de créer un produit fini. Les produits finis conviennent aux esprits décadents. Il avait mis sur pied un mécanisme évolutif dont la Seconde Fondation devait être l'instrument. C'est *nous*, Premier Citoyen d'une temporaire Union des Mondes, qui sommes les gardiens du Plan Seldon. Nous seuls !

— Essayez-vous de vous donner du courage, s'informa le Mulet dédaigneusement, ou cherchez-vous à m'impressionner ? Car la Seconde Fondation, le Plan Seldon, le Second Empire, tout cela me laisse parfaitement indifférent et ne touche en moi aucune fibre ni de compassion, ni de sympathie, ni de responsabilité, ni aucune autre source d'aide émotionnelle que vous pourriez essayer de me soutirer. Et en tout cas, pauvre sot, parlez au passé de la Seconde Fondation, car elle a cessé d'exister. »

Channis sentit le potentiel d'émotion qui assaillait son

esprit croître en intensité, tandis que le Mulet se levait de sa chaise et s'approchait de lui. Il se défendait furieusement, mais quelque chose se glissait implacablement dans les replis de sa conscience, répétant inlassablement ses assauts, forçant son esprit dans ses derniers retranchements.

Il sentit le mur derrière lui et le Mulet lui fit face, décharné, les bras en croix, un sourire terrible sous le nez monumental.

« La partie est terminée, Channis, dit-il. Cette partie qu'ont jouée tous les hommes qui appartenaient à l'ex-Seconde Fondation. Car la Seconde Fondation n'est plus !

« Pourquoi avoir tant attendu ici, pourquoi tous ces bavardages avec Pritcher, alors que vous auriez pu le terrasser et lui arracher le pistolet sans le moindre effort physique ? Vous m'attendiez, n'est-ce pas, mais il ne fallait pas que je trouve une situation susceptible d'éveiller mes soupçons.

« Malheureusement pour vous, mes soupçons n'avaient pas besoin de réveille-matin. Je vous connaissais. Je vous connaissais bien, Channis de la Seconde Fondation.

« Mais qu'attendez-vous maintenant ? Vous me bombardez désespérément de mots, comme si le seul son de votre voix suffisait à me pétrifier sur ma chaise. Et pendant que vous discourez, une partie de votre esprit attend, attend, attend toujours. Mais personne ne viendra. Aucun de ceux que vous attendez — aucun de vos alliés. Vous êtes seul, Channis, et vous demeurerez seul. Savez-vous pourquoi ?

« C'est parce que votre Seconde Fondation s'est méprise sur mon compte, jusqu'à l'ultime minute. J'ai connu leur plan de bonne heure. Ils ont cru que je vous suivrais jusqu'ici et que je servirais de plat de résistance à leur cuisine. Vous teniez le rôle de leurre — un leurre pour un lamentable et stupide mutant, galopant avec une telle ardeur sur les talons de l'Empire qu'il ne manquerait pas de choir dans la plus grossière chausse-trape. Mais suis-je votre prisonnier ?

« Leur est-il seulement venu à l'esprit que je n'aurais garde de m'aventurer ici sans l'escorte de ma flotte ? L'artillerie d'un seul de mes astronefs suffirait à les réduire en poudre ! Ont-ils seulement pensé que je ne m'attarderais pas à de vaines discussions, que je n'attendrais pas les événements ?

« Il y a douze heures, mes astronefs ont été lancés contre Tazenda, et leur mission est déjà complètement terminée. Tazenda est en ruine. Tous les grands centres ont été anéantis sans opposer de résistance. La Seconde Fondation a vécu, Channis — et c'est moi, l'impotent, le difforme, qui suis le chef de toute la Galaxie. »

Channis ne pouvait rien faire d'autre que d'agiter faiblement la tête : « Non... non...

— Oui... oui, raillait le Mulet, et si vous êtes le dernier survivant, ce qui est fort possible, ce n'est plus pour longtemps. »

Suivit une courte pause hallucinante, et Channis faillit crier sous la douleur fulgurante que lui causait la pénétration déchirante des replis les plus secrets de son cerveau.

Le Mulet recula en murmurant : « Non, ce n'est pas suffisant. L'épreuve n'est pas concluante. Votre désespoir est affecté. Votre terreur n'est pas ce sentiment bouleversant qui accompagne la destruction d'un idéal, mais cette petite peur égoïste et mesquine que suscite l'instinct de conservation. »

Et la faible main du Mulet saisit Channis à la gorge sans qu'il pût se libérer de cette étreinte dérisoire.

« Vous êtes ma garantie, Channis, vous êtes ma sauvegarde contre toute erreur de jugement que je pourrais commettre. (Les yeux du Mulet se vrillaient dans les siens, exigeants, insistants.) Ai-je calculé juste, Channis ? Ai-je vaincu vos gens de la Seconde Fondation ? Tazenda est détruite, Channis, rasée. Alors, à quoi rime ce désespoir affecté ? Où se trouve la réalité ? Je *dois* connaître la vérité et la réalité ! Parlez, Channis, parlez ! N'ai-je pas sondé les esprits assez profondément ! Le danger subsiste-t-il toujours ? *Parlez*, Channis. En quel point me suis-je trompé ? »

Channis sentit les mots s'échapper péniblement de sa bouche. Ils sortaient comme à regret. Il serrait les dents pour tenter de les retenir. Il se mordait la langue. Il contractait tous les muscles de sa gorge.

Ils sortirent néanmoins, en s'entrechoquant, extraits par la force de sa gorge qu'ils déchiraient au passage, éraflant sa langue, heurtant douloureusement ses dents.

« La vérité, croassa-t-il, la vérité...

— Oui, la vérité. Que reste-t-il encore à faire ?

— Seldon a établi la Seconde Fondation ici même. Ici,

comme je vous l'ai déjà dit. Je n'avais pas menti. Les psychologues sont venus et ont étendu leur autorité sur la population autochtone.

— De Tazenda ? (Le Mulet plongea profondément dans l'âme torturée de sa victime, lacérant sans pitié les replis les plus secrets de sa sensibilité.) C'est Tazenda que j'ai détruite. Vous savez ce que je cherche. Donnez-le-moi.

— Ce n'est pas Tazenda. J'ai dit que les membres de la Seconde Fondation pouvaient ne pas être ceux qui détiennent ostensiblement le pouvoir ; Tazenda est la figure de proue... (Les mots, à peine reconnaissables, se formaient en dépit des efforts de volonté de Channis.) Rossem... Rossem... *C'est sur Rossem qu'elle se trouve...* »

Le Mulet desserra son étreinte et Channis s'affaissa comme un paquet de chairs torturées.

« Et vous pensiez m'abuser ? dit le Mulet doucement.

— Vous avez été abusé. (C'était le dernier lambeau de résistance qui subsistait en Channis.)

— Mais pas pour longtemps. Je suis en communication avec ma flotte. Après Tazenda, viendra le tour de Rossem, mais avant... »

Channis sentit l'ombre torturante s'élever devant lui, et le geste machinal de son bras vers ses yeux douloureux ne fut pas suffisant à le protéger. C'était une ombre qui l'étouffait, et tandis que son âme déchirée, tenaillée, s'enfonçait de plus en plus dans les ténèbres, il aperçut une ultime image du Mulet triomphant — ce cure-dent articulé et ricanant — avec son interminable nez charnu que le rire faisait trembler.

Le bruit s'éteignit et l'obscurité l'enveloppa de son voile miséricordieux.

L'évanouissement se termina par une sensation fulgurante rappelant l'éclat brutal d'une torche, et Channis reprit lentement conscience et l'usage de la vue à travers des yeux brouillés de larmes.

Sa tête le faisait atrocement souffrir, et c'est au prix d'une véritable agonie qu'il put y porter la main.

De toute évidence, il était vivant. Légèrement, telles des plumes qui planent après avoir été emportées par un tourbillon de vent, ses pensées se calmèrent et vinrent se poser dans son esprit. Il se sentit pénétré par un sentiment de réconfort. Lentement, avec des peines infinies il tourna la tête — et le soulagement qu'il ressentit lui donna un coup au cœur.

Car la porte était ouverte et le Premier Orateur se tenait debout sur le seuil. Il voulut parler, crier, l'avertir. Mais sa langue se figea et il sut qu'il était toujours prisonnier du puissant cerveau du Mulet qui bloquait en lui toute velléité de parole.

Il tourna encore la tête. Le Mulet était toujours dans la pièce. Il était furieux, les yeux étincelants. Il ne riait plus, mais un rictus féroce découvrait ses dents.

Channis sentit l'influence mentale du Premier Orateur effleurer son esprit d'une caresse apaisante. Puis il se produisit un choc : un bref assaut contre les défenses mentales du Mulet, suivi d'une retraite.

« Voici donc un nouveau venu qui vient me saluer », dit le Mulet, avec une furie grotesque. Son esprit agile poussa ses tentacules hors de la pièce... loin... loin.

« Vous êtes seul », dit-il.

Le Premier Orateur répondit par un geste d'assentiment.

« Je suis complètement seul. Il est nécessaire que je sois seul, puisque c'est moi qui me suis trompé en calculant votre avenir, il y a cinq ans. J'aurais éprouvé une certaine satisfaction à réparer mon erreur sans aucune aide. Malheureusement, je n'avais pas compté avec la puissance de votre champ de répulsion émotionnelle, qui défendait cette maison. Je vous félicite de l'habileté avec laquelle vous l'avez établi.

— Gardez vos compliments pour de meilleures occasions, répondit l'autre d'un ton rogue. Etes-vous venu soutenir de votre étai moral cette pile branlante de votre royaume ? »

Le Premier Orateur sourit : « Mais Bail Channis s'est fort bien tiré de sa mission, d'autant plus qu'il n'était pas de force, et de loin, à lutter avec vous sur le plan psychique. Je vois bien, évidemment, que vous l'avez malmené, mais il se peut que nous soyons encore en mesure de lui rendre la pleine possession de ses facultés. C'est un homme brave, Monsieur. Il s'est porté volontaire pour cette mission, tout en sachant pertinemment qu'il avait les plus grandes chances, selon nos prévisions mathématiques, de subir de sérieux dommages psychiques — ce qui est infiniment plus regrettable qu'une simple infirmité corporelle. »

L'esprit de Channis s'agitait en vains efforts pour s'exprimer : il aurait voulu jeter un cri d'alarme, mais en était incapable. Il ne pouvait qu'émettre un flot continu de peur, de peur...

Le Mulet était calme : « Vous savez, naturellement, que Tazenda vient d'être détruite.

— En effet : l'attaque que votre flotte a menée était prévue.

— Oui, je le suppose, mais non évitée, n'est-ce pas ?

— Non, pas évitée. (L'état d'esprit du Premier Orateur était simple : il se faisait littéralement horreur ; il éprouvait un complet dégoût de soi.) Et la faute m'en incombe bien plus qu'à vous. Qui aurait pu imaginer vos facultés, il y a seulement cinq ans ? Nous soupçonnions depuis le début — dès l'instant où vous avez conquis Kalgan — que vous disposiez d'un pouvoir sur le contrôle émotionnel. Cela n'avait rien de surprenant, Premier Citoyen, comme je pourrais aisément vous l'expliquer.

« Ce pouvoir d'influence émotionnelle que nous possédons, vous et moi, n'a rien de particulièrement nouveau. En fait, il existe à l'état latent dans le cerveau humain. La plupart des hommes peuvent lire les émotions de façon grossière en les associant pragmatiquement avec leurs reflets sur le visage, le ton de la voix et ainsi de suite. Bon nombre d'animaux possèdent cette faculté à un degré plus élevé ; ils utilisent, dans une grande mesure, le sens olfactif, et les émotions mises en cause sont, bien entendu, beaucoup moins complexes.

« En réalité, les humains sont capables de faire beaucoup mieux, mais le développement du langage parlé, au cours de millions d'années, a provoqué l'atrophie du contact émotionnel direct. La Seconde Fondation a eu le grand mérite de ressusciter ce sens oublié et de lui rendre au moins quelques-unes de ses facultés potentielles.

« Mais il ne connaît pas son plein épanouissement à notre naissance. Une dégénérescence remontant à un million d'années constitue un formidable obstacle, et ce sens, nous devons l'exercer, de même que nous exerçons nos muscles. Or, c'est là que se situe la grande différence qui nous sépare : vous possédiez pour votre part ce sens en venant au monde.

« Cela, nous avons pu l'établir par le calcul. Nous avons également pu calculer l'effet que produirait la possession d'un tel sens dans une collectivité d'hommes qui en seraient dépourvus. Le voyant au royaume des aveugles... Nous avions calculé jusqu'à quel point la mégalomanie s'emparerait de vous et nous avons cru prendre nos mesures en conséquence. Mais nous avions négligé deux facteurs.

« Le premier, c'est la portée considérable de votre sens. C'est seulement dans la limite de notre champ visuel que nous pouvons, quant à nous, établir un contact émotionnel, ce qui explique que nous soyons plus désarmés que vous ne pourriez l'imaginer contre les armes physiques. Le sens de la vue joue chez nous un rôle considérable. Il n'en va pas de même pour vous. Nous savons pertinemment que vous tenez des hommes sous votre coupe mentale et maintenez avec eux un intime contact émotionnel, même lorsqu'ils se trouvent hors de la portée de votre vue ou de votre voix. Cela, nous l'avons découvert trop tard.

« En second lieu, nous n'étions pas avertis de vos déficiences physiques, en particulier de celle qui vous paraissait à ce point importante que vous avez cru bon d'adopter le nom de Mulet. Nous n'avions pas prévu que vous étiez non seulement un mutant, mais un mutant stérile, et la distorsion psychique supplémentaire due au complexe d'infériorité qui en résultait nous a totalement échappé. Nous avions établi nos prévisions en fonction d'une mégalomanie — mais pas d'une intense psychopathie paranoïaque.

« C'est moi qui porte la responsabilité de ces lacunes dans nos informations, car j'étais le chef de la Seconde Fondation lorsque vous avez mis la main sur Kalgan. Nous avons découvert ce que nous ignorions lorsque vous avez détruit la Première Fondation — mais il était trop tard — et nous avons payé cette erreur par des millions de morts, sur Tazenda.

— Et vous pensez redresser la situation maintenant ? (Les lèvres minces du Mulet se retroussaient, son cerveau vibrait de haine.) Qu'allez-vous faire ? M'engraisser ? Restaurer ma virilité ? Extirper de mon passé les longues années de mon enfance passées dans un environnement hostile ? Regrettez-vous mes souffrances ? Regrettez-vous mon existence misérable ? Je n'éprouve aucun remords des actes auxquels la nécessité m'a contraint. Que la Galaxie assure donc de son mieux sa protection, puisqu'elle n'a pas remué le petit doigt pour venir à mon aide lorsque j'en avais besoin.

— Bien entendu, dit le Premier Orateur, vos sentiments

ne sont que les produits de votre environnement. Il ne s'agit pas de les condamner mais de les modifier. La destruction de Tazenda était inévitable. Nous devions choisir entre les deux termes de l'alternative : en épargnant Tazenda, nous aurions provoqué à travers la Galaxie des destructions plus importantes, dont les conséquences se seraient répercutées pendant des siècles. Nous avons fait de notre mieux dans la mesure de nos moyens. Nous avons évacué au maximum les habitants de Tazenda. Nous avons décentralisé le reste de notre monde. Malheureusement, ces mesures ont été nécessairement insuffisantes. Elles vouaient des millions d'innocents à la mort... N'en éprouvez-vous pas de regret ?

— Pas le moins du monde — et je ne regrette pas davantage les centaines de milliers de personnes qui vont mourir sur Rossem dans moins de six heures.

— Sur Rossem ? » répéta vivement le Premier Orateur.

Il se tourna vers Channis qui était à demi parvenu à se redresser sur son séant et projeta vers lui la pleine puissance de son fluide mental. Channis sentit le duel psychique s'engager au-dessus de sa tête, puis il perçut le craquement des liens mentaux qui l'emprisonnaient, et les mots se précipitèrent pêle-mêle hors de sa bouche : « Monsieur, j'ai lamentablement échoué. Il m'a arraché l'aveu, dix minutes à peine avant votre arrivée. Je ne cherche pas d'excuses. Il sait que la Seconde Fondation n'est pas sur Tazenda mais sur Rossem. »

De nouveau, les liens se refermèrent sur lui.

Le Premier Orateur fronça les sourcils.

« Je vois. Qu'avez-vous l'intention de faire ?

— Vous me le demandez ? répondit le Mulet. Est-il tellement difficile de distinguer l'évidence ? Depuis le temps que vous discourez sur la nature du contact émotionnel et alignez des mots tels que mégalomanie et psychopathie paranoïaque, je travaillais. Je me suis mis en contact avec ma flotte et je lui ai donné des ordres. Elle a reçu les instructions sauf contrordre de ma part, pour bombarder dans six heures trente la surface de Rossem, à l'exception de ce seul village et d'une zone périphérique de cent soixante kilomètres carrés. Je lui ai donné la consigne de raser la planète et de se poser ensuite à cet endroit.

« Vous avez un répit de six heures, et en six heures vous ne viendrez pas à bout de mon esprit, pas plus que vous ne pourrez sauver Rossem. »

Le Mulet étendit les mains et se mit de nouveau à rire, cependant que le Premier Orateur paraissait déconcerté par le tour imprévu qu'avaient pris les événements.

« Et l'autre terme de l'alternative ? dit-il.

— Pourquoi voulez-vous qu'il existe une alternative ? Qu'aurais-je à y gagner ? Faudrait-il que je sois avare des vies de ceux qui habitent Rossem ? Peut-être, si vous permettiez à mes astronefs de se poser et acceptiez — vous et tous les membres de la Seconde Fondation — de vous soumettre à la tutelle mentale qu'il me plairait de fixer, serait-il possible dans ce cas que je décommande le bombardement. Il ne serait peut-être pas inutile d'avoir à ma disposition tant d'hommes d'une intelligence supérieure. Mais, d'autre part, cela exigerait un effort considérable de ma part, et je ne suis pas autrement sûr que le jeu en vaille la chandelle. C'est pourquoi je ne suis pas tellement désireux d'obtenir votre agrément. Qu'en dites-vous, membre de la Seconde Fondation ? Quelle arme possédez-vous contre mon esprit, qui est au moins aussi puissant que le vôtre, et contre mes astronefs qui sont plus redoutables que tout ce que vous avez jamais rêvé de posséder ?

— Ce que j'ai ? dit lentement le Premier Orateur. Mais... rien, si ce n'est un petit grain de savoir — un minuscule grain de savoir que vous-même, avec toute votre superbe, vous ne possédez pas.

— Parlez vite, dit en riant le Mulet, montrez-vous inventif. Vous aurez beau vous débattre, vous ne sortirez pas de cette impasse.

— Pauvre mutant, dit le Premier Orateur, pourquoi me débattrais-je ? Interrogez-vous : pourquoi Channis fut-il envoyé sur Kalgan pour servir de leurre ? Bail Channis qui, bien que jeune et brave, vous est autant inférieur sur le plan psychique que cet officier endormi, ce Han Pritcher. Pourquoi ne me suis-je pas déplacé en personne, ou l'un de nos autres dirigeants ?... La lutte eût été plus égale.

— Sans doute n'étiez-vous pas assez sots pour risquer l'aventure, car aucun de vous n'est de taille à se mesurer avec moi, répondit le Mulet avec une suprême assurance.

— La raison véritable est plus logique. Vous saviez que Channis appartenait à la Seconde Fondation. Il n'avait pas la possibilité de vous le cacher. De votre côté, vous n'ignoriez pas votre supériorité. C'est pourquoi vous n'avez pas craint d'entrer dans son jeu et de le suivre comme il le désirait, pour mieux pouvoir vous battre plus tard. Serais-je allé sur Kalgan que vous m'auriez tué, car j'aurais constitué pour vous un réel danger. J'aurais pu éviter la mort en dissimulant mon identité. Mais je n'aurais pu vous pousser à me suivre dans l'espace. C'est uniquement cette infériorité reconnue qui vous a attiré. Seriez-vous demeuré sur Kalgan que toutes les forces réunies de la Seconde Fondation eussent été impuissantes à vous atteindre, environné que vous étiez par vos hommes, vos machines et votre pouvoir psychique.

— Mon pouvoir psychique est toujours à ma disposition, dit le Mulet, et mes hommes et mes machines ne sont pas loin.

— C'est exact, mais vous n'êtes plus sur Kalgan. Vous vous trouvez sur le territoire de Tazenda, que l'on vous a logiquement présentée comme la Seconde Fondation — très logiquement présentée, en vérité. Il fallait bien qu'il en fût ainsi, car vous êtes un homme habile, Premier Citoyen, que seules les déductions de la logique peuvent convaincre.

— Je l'admets, et ce fut pour votre camp une victoire passagère. Mais j'avais tout le temps devant moi pour tirer les vers du nez de votre précieux Channis, et suffisamment de sagesse pour comprendre qu'il pouvait dire la vérité.

— Et de notre côté, ô mon-ami-pas-tout-à-fait-assez-subtil, nous pensions pouvoir faire un pas de plus, et c'est là que Bail Channis vous attendait.

— Grave erreur... car c'est moi qui ai plumé son esprit comme un vulgaire poulet. Je lui ai positivement ouvert le crâne devant moi, et lorsqu'il m'a déclaré que Rossem était la Seconde Fondation, j'étais sûr de détenir la vérité. Car je l'avais à ce point disséqué qu'aucun soupçon de dissimulation n'aurait pu trouver refuge dans les plus infimes circonvolutions de sa cervelle.

— C'est assez vrai. Cela fait grand honneur à votre clairvoyance. Car je vous ai déjà dit que Bail Channis était un volontaire. Mais savez-vous quel genre de volontaire ? Avant de quitter notre Fondation, il a subi une opération chirurgicale mentale. Pensez-vous qu'il était à même de vous tromper ? Pensez-vous que Bail Channis, sans préparation spéciale, était capable de vous abuser ? Non, Bail Channis était lui-même abusé, volontairement. Jusqu'en les plus intimes replis de son cerveau, Bail Channis est honnêtement persuadé que Rossem *est* la Seconde Fondation.

« Et, depuis maintenant trois ans, nous autres, de la Seconde Fondation, nous avons construit un faux-semblant de cet organisme dans le royaume de Tazenda, cela uniquement en prévision de votre arrivée. Et nous avons réussi, avouez-le ? Vous avez été sur Tazenda, puis au-delà, jusque sur Rossem — mais pas plus loin. »

Le Mulet avait bondi sur ses pieds.

« Vous osez prétendre que Rossem non plus n'est pas la Seconde Fondation ? »

Du plancher où il était assis, Channis sentit ses liens se rompre pour de bon, sous la pression du flux mental projeté par le Premier Orateur. Il se redressa tout droit. Il laissa échapper un long cri incrédule : « Comment ?... Rossem ne serait pas le siège de la-Seconde Fondation ? »

Les souvenirs de toute son existence, le témoignage de son esprit — tout dansait autour de lui une gigue échevelée dans un brouillard confus.

Le Premier Orateur sourit :

« Vous voyez, Premier Citoyen, Channis est aussi bouleversé que vous-même. Naturellement, Rossem n'est pas la Seconde Fondation. Nous croyez-vous assez fous pour introduire le loup dans la bergerie ?

« L'expédition envoyée sur Rossem par la Seconde Fondation et qui y réside depuis trois ans, sous la dénomination d'Anciens de ce village, s'est embarquée hier et a pris le chemin de Kalgan. Ils éviteront votre flotte, naturellement, et ils parviendront sur Kalgan un jour au moins avant vous. C'est d'ailleurs pour cette raison que je vous fais cette confidence. Sauf contrordre de ma part, vous trouverez à votre retour un Empire en pleine révolte, un royaume désintégré, et seuls vous resteront fidèles les équipages de votre flotte. Ils seront écrasés par le nombre. De plus, les hommes de la Seconde Fondation s'occuperont de la flotte demeurée à sa base et veilleront à ce que vous n'opériez aucune reconversion nouvelle. Votre Empire a vécu, mutant. »

Le Mulet inclina lentement la tête, tandis que la colère et le désespoir envahissaient son âme. « Oui, il est trop tard... trop tard... Maintenant, je le vois...

— Maintenant, vous le voyez, acquiesça le Premier Orateur, et ensuite vous ne le verrez plus. »

Dans le désarroi du moment, l'esprit du Mulet s'ouvrit, et le Premier Orateur, qui guettait l'instant propice, s'y insinua prestement. Il lui fallut une insignifiante fraction de seconde pour opérer un changement radical.

Le Mulet leva les yeux.

« Alors, je rentrerai sur Kalgan ?

— Certainement. Comment vous sentez-vous ?

— En excellente forme. (Son front se plissa.) Mais qui êtes-vous ?

— Cela a-t-il une quelconque importance ?

— Non, bien entendu. (Il pensa à autre chose et toucha l'épaule de Pritcher.) Réveillez-vous, Pritcher. Nous allons rentrer chez nous. »

Deux heures plus tard, Bail Channis se sentit assez fort pour marcher sans aide.

« Il ne se souviendra plus jamais de ce qui s'est passé ? demanda-t-il.

— Jamais. Il conserve son pouvoir mental et son Empire, mais ses mobiles sont maintenant entièrement différents. Pour lui, la notion de Seconde Fondation n'existe plus et c'est désormais un homme pacifique. Il mènera une existence beaucoup plus heureuse durant les quelques années que lui laisse son physique déficient. Et, après sa mort, le Plan de Seldon suivra son cours — d'une façon ou d'une autre.

— Est-il exact, insista Channis, est-il exact que Rossem n'est pas le siège de la Seconde Fondation ? J'en jurerais mes grands dieux... Je le *sais* pertinemment... Je ne suis pas fou.

— Vous n'êtes pas fou, en effet, Channis — mais, comme je l'ai dit, changé. Rossem n'est *pas* la Seconde Fondation. Venez ! Nous aussi, nous allons rentrer chez nous. »

DERNIER INTERLUDE

Channis était assis dans une petite chambre tapissée de carreaux rouges et laissait son esprit se détendre. Il était satisfait de vivre dans le présent. Il y avait les murs, et la fenêtre, et l'herbe à l'extérieur. Tout cela n'avait pas de nom. C'étaient simplement des choses. Il y avait un lit, une chaise et des livres qui se déroulaient languissamment sur l'écran situé au pied de son lit. Il y avait l'infirmière qui lui apportait ses repas.

Au début, il s'efforçait de rassembler en un tout cohérent les bribes de conversation qu'il entendait. Comme par exemple entre ces deux hommes.

« Aphasie complète, maintenant, dit l'un. Tout est nettoyé, et je crois sans dommage. Il suffira de réintroduire l'enregistrement de l'onde encéphalographique de sa conformation originale. »

Il se souvenait des sons par routine, des sons qui lui semblaient particuliers — comme s'ils avaient possédé quelque signification. Mais à quoi bon se préoccuper de ces questions ?

Mieux valait observer les jolies couleurs sur l'écran, placé au pied de la chose sur laquelle il était étendu.

Puis quelqu'un entra et s'occupa de lui, après quoi il dormit pendant longtemps.

Et lorsque ce fut terminé, le lit était soudain devenu un lit et il sut qu'il se trouvait dans un hôpital, et les mots dont il se souvenait avaient un sens.

Il se dressa sur son séant : « Que se passe-t-il ? »

Le Premier Orateur était à son chevet.

« Vous êtes sur la Seconde Fondation, et vous avez retrouvé votre esprit — votre esprit d'origine.

— Oui ! *Oui !* (Channis se rendit compte qu'il était enfin *lui-même* et il éprouvait à cette idée un incroyable sentiment de joie et de triomphe.)

— Et maintenant dites-moi, reprit le Premier Orateur, savez-vous quel est le siège de la Seconde Fondation ? »

Et, telle une vague gigantesque, la vérité submergea Channis et il s'abstint de répondre. Comme Ebling Mis avant lui, il n'était conscient que d'une vaste, d'une écrasante surprise.

Puis il hocha enfin la tête et dit : « Par toutes les étoiles de la Galaxie, à présent, je le sais. »

DEUXIÈME PARTIE

ARCADIA DARELL

I

DARELL Arkady... *Romancière née le 5-11-362 E. F.,
morte le 7-1-443 E. F. Bien qu'elle ait écrit de nombreux
romans, Arkady Darell est surtout connue pour la biogra-
phie de sa grand-mère, Bayta Darell. Basée sur des documents de première main, elle a pendant des siècles servi de
réservoir d'informations sur le Mulet et son époque... De
même que* Souvenirs dévoilés, *son roman* Temps et époque
révolus *est une image frappante de la brillante société kalganienne du début de l'Interrègne, que lui a inspirée une
visite effectuée sur Kalgan au cours de sa jeunesse...*

ENCYCLOPEDIA GALACTICA.

D'une voix ferme, Arcadia Darell déclama dans le microphone de son transcripteur :

« *L'avenir du Plan Seldon, par A. Darell.* »

Puis elle pensa au fond d'elle-même qu'un jour,
lorsqu'elle serait devenue un grand écrivain, elle signerait
tous ses chefs-d'œuvre du pseudonyme d'Arkady. Simplement Arkady, sans aucun nom de famille.

A. Darell... Tel était le nom banal qu'elle devait apposer au bas de tous les devoirs qu'elle rédigeait en classe de Composition et de Rhétorique. Tous ses autres condisciples étaient soumis à la même obligation. Et « Arcadia » était un nom de petite fille dont on l'avait affublée en souvenir de son arrière-grand-mère qui se prénommait ainsi ; ses parents n'avaient vraiment pas le moindre soupçon d'imagination.

Maintenant qu'elle avait quatorze ans passés depuis deux jours, on aurait pu croire qu'en reconnaissance de son accession au monde des adultes, elle serait appelée Arkady. Elle serra les lèvres en évoquant son père qui avait levé les yeux de son viseur-de-livre, juste le temps de lui dire : « Mais si tu veux te faire passer pour une fille de dix-neuf ans, Arcadia, que feras-tu lorsque tu en auras vingt-cinq et que les garçons t'en donneront trente ? »

De l'endroit où elle se trouvait, affalée en travers des bras et dans le creux de son fauteuil spécial, elle apercevait le miroir et sa coiffeuse. Son pied était légèrement dans le champ parce que sa pantoufle ne cessait de tourner autour de son gros orteil, si bien qu'elle s'assit dans une pose anormalement rigide qui, pensait-elle, allongeait son cou de cinq bons centimètres et lui donnait une sveltesse royale.

Un instant, elle considéra pensivement son visage... trop gras. Elle desserra les mâchoires d'un centimètre, sans disjoindre les lèvres, et obtint ainsi un soupçon de maigreur tout artificielle. Elle s'humecta les lèvres d'un rapide coup de langue et leur permit de s'épanouir dans leur pulpeuse élasticité. Puis elle laissa tomber ses paupières avec une lassitude toute mondaine... Si seulement ses joues n'arboraient pas cette sotte roseur !

En tirant du bout des doigts le coin de ses yeux vers les tempes selon une légère inclinaison, elle tenta d'imiter la mystérieuse langueur exotique des femmes originaires des planètes intérieures, mais ses mains se trouvaient dans le champ, et elle n'arrivait pas à distinguer nettement l'effet obtenu.

Puis elle leva le menton, saisit son image en demi-profil et, les muscles des yeux quelque peu distendus par l'effort qu'elle soutenait pour regarder en coin, le cou douloureusement contracté, la voix d'une octave au-dessous de son timbre normal, elle dit : « Vraiment, père, si tu t'imagines que je me préoccupe le moindrement de ce que peuvent penser ces stupides garçons, tu te... »

A ce moment, elle se souvint que le transcripteur était toujours branché, qu'elle tenait le microphone à la main, et elle soupira d'un ton lugubre : « Oh ! flûte... » et coupa l'interrupteur.

Le papier légèrement violacé, avec sa ligne marginale couleur de pêche, sur la gauche, portait, sous le titre L'AVENIR DU PLAN SELDON, les lignes suivantes : *Vraiment, père, si tu t'imagines que je me préoccupe le moindrement de ce que peuvent penser ces stupides garçons, tu te... Oh ! flûte...*

Elle arracha la feuille de la machine avec dépit et la remplaça par une autre.

Mais son visage perdit bientôt son expression vexée, et sa petite bouche s'élargit en un sourire de satisfaction. Elle flaira le papier délicatement. Exactement ce qu'il fallait. La note juste d'élégance et de charme. Les caractères, le dernier cri de la mode.

La machine avait été livrée l'avant-veille, le jour de son premier anniversaire d'adulte. « Mais, père, disait-elle depuis longtemps, il n'y a pas une seule élève dans ma classe — j'entends celles qui ont la prétention d'être quelqu'un — qui n'en possède. Il n'y a plus guère que les arriérés qui se servent encore de machines à main... »

Le vendeur avait déclaré : « Aucun autre modèle n'est aussi perfectionné et d'un emploi aussi simple. La machine se conforme aux règles de l'orthographe et de la ponctuation, selon le sens de la phrase. Naturellement elle contribue grandement à l'éducation, car elle conduit l'utilisateur à prononcer avec soin, à placer judicieusement les respirations pour obtenir une orthographe correcte, sans parler de l'élocution élégante et nuancée qu'exige une ponctuation appropriée. »

Même à ce moment, son père avait fait une ultime tentative pour obtenir une machine à caractères d'imprimerie, comme si elle eût été une vieille institutrice célibataire.

Mais, lorsqu'on vint la livrer, c'était bien le modèle qu'elle désirait — sans doute l'avait-elle obtenu au prix d'un peu plus de pleurnicheries et de reniflements qu'il n'était convenable pour une adulte de quatorze ans — et les caractères imitaient à s'y méprendre une écriture charmante et parfaitement féminine, avec les capitales les plus gracieuses et les plus belles qu'il fût possible de rêver.

Même la simple phrase « Oh ! flûte » vous avait un je ne sais quoi de séduisant, une fois qu'elle avait passé par le mécanisme du transcripteur.

Néanmoins, il fallait se conformer strictement aux instructions, c'est pourquoi elle s'assit bien droite sur sa chaise, plaça son brouillon devant elle en femme d'affaires expérimentée, et recommença sa dictée, articulant nettement et clairement, le ventre plat, la poitrine haute et la respiration soigneusement contrôlée. Elle commença, pleine d'une ferveur dramatique :

« L'avenir du Plan Seldon.

« L'histoire de la Fondation est, j'en suis sûre, bien connue de tous ceux d'entre nous qui ont eu la bonne fortune d'être éduqués grâce au système scolaire efficace et au mérite du personnel enseignant de notre planète. »

(Bon début ! Et qui devrait bien la faire rentrer dans les bonnes grâces de miss Erlking, cette maudite vieille sorcière !)

« Cette histoire est en grande partie l'histoire du Grand Plan de Hari Seldon. Les deux ne font qu'un. Mais la question qui préoccupe aujourd'hui la plupart des esprits est celle-ci : ce Plan continuera-t-il de s'accomplir, dans son immense sagesse, ou sera-t-il traîteusement foulé aux pieds, si ce n'est déjà fait ?

« Pour le comprendre, il serait peut-être préférable de passer rapidement sur les périodes glorieuses du Plan, telles qu'elles ont été jusqu'ici révélées à l'humanité. »

(Cette partie du devoir était facile, car, le semestre précédent, on avait entrepris l'étude de l'Histoire Moderne.)

« Il y a près de quatre cents ans, dans les jours où l'Empire Galactique, sur son déclin, s'acheminait vers la paralysie précédant la mort finale, un homme — le grand Hari Seldon — sut prévoir la fin imminente. Grâce aux méthodes de la psychohistoire, dont les complexités mathématiques sont depuis longtemps oubliées... »

(Elle s'interrompit, prise d'un léger doute sur l'orthographe de « complexités ». Bah, après tout, la machine ne pouvait guère se tromper...)

« ... il put, avec le concours de ses collaborateurs, prévoir le déroulement des grands courants sociaux et économiques qui allaient balayer la Galaxie à cette époque. Il leur fut possible d'établir que, abandonné à lui-même, l'Empire ne manquerait pas de s'effondrer, et que sa chute serait suivie d'au moins trente mille ans de chaos et d'anarchie avant qu'il fût possible d'édifier un nouvel Empire.

« Il était trop tard pour prévenir le fatal écroulement, mais il demeurait au moins possible de réduire la période intermédiaire de chaos. Un Plan fut dressé, selon lequel un simple millénaire séparerait désormais le Second Empire du Premier. Nous arrivons au terme du quatrième centenaire de ce millénaire, et bien des générations d'hommes ont vécu et se sont éteintes cependant que le Plan poursuivait sa marche inexorable.

« Hari Seldon avait érigé deux Fondations aux extrémités opposées de la Galaxie, suivant une méthode telle qu'elles fourniraient la meilleure solution mathématique à son problème psychohistorique. Dans l'une de ces Fondations — la nôtre, installée ici, sur Terminus — fut concentrée la science physique de l'Empire, et, grâce à la possession de cette science, elle fut en mesure de résister victorieusement aux attaques des royaumes barbares qui avaient fait sécession et proclamé leur indépendance sur les lisières de l'Empire.

« La Fondation réussit à reconquérir ces royaumes éphémères sous la conduite d'une série d'hommes sages et héroïques, tels que Salvor Hardin et Hober Mallow, qui surent interpréter le Plan avec intelligence et guider notre pays. Toutes nos planètes honorent encore leur mémoire, en dépit des siècles écoulés.

« Finalement, la Fondation établit un système commercial qui s'étendait sur une large portion des secteurs siwennien et anacréonien de la Galaxie, et elle mit même en déroute les restes du vieil Empire sous le commandement de leur dernier grand général, Bel Riose. Il semblait que, désormais, rien ne pourrait plus s'opposer au déroulement du Plan Seldon. Toutes les crises prévues par Seldon, surgies au moment déterminé par ses calculs, avaient été résolues de façon satisfaisante, et à chaque étape, la Fondation avait fait un nouveau pas de géant vers le Second Empire et la paix. C'est alors... »

(Parvenue à ce point, son souffle devint plus court et elle sifflait les mots entre ses dents, mais le transcripteur se contentait de les écrire avec le même calme et la même grâce.)

« ... qu'à la suite de la disparition des derniers débris du défunt Empire, et tandis qu'une poussière de petits Seigneurs de la guerre exerçaient leur autorité brouillonne sur les dépouilles éparses du colosse terrassé... »

(Elle avait emprunté cette phrase à une émission dramatique de T. V., la semaine précédente, mais comme miss Erlking s'intéressait exclusivement aux symphonies et aux conférences, elle n'en saurait rien.)

« ... survint le Mulet.

« Cet homme étrange n'avait pas été prévu par le Plan. C'était un mutant dont l'apparition était imprévisible. Il possédait l'étrange et mystérieux pouvoir de diriger et de modeler à sa guise les émotions humaines, et de cette manière il pouvait plier tous les hommes à sa volonté. Avec une rapidité foudroyante, il se transforma en conquérant et bâtisseur d'Empire et finit par écraser la Fondation elle-même.

« Néanmoins, il ne parvint jamais à établir sa domination sur l'univers, car en dépit de sa puissance écrasante, il fut arrêté, dès sa première tentative, par la sagesse et l'audace d'une femme de grand mérite... »

(Et voilà qu'une fois de plus, elle se trouvait aux prises avec le même problème. Sur les instances formelles de son père, il lui était interdit de mentionner qu'elle était la petite-fille de Bayta Darell. Tout le monde le savait, et Bayta était sans doute la femme la plus grande de tous les temps : sans aucune aide, elle avait su mettre un terme aux exploits du Mulet.)

« ... au cours d'une action dont les circonstances sont fort peu connues. »

(Là ! Si on lui demandait de lire son devoir en classe, elle prononcerait ce dernier passage d'une voix caverneuse, et quelqu'un ne manquerait pas de demander des explications sur ces circonstances, et alors... pourrait-elle se dispenser de dire la vérité si on l'interrogeait ? En esprit, elle improvisait déjà un plaidoyer éloquent et peiné devant un père sévère et inquisiteur.)

« Après cinq ans d'un pouvoir autoritaire, un autre changement intervint, dont les raisons ne nous sont pas connues, et le Mulet abandonna brusquement tous ses projets de conquêtes ultérieures. Les cinq dernières années de son règne furent celles d'un despote éclairé.

« Certains prétendent que l'attitude nouvelle du Mulet

fut provoquée par l'intervention de la Seconde Fondation. Néanmoins, nul n'a jamais découvert le siège exact de cette autre Fondation, nul ne connaît son rôle avec précision, si bien qu'aucune preuve n'est jamais venue confirmer cette thèse.

« Une génération entière s'est écoulée depuis la mort du Mulet. Que nous réserve maintenant l'avenir après son passage ? Il avait interrompu le cours du Plan Seldon, et l'on pouvait croire qu'il l'avait fait voler en éclats, cependant il n'eut pas plutôt disparu que la Fondation surgit de plus belle, telle une nova qui renaît des cendres refroidies d'une étoile mourante. »

(Cette phrase était de son cru.)

« Une fois de plus, la planète Terminus abrite le centre d'une fédération commerciale presque aussi importante et aussi prospère que celle d'avant la conquête, mais aussi plus pacifique et plus démocratique.

« Ce processus s'insère-t-il dans un plan général ? Le grand rêve de Seldon est-il toujours vivace, et peut-on envisager que, d'ici six cents ans, un second Empire Galactique viendra prendre la succession du premier ? Personnellement, je le crois, parce que... »

(Elle abordait le passage important. Il y avait toujours ces affreux griffonnages au crayon rouge dont miss Erlking était coutumière : *Votre exposé est uniquement descriptif. Quelles sont vos réactions personnelles ? Réfléchissez ! Exprimez vos propres sentiments ! Pénétrez au plus profond de votre âme !* Elle pouvait se vanter de pénétrer dans les âmes, elle, avec sa face de citron, qui, de sa vie, n'avait jamais souri...)

« ... jamais, à quelque époque que ce fût, la situation n'a été aussi favorable. Le vieil Empire est complètement défunt, et le règne du Mulet a mis fin à l'ère des Seigneurs guerriers, qui l'avait précédé. La plus grande partie des régions périphériques de la Galaxie est civilisée et pacifique.

« De plus, la santé interne de la Fondation est meilleure que jamais. L'ère despotique des Maires héréditaires de la pré-conquête a cédé le pas aux élections démocratiques des premiers temps. Il n'existe plus désormais de mondes dissidents de Marchands Indépendants ; non plus que la concentration de grandes richesses entre les mains de quelques privilégiés avec son cortège d'injustices et de bouleversements.

« Il n'y a donc aucune raison de redouter un échec, à moins que la Seconde Fondation elle-même ne constitue un danger. Ceux qui le prétendent n'apportent aucune preuve de leurs allégations, seulement de vagues terreurs et des superstitions. Je crois fermement que notre confiance en nous-mêmes, en notre nation, dans le grand Plan de Hari Seldon, seront de nature à chasser de notre esprit toutes les incertitudes et... »

(Hum... un peu vaseux ce passage, mais il fallait bien conclure dans ce sens.)

« ... c'est pourquoi... »

L'avenir du Plan Seldon n'alla pas plus loin pour le moment, car un coup des plus discrets fut frappé à la vitre, et lorsque Arcadia se dressa en équilibre sur l'un des bras du fauteuil, elle se trouva nez à nez avec un visage souriant de l'autre côté du carreau, dont la régularité des traits était accentuée, de façon intéressante, par la courte ligne verticale d'un doigt posé devant les lèvres.

Après une brève pause nécessaire pour prendre une attitude de surprise, Arcadia mit pied à terre, se dirigea vers le divan disposé au pied de la large fenêtre qui servait de cadre à l'apparition, s'y agenouilla et dirigea vers l'extérieur un regard pensif.

Le sourire qui éclairait le visage de l'homme s'évanouit rapidement. Tandis que les doigts de l'une de ses mains se contractaient sur le battant, l'autre fit un geste rapide. Arcadia obéit avec calme et fit pénétrer doucement dans son logement mural la poignée du tiers inférieur de la fenêtre, laissant la tiède brise de printemps venir se mêler à l'atmosphère conditionnée de la pièce.

« Vous ne pouvez entrer, dit-elle avec coquetterie. Les fenêtres possèdent toutes un écran et sont accordées sur les seules personnes qui habitent la maison. Si vous insistiez, une foule de signaux d'alarme ne manqueraient pas de se déclencher. » Elle ajouta après une pause : « Vous me paraissez en équilibre bien précaire sur la corniche. Si vous n'y prenez garde, vous allez tomber et vous rompre le cou en saccageant des fleurs de grand prix.

— Dans ce cas, dit l'homme, qui avait apparemment envisagé cette éventualité (en se servant d'un vocabulaire quelque peu différent), auriez-vous la bonté de débrancher l'écran et de me faire entrer ?

— Je n'en vois pas l'utilité, dit Arcadia. Vous vous trompez probablement de maison, car je ne suis pas de ces filles qui introduisent des étrangers dans... leur chambre à coucher, à cette heure de la nuit. » En prononçant ces paroles, elle avait donné à ses paupières une lourdeur ensommeillée — ou du moins une imitation acceptable de cette apparence.

Toute trace de gaieté avait disparu du visage du jeune étranger : « C'est bien ici la maison du Dr Darell, n'est-ce pas ?

— Pour quelle raison vous le dirais-je ?

— Oh ! Galaxie... Adieu...

— Si vous sautez, jeune homme, je me chargerai personnellement de donner l'alarme. » Elle pensait, par ce trait, faire preuve d'une ironie raffinée et sophistiquée, car, aux yeux d'Arcadia, l'intrus avait largement atteint la trentaine, c'est-à-dire l'âge mûr, sinon la vieillesse.

Une longue pause. « Eh bien, ma chère fillette, dit l'autre d'un ton concentré, si vous ne voulez pas que je reste et si vous ne voulez pas que je m'en aille, dites-moi ce que je dois faire.

— Je crois que je vais vous laisser entrer. Le Dr Darell habite effectivement ici. Je vais couper l'écran tout de suite. »

Après avoir jeté un coup d'œil inquisiteur et méfiant aux alentours, le jeune homme passa sa main dans l'ouverture et son corps suivit bientôt le même chemin. Il brossa ses genoux d'une claque irritée et leva vers elle un visage empourpré.

« Vous êtes bien sûre que votre caractère et votre réputation ne souffriront pas lorsqu'on me trouvera dans votre chambre, n'est-ce pas ?

— Pas autant que les vôtres, en tout cas. Sitôt que j'entendrai des pas au-dehors, je me mettrai à hurler que vous vous êtes introduit dans mes appartements.

— Vraiment, dit-il avec une politesse appuyée, et comment expliquerez-vous l'ouverture de l'écran protecteur ?

— Peuh, rien n'est plus facile. D'abord, il n'en existe pas à cet endroit. »

Les yeux de l'homme s'élargirent de chagrin. « C'était du bluff ? Quel âge avez-vous fillette ?

— Vous êtes bien impertinent, jeune homme. Je n'ai pas coutume de m'entendre appeler « fillette ».

— Ça ne m'étonne pas. Vous êtes probablement la grand-mère du Mulet déguisée. Voyez-vous un inconvénient à ce que je prenne congé de vous avant que vous ayez organisé une partie de lynchage dont je serais la vedette ?

— A votre place, je ne m'en irais pas... car mon père vous attend. »

L'homme reprit son air méfiant. Il leva un sourcil et dit légèrement :

« Oh ? Il y a quelqu'un chez votre père ?

— Non.

— A-t-il reçu récemment une visite ?

— Seulement des représentants... et vous.

— Il ne s'est rien passé d'anormal ?

— Seulement vous.

— Oubliez-moi, s'il vous plaît ! Non, ne m'oubliez pas. Dites-moi, comment saviez-vous que votre père m'attendait ?

— Rien de plus simple. La semaine dernière, il a reçu une capsule personnelle contenant un message auto-oxydant. Il a jeté l'enveloppe de la capsule dans le désintégrateur d'ordures et, hier, il a donné à Poli — c'est notre servante — un mois de vacances pour aller voir sa sœur sur Terminus. Enfin, cet après-midi, il a préparé le lit dans la chambre d'amis. C'est donc qu'il attendait quelqu'un à mon insu. Habituellement, il me dit tout.

— Vraiment ! Je n'en vois vraiment pas l'utilité, puisque vous êtes informée de tout avant même qu'il n'ait ouvert la bouche.

— C'est en effet ce qui se passe en général. » Puis elle se mit à rire. Elle commençait à se sentir parfaitement à son aise. Le visiteur était âgé, sans doute, mais distingué avec ses cheveux bruns bouclés et ses yeux très bleus.

Peut-être, un jour, lorsqu'elle serait vieille, rencontrerait-elle un homme de ce genre.

« Et comment, exactement, savez-vous que c'est moi dont on attendait l'arrivée imminente ? demanda-t-il.

— Et qui d'autre pourrait-ce bien être ? Mon père attendait un visiteur en affectant des manières de conspirateur — et voilà que vous apparaissez, jouant les monte-en-l'air, essayant de vous faufiler par les fenêtres au lieu de vous présenter à la porte d'entrée, comme vous l'auriez fait si vous aviez deux sous de bon sens. (Elle se souvint d'une phrase ressassée et y eut immédiatement recours.) Les hommes sont si stupides !

— Vous avez une très haute opinion de vous-même, fillette... je veux dire mademoiselle. Mais ne craignez-vous pas de vous tromper ? Et si je vous disais que tout cela est un mystère pour moi, et qu'autant que je sache, votre père attend un autre visiteur que moi ?

— Oh ! je ne pense pas. Je ne vous ai pas demandé d'entrer avant de vous avoir vu lâcher votre serviette.

— Ma quoi ?

— Votre serviette, jeune homme. Je ne suis pas aveugle. Vous ne l'avez pas laissée tomber par accident, parce que vous avez d'abord regardé au-dessous de vous, pour vous assurer qu'elle se poserait convenablement. Vous vous êtes aperçu qu'elle atterrirait derrière les buissons et demeurerait invisible. Alors vous l'avez lâchée sans la suivre du regard. Maintenant, puisque vous vous êtes présenté à ma fenêtre, plutôt qu'à la porte d'entrée, j'en déduis que vous aviez peur de vous aventurer dans la maison avant d'avoir reconnu les aîtres. Après la petite altercation que nous avons eue ensemble, vous vous êtes occupé de la serviette, avant votre propre sécurité, ce qui signifie que le contenu de ladite serviette est plus important à vos yeux que votre propre personne. Autrement dit, tant que vous serez dans cette chambre, que la serviette se trouvera sur les plates-bandes et ce détail nous étant connu, je ne vois pas très bien ce que vous pourriez faire. »

Elle s'interrompit pour reprendre son souffle et l'homme répondit d'une voix grinçante : « Vous oubliez un détail ; je vais vous serrer le cou jusqu'à vous laisser à demi morte et je partirai en emportant la serviette.

— Il se trouve, jeune homme, que j'ai sous mon lit une batte de base-ball que je puis atteindre en deux secondes et que je suis très robuste pour une fille. »

Impasse. Finalement, avec une politesse contrainte, le « jeune homme » dit : « Permettez-moi de me présenter, puisque notre conversation a pris un tour à ce point amical. Je m'appelle Pelleas Anthor, et vous ?

— Arca... Arkady Darell. Heureuse de vous connaître.

— Et maintenant, Arkady, soyez une gentille petite fille et appelez votre père. »

Arcadia regimba.

« Je ne suis pas une petite fille. Je vous trouve bien grossier — alors que vous me demandez un service. »

Pelleas Anthor soupira.

« Très bien, voudriez-vous avoir la bonté, chère vieille petite madame, pleine de lavande jusqu'au cou, de vouloir bien appeler votre père ?

— La formule n'est guère plus heureuse, mais je vais l'appeler. Seulement, je n'ai pas la moindre intention de vous quitter des yeux, jeune homme. » Et elle tapa du pied sur le plancher.

On entendit un bruit de pas pressés dans le vestibule, et la porte s'ouvrit sous une violente poussée.

« Arcadia... (On entendit une minuscule explosion produite par l'air expiré.) Mais qui êtes-vous, Monsieur ? »

Pelleas Anthor bondit sur ses pieds avec un soulagement évident.

« Dr Toran Darell ? Je suis Pelleas Anthor. Vous avez reçu un mot qui me concerne, je crois. Du moins votre fille l'affirme.

— Ma fille l'affirme ? » Il abaissa vers elle des sourcils froncés et un regard sévère qui vint heurter, sans l'entamer, l'impénétrable cuirasse d'innocence des yeux candides, largement ouverts, qu'elle opposait à l'accusation. « Je vous attendais, dit enfin le Dr Darell. Voulez-vous me suivre au rez-de-chaussée, je vous prie ? » Mais il s'arrêta car son œil venait de percevoir un mouvement que celui d'Arcadia avait surpris au même moment.

Elle amorça un mouvement insensible en direction du transcripteur, mais c'était peine perdue, car son père se trouvait le plus rapproché de l'appareil : « Tu l'as laissé fonctionner pendant tout ce temps, Arcadia, dit-il suavement.

— Père, dit-elle, cette fois inquiète, il est incorrect de lire la correspondance privée d'une autre personne, surtout lorsqu'il s'agit d'une correspondance parlée.

— Ah ! répondit le père, *une correspondance parlée*, avec un étranger dans ta chambre ! Il est de mon devoir de père, Arcadia, de te protéger du mal.

— Oh ! flûte, il ne s'agissait de rien de tel. »

Pelleas éclata de rire soudain.

« Au contraire, Dr Darell. La jeune personne se préparait

à m'accuser de tous les méfaits, et j'insiste pour que vous lisiez, ne serait-ce que pour sauvegarder mon honneur. »

Arcadia retenait péniblement ses larmes. Son propre père n'avait pas confiance en elle. Et ce maudit transcripteur... Si cet idiot n'était pas venu bayer du bec à la fenêtre... c'est sa faute si elle avait oublié de le couper. Et maintenant son père allait faire un de ces longs et gentils discours sur la conduite qui convenait aux jeunes filles. Apparemment, elles n'avaient pratiquement le droit de rien faire si ce n'est de périr d'asphyxie.

« Arcadia, dit doucement son père, je pense qu'une jeune fille bien élevée... »

Elle savait. Elle savait ce qui allait venir.

« ... ne devrait jamais faire montre d'une telle impertinence à l'égard d'hommes plus âgés qu'elle-même.

— Dans ce cas, quel besoin avait-il de venir devant ma fenêtre ? Une jeune fille bien élevée a tout de même le droit de posséder une vie privée. Maintenant, il faut que je recommence de bout en bout cette sale composition.

— Il ne t'appartient pas de juger s'il avait raison ou non de se montrer à ta fenêtre. Simplement, tu n'aurais pas dû le faire entrer. Tu aurais dû m'appeler sur-le-champ — surtout si tu savais que j'attendais sa visite.

— Il vaut mieux que tu n'aies pas vu ce spectacle... A-t-on jamais rien vu d'aussi absurde ? dit-elle avec acrimonie. Il aura tôt fait de dévoiler le pot aux roses s'il s'obstine à pénétrer dans les maisons par les fenêtres, de préférence à la porte.

— Arcadia, nul ne te demande ton opinion sur des questions dont tu ignores le premier mot.

— C'est ce qui te trompe. Il s'agit de la Seconde Fondation si tu veux le savoir. »

Il y eut un silence. Arcadia, elle-même, se sentait un léger gargouillement nerveux dans l'abdomen.

« Où as-tu entendu parler de cela ? demanda doucement le Dr Darell.

— Nulle part. Mais à quel autre sujet ferait-on tant de mystère ? D'ailleurs, tu n'as pas à t'inquiéter, je n'en soufflerai mot à personne.

— Monsieur Anthor, dit le Dr Darell, je vous prie d'accepter mes excuses pour ce ridicule incident.

— Cela n'a pas la moindre importance, répondit Anthor d'une voix assez peu convaincue, ce n'est pas votre faute si elle s'est vendue aux forces des ténèbres. Mais me permettez-vous de lui poser une question avant de partir ? Mademoiselle Arcadia...

— Que voulez-vous ?

— Pour quelle raison pensez-vous qu'il est plus absurde de passer par les fenêtres que par les portes ?

— Parce que vous attirez l'attention sur ce que vous désirez cacher, sot que vous êtes. Lorsque je possède un secret, je me garde comme de la peste de prendre des airs de conspirateur. Je ne modifie en rien mon comportement habituel ; et si je parle, j'évite simplement, de mettre la conversation sur une pente dangereuse. Vous n'avez jamais lu les maximes de Salvor Hardin. C'était notre premier Maire.

— Oui, je sais.

— Eh bien, il avait coutume de dire que seul le mensonge qui n'avait pas honte de lui-même était susceptible de réussir. Ou encore : ce qui importe, ce n'est pas que ce que l'on dit *soit* vrai, mais *sonne* vrai. Eh bien, lorsque vous entrez dans une maison par la fenêtre, c'est un mensonge qui a honte de lui-même et cela ne sonne pas vrai.

— Alors, qu'auriez-vous fait à ma place ?

— Si j'avais voulu voir mon père à propos d'affaires ultra-secrètes, j'aurais fait ouvertement sa connaissance et je lui aurais rendu visite sous toutes sortes de prétextes strictement légitimes. Et lorsque vos relations avec mon père auraient pris aux yeux de tous l'apparence de la plus banale des fréquentations, vous auriez eu tout le loisir de débattre des sujets les plus secrets sans que nul n'y trouve à redire. »

Anthor jeta un regard étrange sur la fillette, puis vers le Dr Darell.

« Allons-nous-en, dit-il. J'ai une serviette que je dois aller ramasser dans le jardin. Une dernière question, Arcadia. Il est faux que vous ayez une batte de base-ball sous votre lit, n'est-ce pas ?

— C'est faux, en effet.

— C'est aussi ce que je pensais. »

Le Dr Darell s'arrêta à la porte.

« Arcadia, dit-il, lorsque tu retranscriras ta composition sur le Plan Seldon, il sera inutile de faire des allusions mystérieuses au rôle joué par ta grand-mère. Je ne vois aucune nécessité de maintenir ce paragraphe. »

En compagnie de Pelleas, il descendit en silence l'escalier.
Puis le visiteur demanda d'une voix contrainte :

« Pardonnez-moi si je suis indiscret, monsieur. Quel est l'âge de cette enfant ?

— Elle a eu quatorze ans voilà deux jours.

— *Quatorze ans !* Grande Galaxie ! et vous a-t-elle dit si elle comptait se marier un jour ?

— Non. Du moins pas à moi.

— Eh bien, si jamais une telle chose arrive, il faut l'abattre à coups de fusil. Je veux dire le prétendant. (Il fixait sérieusement son interlocuteur plus âgé.) Je ne plaisante pas. Je ne conçois aucun tourment plus abominable que de partager l'existence de l'être qu'elle sera à vingt ans. Ne voyez là nulle intention de vous offenser, bien entendu.

— Vous ne m'offensez pas. Je crois comprendre ce que vous voulez dire. »

A l'étage supérieur, l'objet révolté de leurs tendres analyses affronta le transcripteur avec lassitude et prononça d'une voix sans timbre : « Lavenirduplanseldon. » Sans se démonter le moins du monde, le transcripteur traduisit en capitales pleines d'élégantes fioritures :

L'Avenir du Plan Seldon.

II

MATHÉMATIQUES : *La synthèse des calculs comportant* n *variables dans une géométrie à* n *dimensions constitue la base de ce que Seldon appela un jour « ma petite algèbre d'humanité »*...

ENCYCLOPEDIA GALACTICA.

Supposons une salle !

Le siège de cette salle n'est pas ce qui nous occupe en ce moment. Il nous suffira de dire que dans cette salle, plus qu'ailleurs, la Seconde Fondation existait.

C'était une chambre qui, à travers les siècles, avait été le domaine de la science pure — et cependant on n'apercevait dans son enceinte aucun de ces appareils que, par une habitude d'esprit vieille de plusieurs millénaires, on associe toujours à l'idée de science. C'était, au contraire, une science s'élaborant uniquement à partir de concepts mathématiques d'une manière analogue à celle que pratiquaient les races très anciennes aux époques préhistoriques où la technologie n'était pas encore née, où l'homme n'avait pas encore étendu son emprise au-delà d'un monde unique, maintenant tombé dans l'oubli.

Tout d'abord, il y avait dans cette pièce, protégé par une science psychique jusqu'à présent imbattable par la puissance physique combinée du reste de la Galaxie, le Premier Radiant, qui détenait dans ses parties vitales le Plan Seldon — au complet.

En second lieu, il y avait également un homme dans cette pièce : le Premier Orateur.

Il était le douzième dans la lignée des principaux gardiens

du Plan. Quant à son titre, il signifiait seulement le fait qu'au cours des assemblées réunissant les chefs de la Seconde Fondation, il était le premier à s'exprimer.

Son prédécesseur avait vaincu le Mulet, mais les débris de cette bataille gigantesque encombraient toujours la voie tracée par le Plan. Depuis vingt-cinq ans, avec le concours de son administration, il luttait pour ramener une Galaxie composée d'êtres humains stupides et butés dans le droit chemin — et c'était une terrible tâche.

Le Premier Orateur leva les yeux vers la porte qui venait de s'ouvrir. Tandis que, dans la solitude de la salle, il revivait ce quart de siècle de labeur qui approchait avec une inexorable lenteur de son point culminant, son esprit n'avait cessé d'envisager, avec un sentiment de quiète impatience l'arrivée du nouveau venu : un jeune homme, un étudiant, un de ceux qui pourraient, éventuellement, prendre la relève.

Le jeune homme s'était arrêté sur le seuil, dans une attitude hésitante, si bien que le Premier Orateur dut se porter à sa rencontre et l'introduire dans les lieux, la main amicalement posée sur son épaule.

L'étudiant eut un sourire auquel le Premier Orateur répondit en disant :

« Je dois d'abord vous donner les raisons de votre présence ici. »

Ils se trouvaient maintenant en face l'un de l'autre, de part et d'autre de la table. Aucun n'employait, pour s'exprimer, un langage qui pût être reconnu comme tel par aucun homme de la Galaxie, s'il n'était lui-même membre de la Seconde Fondation.

A l'origine, le langage articulé constituait le moyen grâce auquel l'homme avait appris à transmettre, quoique imparfaitement, les émotions et les idées issues de son esprit. En choisissant arbitrairement des sons et des combinaisons de sons pour traduire les nuances de la pensée, il avait mis au point une méthode de communication, mais dont le caractère sommaire et grossier avait provoqué la dégénérescence d'un intellect rompu à toutes les subtilités pour aboutir à ce rudimentaire et guttural appareil de signalisation.

Décadence sans cesse accentuée, dont on peut mesurer les résultats ; toutes les souffrances dont l'humanité a été la victime peuvent être imputées au seul fait que, dans toute l'histoire de la Galaxie, nul homme, avant Hari Seldon et quelques rares disciples après lui, ne fut véritablement capable de comprendre son semblable. Chaque être humain vivait derrière un mur impénétrable, un brouillard étouffant, en dehors duquel nul autre que lui n'existait. Parfois, quelques faibles signaux émergeaient des ténèbres de la profonde caverne où chacun se trouvait enfoui et leurs mains d'aveugles se rapprochaient les unes des autres, à tâtons. Et cependant, parce qu'ils ne se connaissaient pas l'un l'autre, parce qu'ils ne pouvaient se comprendre, parce qu'ils n'osaient pas se faire mutuellement confiance et nourrissaient depuis leur enfance les terreurs et l'insécurité nées de cet ultime isolement, ils éprouvaient cette crainte traquée de l'homme à l'égard de l'homme, cette sauvage rapacité de l'homme pour l'homme.

Pendant des dizaines de milliers d'années, les pieds avaient foulé cette boue qui collait à leurs semelles et maintenait au niveau du cloaque leurs âmes, qui pendant un temps équivalent avaient été dignes de la fraternité des étoiles.

Farouchement, l'Homme avait instinctivement tenté de circonvenir les barreaux de prison du langage articulé. La sémantique, la logique symbolique, la psychanalyse — tels avaient été les moyens qui avaient permis de raffiner ou de transcender la parole.

La psychohistoire avait consacré le développement de la science mentale, ou plutôt sa traduction finale en formules mathématiques, grâce à quoi le but avait enfin été atteint. Grâce au développement des sciences mathématiques indispensables pour comprendre les phénomènes de la neurophysiologie et de l'électrochimie du système nerveux, qui trouvaient elles-mêmes nécessairement leur source au sein des forces nucléaires, il devint pour la première fois possible de développer la psychologie. Et, avec la généralisation des connaissances psychologiques, de l'individu au groupe, la sociologie put également être traduite en formules mathématiques.

Les ensembles plus vastes : les milliards qui occupaient les planètes ; les dizaines de milliards qui habitaient les secteurs ; les centaines de milliards qui peuplaient la Galaxie, devinrent, non plus des êtres humains mais des forces gigantesques soumises aux lois des grands nombres et aux interprétations statistiques — si bien qu'aux yeux de Hari Seldon, l'avenir devint une chose prévisible, inévitable, et que le Plan pût être édifié.

La même évolution de la science mentale, qui avait eu pour aboutissement le Plan Seldon, dispensait le Premier Orateur de faire appel au langage parlé pour s'entretenir avec l'étudiant.

Toute réaction à un stimulus, si faible fût-il, révélait clairement les mouvements les plus subtils, les courants les plus infimes dont le cerveau de l'interlocuteur était le siège. Le Premier Orateur ne percevait pas d'instinct les fluctuations émotionnelles de l'étudiant, ainsi qu'aurait pu le faire le Mulet — car celui-ci était un mutant doué de pouvoirs psychiques dont la compréhension demeurait inaccessible au commun des mortels, voire à un membre de la Seconde Fondation. Il les obtenait plutôt par déduction, par suite d'un entraînement intense.

En conséquence, puisqu'il est essentiellement impossible, dans une société basée sur le langage articulé, de décrire les moyens de communication utilisés entre eux par les membres de la Seconde Fondation, nous prendrons le parti de les ignorer. Nous supposerons que le Premier Orateur s'exprime de la manière habituelle, et si la traduction n'est pas toujours entièrement fidèle, elle est du moins la meilleure que l'on puisse fournir en l'occurrence.

Nous conviendrons donc que le Premier Orateur avait effectivement prononcé les paroles suivantes : « Je dois tout d'abord vous donner les raisons de votre présence ici », au lieu de sourire exactement d'une certaine manière et de lever un doigt d'une certaine autre.

« Pendant la plus grande partie de votre vie, vous avez étudié la science mentale avec la plus grande ardeur et la plus grande ténacité. Le moment est venu pour vous, et quelques autres, de commencer votre apprentissage dans le rôle d'Orateur. »

Mouvements divers de l'autre côté de la table.

« Voyons, voyons, reprenez votre sang-froid. Vous aviez formé l'espoir de vous qualifier pour ce poste. Vous avez craint de ne pas posséder les qualités requises. En réalité, l'espoir et la peur sont des faiblesses. Vous saviez parfaitement que vos capacités étaient suffisantes, et cependant vous hésitez à l'admettre, dans la crainte d'être taxé de présomption, ce qui serait une cause d'élimination. Billevesées ! L'homme le plus stupide est celui qui n'est pas conscient de sa sagesse. La conscience même que vous avez de vos qualités n'est qu'un point de plus en votre faveur. »

Détente de l'autre côté de la table.

« Parfait. Maintenant vous vous sentez mieux et vous avez abaissé votre garde. Vous êtes plus apte à vous concentrer et plus apte à comprendre. Souvenez-vous que, pour atteindre à une véritable efficacité, il n'est pas nécessaire de maintenir votre esprit sous une poigne de fer qui, pour le scrutateur intelligent, est aussi révélatrice qu'une mentalité primaire. J'estime au contraire qu'il sied de cultiver une innocence, une conscience de ses atouts personnels, une candeur consciente et sans égoïsme qui ne laisse plus rien de caché. Mon esprit vous est largement ouvert. Qu'il en soit de même pour chacun de nous.

« Ce n'est pas chose facile que d'être Orateur, continua-t-il. Avant tout, il n'est pas aisé d'être psychohistorien, et le meilleur des psychohistoriens ne possède pas nécessairement les qualités requises pour faire un Orateur. Il existe à ce point de vue une distinction. Un Orateur doit, non seulement être rompu aux subtilités mathématiques du Plan Seldon, mais avoir foi en lui et en ses destinées ; il doit *aimer* le Plan, qui doit être pour lui l'essence même de la vie, mieux encore, un ami vivant.

« Savez-vous quel est cet objet ? »

Les mains du Premier Orateur frôlaient doucement le cube noir et brillant disposé au milieu de la table, et dont la surface était vierge.

« Non, Orateur, je ne le sais pas.

— Vous avez bien entendu parler du Premier Radiant ?

— C'est cela ? (Etonnement.)

— Vous vous attendiez à quelque chose de plus noble, de plus impressionnant ? C'est bien naturel. Il fut créé à l'époque de l'Empire, par des contemporains de Seldon. Depuis près de quatre cents ans, il a fidèlement rempli son office sans nécessiter ni réparations ni révisions. Fort heureusement d'ailleurs, puisque aucun membre de la Seconde Fondation ne possède les connaissances techniques nécessaires. (Il eut un léger sourire.) Les gens de la Première Fondation seraient peut-être en mesure de le reproduire, mais il ne faut surtout pas qu'ils connaissent son existence, bien entendu. »

Il actionna un levier sur le côté de la table, et la pièce fut plongée dans l'obscurité. Mais seulement pour un moment, car petit à petit les deux longs murs de la salle devinrent luminescents. D'abord un blanc nacré, immaculé, ensuite une légère ombre, ici et là, finalement, en noir, les équations, finement et nettement tracées, avec çà et là une ligne rouge de l'épaisseur d'un cheveu qui serpentait à travers la forêt plus sombre, comme une surprenante lisière.

« Venez, mon garçon. Approchez-vous du mur. Vous ne projetterez aucune ombre. Cette lumière n'émane pas du Radiant selon le processus ordinaire. A vous dire le vrai, je n'ai pas la moindre idée de la manière dont cet effet est obtenu, mais vous ne projetterez aucune ombre, c'est un fait certain. »

Ils se tenaient debout côte à côte dans la lumière. Chaque mur avait neuf mètres de long et trois de haut. Les caractères étaient petits et recouvraient toute la surface.

« La totalité du Plan ne se trouve pas sur ces murs, dit le Premier Orateur. Pour cela, il faudrait réduire les équations individuelles à des dimensions microscopiques — mais ce n'est pas nécessaire. Ce que vous avez devant vous représente les grandes lignes du Plan jusqu'à l'époque présente. Vous les avez étudiées, n'est-ce pas ?

— Oui, Orateur. »

Un long silence. L'étudiant pointa l'index et, dans le même instant, les rangées d'équations s'abaissèrent vers le bas du mur jusqu'au moment où la série de fonctions à laquelle il avait pensé — il était difficile d'imaginer que le geste rapide du doigt eût été suffisamment précis — se trouvât au niveau de l'œil.

Le Premier Orateur eut un rire discret.

« Vous constaterez que le Premier Radiant est accordé à votre cerveau. Ce petit mécanisme vous réserve d'autres surprises. Qu'aviez-vous l'intention de dire à propos de l'équation que vous avez choisie ?

— C'est, dit l'étudiant d'une voix défaillante, une intégrale de Rigel, représentant la distribution planétaire d'une tendance qui indique la présence de deux classes économiques principales sur la planète, ou peut-être un Secteur, plus une variable constituant un statut émotionnel instable.

— Et cela signifie ?

— Une tension limite, puisque nous avons ici... (il tendit le doigt, et de nouveau les équations se déplacèrent) une série convergente.

— Bien, dit le Premier Orateur. Et maintenant, dites-moi ce que vous en pensez. C'est une œuvre qui révèle un art consommé, n'est-ce pas ?

— Absolument !

— Erreur ! Il n'en est rien ! coupa-t-il avec vivacité. C'est la première leçon qu'il vous faut assimiler. Le Plan Seldon n'est ni complet ni correct. C'est seulement le meilleur que l'on ait pu dresser à l'époque. Plus de douze générations se sont penchées sur ces équations, les ont étudiées, disséquées jusqu'aux dernières décimales et enfin reconstituées. Elles ont fait bien mieux, elles ont fait des observations pendant près de quatre cents ans, elles ont passé les prédictions et les équations au crible de la réalité, et elles ont tiré profit de cette expérience.

« Elles ont acquis bien plus de connaissances que Seldon n'en posséda jamais, et avec la somme d'expérience accumulée au cours des siècles, nous pourrions reprendre l'œuvre de Seldon et obtenir de meilleurs résultats. Ceci est-il parfaitement clair pour vous ? »

L'étudiant paraissait quelque peu désarçonné.

« Avant d'obtenir un poste d'Orateur, continua le Premier Orateur, vous devrez apporter une contribution personnelle et originale au Plan. Ne croyez pas que ce soient là des propos blasphématoires. Chacune des lignes rouges que vous avez pu remarquer sur le mur est la contribution de l'un d'entre nous depuis l'époque de Seldon. Mais... Mais... (Il leva les yeux.) Là ! »

Le mur entier parut descendre vers lui.

« Ceci, dit-il, est de moi. (Une fine ligne rouge entourait deux accolades, dans l'intervalle desquelles des déductions couvraient une surface de cinquante décimètres carrés. Entre les deux, on remarquait une série d'équations en rouge.)

— Cela ne semble pas important à première vue, dit l'Orateur. Les calculs concernent une étape du Plan que nous n'atteindrons pas avant une période équivalente à celle qui s'est déjà écoulée. Ils s'appliquent à une période de coalescence que traversera le futur Empire, lorsqu'il se trouvera entre les mains de personnalités rivales qui risqueront de le mettre en pièces si la lutte est trop égale, ou de le figer dans l'immobilisme si cette lutte est trop inégale. Les deux éventualités sont envisagées dans le calcul puis approfondies, et l'on indique les méthodes propres à éviter l'un et l'autre danger.

« Tout cela n'est cependant qu'une question de probabilités, et une troisième solution peut apparaître. Le coefficient de probabilité en est relativement bas — douze virgule soixante-quatre pour cent, pour être précis — mais des événements encore moins probables se sont effectivement produits et le Plan ne s'est réalisé que dans une proportion de quarante pour cent. Cette troisième éventualité réside en un compromis possible entre deux, ou davantage, des personnalités rivales considérées. J'ai démontré que cette solution figerait l'Empire dans un immobilisme stérile, et que d'autre part, d'éventuelles guerres civiles seraient de nature à causer plus de dommages qu'une absence de compromis n'en aurait éventuellement déterminés. Fort heureusement, nous avons pu déterminer les mesures propres à prévenir cet enchaînement de circonstances. Et c'est en cela que réside ma contribution personnelle.

— Si je peux me permettre de vous interrompre, Orateur, comment procède-t-on à un changement ?

— Par l'intermédiaire du Radiant. Vous constaterez dans votre cas, par exemple, que vos calculs seront rigoureusement vérifiés par cinq commissions différentes ; que vous serez appelé à les défendre contre une attaque concertée et sans merci. Deux années s'écouleront ensuite, et votre œuvre sera de nouveau soumise à une impitoyable critique. Il est arrivé plus d'une fois qu'un travail présentant toutes les apparences de la perfection ait révélé de graves erreurs après une période d'épreuves de plusieurs mois, voire de plusieurs années. C'est souvent l'auteur en personne qui découvre la paille dans le métal.

« Si au bout de deux ans à la suite d'un nouvel examen, non moins détaillé que le premier, il franchit victorieusement l'épreuve, et — mieux encore — si, dans l'intervalle, le jeune savant a mis en lumière de nouveaux détails, fourni des preuves accessoires, alors sa contribution sera intégrée dans le Plan. Ce fut l'apogée de ma carrière ; ce sera l'apogée de la vôtre.

« Le Premier Radiant peut être accordé à votre cerveau et les corrections et additions effectuées par le processus

mental. Rien n'indiquera que la correction ou l'addition est
de vous. Dans le cours entier de son histoire, le Plan n'a
jamais été tributaire d'une personne plutôt que d'une autre.
C'est une création collective. Comprenez-vous ?

— Oui, Orateur !

— Dans ce cas, nous en avons assez dit sur ce sujet. (Un
pas en direction du Premier Radiant, et de nouveau les
murs retrouvèrent leur virginité et leur éclairage normal.)
Asseyez-vous devant ma table et causons. Il suffit au psychohistorien, en tant que tel, de connaître ses biostatistiques
et ses électromathématiques neurochimiques. Certains ne
savent rien d'autre et sont tout juste bons à faire des statisti-
ciens. Mais un Orateur doit être capable de discuter du Plan
sans avoir recours aux mathématiques. Sinon du Plan lui-
même, du moins de sa philosophie et de ses buts.

« Avant tout, quel est le but du Plan ? Dites-le-moi, selon
vos propres termes — et surtout ne cherchez pas à faire état
de beaux sentiments. On ne vous jugera pas sur la forme ni
sur l'élégance de votre discours, croyez-moi. »

C'était la première fois que l'étudiant avait l'occasion de
proférer un mot de plus de deux syllabes, et il hésitait avant
de plonger tête baissée dans l'espace que l'on venait de
dégager à son intention.

« Il résulte de ce que j'ai appris, dit-il timidement, que le
but du Plan est, je crois, d'établir une civilisation humaine
basée sur des principes différents de tout ce qui a jamais
existé jusqu'ici. Des principes qui, selon les découvertes de
la psychohistoire, n'auraient jamais pu surgir *spontané-
ment...*

— Halte ! Vous ne devez pas prononcer le mot *jamais*,
dit le Premier Orateur d'une voix insistante. C'est là appré-
hender les mots avec une coupable négligence. En fait, les
psychohistoriens n'établissent que des probabilités. Un
événement particulier peut ne présenter qu'une probabilité
infinitésimale, mais cette probabilité est toujours supérieure
à zéro.

— Oui, Orateur. Les principes en question, dirais-je donc,
ne présentent qu'une probabilité extrêmement faible d'apparition spontanée.

— C'est mieux. Et quels sont ces principes ?

— Ceux d'une civilisation fondée sur la science mentale.
Dans toute l'histoire de l'Humanité, c'est surtout dans le
domaine de la technologie que les progrès les plus impor-

tants ont été enregistrés, lorsqu'il s'agissait d'agir sur le monde inanimé qui entourait l'homme. Le contrôle de soi et de la société a été abandonné au hasard ou aux tâtonnements vagues de systèmes d'éthique intuitive, basés sur l'inspiration et l'émotion. Il en résulte qu'aucune culture dont le coefficient de stabilité excède environ cinquante-cinq pour cent n'a jamais vu le jour, avec pour corollaire une affreuse détresse humaine.

— Et comment se fait-il que les principes dont nous parlons ne soient pas d'un caractère spontané ?

— Pour la raison qu'une minorité relativement grande de gens sont doués des facultés indispensables pour prendre part au développement des sciences physiques et que tous bénéficient des avantages grossiers et visibles que ces sciences leur apportent. Mais seule une infime minorité possède les facultés indispensables pour conduire l'Homme dans les arcanes de la science mentale ; et les bénéfices qui en découlent, s'ils sont plus durables, sont plus subtils et moins apparents. De plus, comme l'application de tels principes conduirait au développement d'une dictature bienveillante au profit de ceux qui possèdent les meilleures aptitudes mentales — c'est-à-dire des hommes occupant un échelon virtuellement supérieur dans les subdivisions humaines — ce fait susciterait des ressentiments et conduirait à l'instabilité de l'Etat, faute de l'exercice d'une force coercitive qui réduirait le reste de l'Humanité au niveau de la brute. Une telle issue répugne à nos sentiments et doit être évitée à tout prix.

— Dans ce cas, quelle est la solution ?

— La solution est le Plan Seldon. Les dispositions ont été prises et maintenues de telle sorte qu'après une période d'un millénaire — soit six cents ans à compter de cet instant — un Empire Galactique sera instauré, dans lequel l'Humanité sera prête pour l'avènement du règne de la science mentale. Dans le même intervalle, le développement de la Seconde Fondation aura permis de préparer un groupe de Psychologues pour leur rôle de dirigeants. Ou, comme je l'ai souvent pensé, la Première Fondation fournira l'infrastructure physique d'une collectivité politique unique, et la Seconde Fondation, l'infrastructure mentale d'une classe dirigeante toute préparée.

— Je vois. Très pertinent. Pensez-vous que n'importe quel Empire qui pourrait se trouver formé, au cours de la période prévue par Seldon, conviendrait à la réalisation de son Plan ?

— Non, Orateur, je ne le pense pas. La possibilité existe que plusieurs Empires puissent être formés au cours de la période de neuf cents à mille sept cents ans succédant à l'instauration du Plan, mais un seul d'entre eux est le véritable Second Empire.

— Cela étant, pourquoi est-il nécessaire que l'existence de la Seconde Fondation soit tenue secrète — et, par-dessus tout, vis-à-vis de la Première Fondation ? »

L'étudiant examina la question pour voir si elle ne dissimulait pas quelque piège, mais il ne trouva rien. Il répondit avec quelque trouble :

« Pour la même raison que les détails du Plan en général doivent être celés à l'ensemble de l'humanité. Les lois de la psychohistoire sont, par nature, statistiques et perdent toute leur valeur d'information si la conduite des hommes n'est pas régie par le hasard. Si une collectivité relativement importante venait à connaître les détails clés du Plan, leurs actions s'en trouveraient profondément influencées, échappant ainsi à la loi des grands nombres qui préside aux axiomes de la psychohistoire. En d'autres termes, ils échapperaient désormais aux calculs des probabilités. Vous me pardonnerez, Orateur, mais j'ai l'impression que cette réponse n'est pas satisfaisante.

— Vous avez raison. Elle est tout à fait incomplète. C'est la Seconde Fondation elle-même qui doit être cachée et non pas simplement le Plan. Le Second Empire n'est pas encore formé. Nous possédons aujourd'hui une société qui supporterait avec impatience la domination d'une classe de psychologues, qui redouterait son développement et qui la combattrait. Comprenez-vous cela ?

— Oui, Orateur. Ce point n'a jamais été souligné...

— N'exagérons rien. Il n'a jamais été souligné en classe, mais vous auriez pu faire le raisonnement vous-même. Nous préciserons ce point et bien d'autres dans un proche avenir, au cours de votre apprentissage. Nous nous reverrons dans une semaine. A ce moment, je voudrais que vous me fassiez le commentaire d'un certain problème que je vais maintenant vous poser. Je ne vous demande pas un traitement rigoureux et mathématique, ce qui demanderait une année pour un expert et pour vous presque une semaine.

Mais je voudrais que vous me donniez une indication des tendances et de l'orientation...

« Vous trouverez ici une bifurcation dans le Plan, concernant une période qui remonte à une centaine d'années. Les détails nécessaires sont inclus. Vous noterez que divergent la voie empruntée par la réalité et toutes les prédictions établies par le calcul : sa probabilité n'atteignait même pas un pour cent. Vous évaluerez le temps pendant lequel peut se poursuivre la divergence avant de devenir irréversible. Evaluez également l'issue probable, en cas d'irréversibilité, et vous suggérerez une méthode raisonnable pour opérer le redressement. »

L'étudiant manipula au hasard le viseur et regarda d'un œil terne les passages qui se présentaient sur le minuscule écran encastré.

« Pourquoi ce problème particulier, Orateur ? Sa signification n'est pas simplement académique.

— Merci, mon garçon. Vous avez réagi instantanément, comme je m'y attendais. Non, ce n'est pas un problème gratuit. Il y aura bientôt un demi-siècle, le Mulet fit irruption dans la Galaxie, et pendant les dix années qui suivirent, il devint le pôle d'attraction de l'univers. Rien n'aurait pu faire prévoir son arrivée ; il n'entrait pas dans les calculs. Son incidence sur le Plan fut sérieuse, mais non point fatale.

« Mais, pour mettre un terme à ses activités, avant que fût atteint le seuil critique, nous fûmes néanmoins contraints d'intervenir activement contre lui. Nous révélâmes alors notre existence et, ce qui est infiniment pis, nous dévoilâmes une portion de notre pouvoir. La Première Fondation est à présent avertie de notre pouvoir. La Première Fondation est à présent avertie de notre existence et ses actions en sont influencées. Remarquez les incidences sur le problème. Ici, et ici.

« Naturellement, vous ne soufflerez mot à quiconque de la confidence que je viens de vous faire. »

Suivit une pause consternée, tandis que les répercussions de cette phrase pénétraient l'entendement de l'étudiant.

« Le Plan Seldon aurait donc échoué ? dit-il.

— Pas encore. Simplement, il se pourrait qu'il ait échoué. Les probabilités de succès se chiffrent *encore* à vingt et un virgule quatre pour cent, selon la plus récente estimation. »

III

Pour le Dr Darell et Pelleas Anthor, les soirées s'écoulaient en entretiens amicaux et les journées en futilités. La plus banale des visites, apparemment. Le Dr Darell présenta le jeune homme comme un cousin d'au-delà de l'espace, et la curiosité se satisfit de cette explication.

Néanmoins, un nom était comme par hasard jeté de temps à autre dans la conversation. Il s'ensuivait un silence pensif, mais sans contrainte, au bout duquel le Dr Darell répondait un « oui » ou un « non ». Un appel sur le réseau de communication public transmettait une invitation banale : « J'aimerais vous présenter mon cousin. »

Et les préparatifs d'Arcadia se poursuivaient selon ses méthodes propres. En fait, on aurait pu estimer que ses actes étaient, de tous, les plus tortueux.

C'est ainsi qu'à l'école, elle persuada son condisciple Olynthus Dam de lui donner un capteur de son autonome de sa fabrication, en usant d'artifices qui augureraient de son avenir comme de celui d'une personne dangereuse pour tous les mâles qui auraient la mauvaise fortune de passer à portée de sa main. En bref, elle témoigna d'un tel intérêt pour le violon d'Ingres de l'enthousiaste Olynthus — il possédait son petit atelier personnel — combiné avec un transfert si habilement modulé dudit intérêt sur les traits poupins du jeune garçon, que l'ingénieux constructeur se trouva bientôt : 1° en train de discourir avec animation et prolixité sur les principes du moteur à hyperfréquence ; 2° vaguement conscient des grands yeux absorbés qui se posaient avec tant de légèreté sur les siens ; 3° mettant de force, entre des mains consentantes, sa plus sensationnelle création : le susdit capteur de son.

Après quoi, l'intérêt qu'éprouvait Arcadia à l'endroit d'Olynthus alla peu à peu s'amenuisant, dans la mesure toutefois où la victime ne serait pas tentée d'établir une relation de cause à effet entre cette amitié spontanée et le microphone. Pendant de longs mois, Olynthus choya dans sa mémoire le souvenir de ce trop bref intermède, mais les visites de la séductrice s'espaçant de plus en plus pour s'acheminer vers un arrêt total, il renonça et jeta sur l'aventure le grand voile de l'oubli.

Lorsque vint le septième jour, cinq hommes se trouvaient dans la salle de séjour de Darell, l'estomac bien garni et du tabac à portée de la main. Cependant qu'à l'étage supérieur, le pupitre d'Arcadia était occupé par le produit à peine reconnaissable de l'industrie d'Olynthus.

Cinq hommes. Le Dr Darell, bien entendu, grisonnant, vêtu avec un soin méticuleux et paraissant un peu plus que ses quarante-deux ans. Pelleas Anthor, sérieux et l'œil aux aguets pour le moment, l'air jeune et pas très sûr de lui. Et les trois nouveaux venus : Jole Turbor, reporter de T.V., massif et lippu. Le Dr Elvett Semic, professeur agrégé de physique à l'Université, émacié et ridé, flottant dans ses vêtements. Homir Munn, bibliothécaire, efflanqué et terriblement mal à l'aise.

Le Dr Darell parlait avec aisance, sur le ton de la conversation familière.

« Messieurs, nous avons organisé cette réunion pour des raisons qui ont assez peu de parenté avec les conventions mondaines, vous l'avez certainement deviné. Puisque vous avez été délibérément choisis sur examen de vos antécédents, vous devinerez sans doute le risque encouru. Je me garderais bien de le minimiser, mais je vous ferai remarquer que, dans tous les cas, nous sommes des gens condamnés.

« Vous noterez également que nous vous avons invités sans chercher à tenir la chose secrète. On ne vous a pas demandé de vous dissimuler dans un manteau couleur

muraille. Les fenêtres ne sont pas équipées de vitres à sens
unique. Aucun écran ne protège cette pièce. Il suffirait
que nous attirions sur nous l'attention de l'ennemi pour que
notre perte fût consommée ; mais le meilleur moyen d'attirer cette attention serait d'affecter une attitude théâtrale,
ou, si vous préférez, de jouer les conspirateurs. »

(« Ah ! ah ! » pensa Arcadia en se penchant sur les voix
qui sortaient — un peu grinçantes — de la petite boîte.)

« Vous comprenez ? »

Elvett Semic contracta sa lèvre inférieure et découvrit ses
dents dans ce rictus grimaçant qui précédait toujours
chacune de ses phrases.

« Continuez. Parlez-nous du jeune homme.

— Il s'appelle Pelleas Anthor, dit le Dr Darell. Il a été
l'élève de mon vieux collègue Kleise qui est mort l'année
dernière. Avant de mourir, Kleise m'a fait parvenir son
schéma psychique jusqu'au cinquième sous-niveau, lequel
schéma a été vérifié par rapport à celui de l'homme que
vous avez devant vous. Vous savez sans doute qu'aucun
schéma psychique n'est identique à un autre, et que personne, même un spécialiste versé dans la science de la
psychologie, ne peut truquer le sien. Si vous ne le savez pas,
vous devrez me croire sur parole. »

Turbor fit la moue.

« Je serais d'avis que nous prenions un point de départ.
Nous acceptons de vous croire sur parole, d'autant plus que
vous êtes le plus grand électroneurologue de la Galaxie
depuis la mort de Kleise. C'est du moins ainsi que je vous ai
présenté dans mon émission de T. V. J'en suis d'ailleurs
persuadé. Quel âge avez-vous, Anthor ?

— Vingt-neuf ans, monsieur Turbor.

— Hum ! Et vous êtes également un électroneurologue ?
Un grand ?

— Je ne suis encore qu'un étudiant en cette science, mais
je travaille dur et j'ai bénéficié des enseignements de
Kleise. »

Munn intervint. Il souffrait d'un léger bégaiement
lorsqu'il était intimidé.

« 'aime...rais... bien qu'on en...tre dans... le vif du...
su...jet. Nous... par...lons trop. »

Le Dr Darell leva un sourcil dans la direction de
Munn.

« Vous avez raison, Homir. Allez-y, Pelleas,

— Pas pour l'instant, dit lentement Pelleas Anthor, car avant de commencer — bien que je comprenne le sentiment de M. Munn — je dois demander les schémas psychiques. »

Darell fronça les sourcils. « Que signifie, Anthor ? De quels schémas psychiques parlez-vous ?

— Les schémas de toutes les personnes ici présentes. Vous avez pris le mien, Dr Darell. Il faut que je prenne les vôtres. Et je tiens à faire les mensurations moi-même.

— Rien ne l'oblige à nous faire confiance, dit Turbor. Le jeune homme est dans son droit.

— Merci, dit Anthor. si vous voulez nous conduire à votre laboratoire, Dr Darell... J'ai pris la liberté de vérifier vos appareils ce matin. »

La science de l'électro-encéphalographie était à la fois nouvelle et ancienne. Elle était ancienne dans la mesure où la connaissance des microcourants, engendrés par les cellules nerveuses chez les êtres vivants, appartenait à cette masse immense de savoir humain dont l'origine était complètement perdue. C'était une science qui remontait aux premiers âges de l'histoire humaine.

Et cependant, d'un autre côté, elle était nouvelle. La notion de l'existence des microcourants avait sommeillé pendant les dizaines de milliers d'années de l'Empire Galactique, comme l'un de ces phénomènes vivaces et capricieux, mais totalement inutiles. qui faisaient partie du bagage des connaissances humaines. Certains avaient tenté de les classifier en ondes de veille, de sommeil, de calme ou d'excitation, de santé ou de maladie — mais les règles les plus générales fourmillaient d'exceptions décevantes.

D'autres avaient tenté de mettre en évidence l'existence de groupes psychiques analogues aux groupes sanguins bien connus, en démontrant que l'environnement extérieur était le facteur déterminant. Tels étaient les partisans du racisme qui soutenaient que l'Homme pouvait être classé en espèces et sous-espèces. Mais une philosophie de ce genre ne pouvait tenir tête à la tendance œcuménique irrésistible que supposait l'Empire Galactique : organisme politique s'étendant sur vingt millions de systèmes d'étoiles et comprenant l'Humanité tout entière. depuis le monde central de Trantor — devenu à présent un souvenir glorieux et impossible du passé — jusqu'à l'astéroïde le plus lointain de la périphérie.

D'autre part, dans une société qui se consacrait, comme le Premier Empire, aux sciences physiques et à la technologie des substances inanimées, une tendance sociologique vague, mais puissante, écartait les gens de l'étude de l'esprit. Elle était moins respectable parce que moins immédiatement rentable et, de ce fait, n'attirait pas les investissements.

Après la désintégration du Premier Empire, la science organisée avait subi une fragmentation plus ou moins parallèle. Son déclin s'était accentué de plus en plus — on avait perdu même le secret de l'énergie atomique et l'on était revenu aux sources d'énergie des premiers âges : le pétrole et le charbon. La seule exception à cette règle était, bien entendu, constituée par la Première Fondation, où l'étincelle de la science, ranimée, avait été ensuite intensifiée et entretenue dans son essor. Mais là encore, c'était le domaine de la physique qui avait la préséance et le cerveau était négligé, si ce n'est par la chirurgie.

Hari Seldon avait été le premier à exprimer ce qui plus tard devint une vérité reconnue.

Les microcourants nerveux, avait-il dit un jour, transportent dans leur flux l'étincelle de toutes les impulsions et de toutes les réponses, conscientes ou inconscientes. Les encéphalogrammes sont le miroir, la résultante des impulsions psychiques de milliards de cellules. Théoriquement, l'analyse devrait révéler les pensées et les émotions du sujet, de la première à la dernière, de la plus petite à la plus grande. On devrait pouvoir détecter les différences qui sont dues non seulement aux grossières déficiences physiques, héréditaires ou acquises, mais également aux émotions passagères, à la culture, à l'expérience, et même à des influences aussi subtiles qu'une modification survenue dans la philosophie du sujet par rapport à l'existence.

Mais Seldon lui-même n'avait pu dépasser le stade des spéculations. Et voilà que, depuis cinquante ans, la Première Fondation explorait cette mine incroyablement vaste et complexe que constituait la nouvelle science. Cette exploration était effectuée au moyen de techniques nouvelles — telles que l'usage d'électrodes sur les sutures crâniennes, qui permettaient d'entrer directement en contact avec les cellules grises sans qu'il fût même nécessaire de raser la surface de contact. Il y avait également un appareil enregistreur qui transcrivait automatiquement un schéma psychique d'ensemble d'une part, et une série de fonctions séparées comportant six variables indépendantes d'autre part.

Le fait sans doute le plus significatif était le respect croissant que l'on témoignait à l'encéphalographie et aux spécialistes de cette science. Kleise, le plus grand de tous, occupait dans les congrès scientifiques, le même rang que les physiciens les plus renommés. Le Dr Darell, bien qu'il ne fût plus en activité, était connu autant pour ses brillantes découvertes dans le domaine de l'analyse encéphalographique que pour être le fils de Bayta Darell, la grande héroïne de la génération précédente.

Maintenant, le Dr Darell était assis sur son propre siège, le crâne enserré par la délicate pression des électrodes ultra-légères, tandis que les aiguilles sous vide effectuaient leur fantasque chevauchée. Il tournait le dos à l'enregistreur — sans quoi la vue des courbes galopantes aurait, le fait était bien connu, suscité un effort subconscient pour les dominer, avec des résultats perceptibles — mais il savait que l'écran central reproduisait une courbe fortement rythmée, en forme de sigma, avec peu de variantes, comme l'on pouvait s'y attendre de la part de son esprit puissant et discipliné. Elle serait renforcée et purifiée par l'enregistrement subsidiaire, avec l'onde cérébelleuse. Il y aurait les bonds brusques et quasi discontinus du lobe frontal, et la vibration atténuée des régions sub-superficielles avec son étroite bande de fréquences...

Il connaissait aussi bien son schéma psychique qu'un peintre pouvait connaître la teinte de ses propres yeux.

Pelleas Anthor n'émit aucun commentaire lorsque Darell se leva. Le jeune homme étudia les sept épreuves avec le coup d'œil rapide et enveloppant de l'homme qui sait exactement quelle infime facette est justement celle qu'il recherche.

« Je vous en prie, Dr Semic. »

Le visage jauni par l'âge de Semic était sérieux. L'électro-encéphalographie était une science qui était entrée dans sa vie sur le tard et de laquelle il ne connaissait pas grand-chose ; c'était une lacune dont il éprouvait une légère rancœur. Il savait qu'il était vieux et que son schéma psychique mettrait la chose en évidence. Les rides de son

visage en témoignaient, comme sa taille voûtée, le tremblement de sa main — mais ces signes ne parlaient pas de son
corps. Le schéma psychique pourrait montrer que son esprit
était vieux lui aussi. Invasion humiliante et sournoise de
l'ultime forteresse d'un vieil homme : son esprit.

Les électrodes furent mises en place. Bien entendu, l'opération était indolore du commencement à la fin. Il y avait
juste comme une sorte de grésillement, très au-dessous du
seuil de la sensation.

Ce fut ensuite le tour de Turbor, qui s'assit avec un grand
flegme et le conserva pendant les quinze minutes que dura
l'opération. Puis Munn, qui sursauta au premier contact des
électrodes et passa ensuite son temps à rouler des yeux en
boules de loto, comme s'il avait voulu les retourner à
l'envers et observer les appareils à travers un trou percé
dans son occiput.

« Et maintenant ? dit Darell, lorsque tout fut terminé.

— Et maintenant, dit Anthor, avec des excuses dans la
voix, il y a encore une personne dans la maison.

— Ma fille ? demanda Darell en fronçant les sourcils.

— Oui, j'ai demandé qu'elle veuille bien rester à la maison ce soir, si vous vous souvenez.

— Pour une analyse encéphalographique ? Pourquoi, au
nom de la Galaxie ?

— Avant cela, il m'est impossible de prendre la
parole. »

Darell haussa les épaules et gravit l'escalier. Arcadia,
largement prévenue, avait débranché le capteur de son
avant son arrivée. Elle le suivit aussitôt avec une docilité
exemplaire. C'était la première fois qu'elle se trouvait sous
les électrodes — si l'on fait abstraction de l'enregistrement
de son schéma psychique peu après sa naissance, pour les
besoins de l'identification et de l'état civil.

« Puis-je voir ? demanda-t-elle, en tendant la main
lorsque tout fut terminé.

— Tu ne comprendrais pas, Arcadia, dit le Dr Darell.
N'est-il pas temps de te mettre au lit ?

— Oui, père, dit-elle avec une pointe d'affection. Bonne
nuit à tous ! »

Elle courut à l'étage et se blottit dans son lit après un
minimum de préparatifs. Avec le capteur de son dissimulé
sous son oreiller, elle se sentait l'âme d'une héroïne de

roman-photo, et savourait chaque moment de son aventure avec des sentiments proches de l'extase.

Les premiers mots qu'elle entendit furent prononcés par Anthor : « Les analyses, messieurs, sont toutes satisfaisantes. Ainsi que celle de l'enfant, d'ailleurs.

— L'enfant ! » répéta-t-elle avec dégoût et, dans l'obscurité, tout son être se hérissa d'hostilité contre Anthor.

Anthor avait maintenant retiré de sa serviette plusieurs douzaines d'enregistrements de schémas psychiques. Ce n'étaient pas des originaux. D'autre part, la serviette n'avait pas été pourvue d'une serrure ordinaire. Eût-il tenu à la main une clé autre que la sienne que le contenu se serait instantanément et silencieusement volatilisé en cendres impalpables et indéchiffrables. Une fois retirés de la serviette, les documents s'anéantissaient en tout cas de cette façon, au bout d'une demi-heure.

Tenant compte de la brève existence qui leur était allouée, Anthor se hâta de parler :

« Vous avez sous les yeux les enregistrements de plusieurs personnalités officielles de second plan qui exercent leur charge sur Anacréon. Celui-ci appartient à un psycho logue de l'Université de Locris ; cet autre, à un industriel de Siwenna. Quant au reste, vous pourrez en juger par vousmêmes. »

Tous les assistants se rapprochèrent. Pour tout autre que Darell, ce n'étaient là que des tracés sans signification sur une bande sensible. Pour le Dr Darell, c'étaient des voix qui s'exprimaient en un million de langues.

« J'attire votre attention, Dr Darell, fit remarquer Anthor, sur ce plateau parmi les ondes secondaires tauiennes du lobe frontal, qui est le trait que tous ces enregistrements possèdent en commun. Vous plairait-il d'utiliser ma règle analytique pour vérifier ce que j'avance ? »

La règle analytique pouvait être assimilée — dans la mesure où un gratte-ciel peut se comparer à une cabane à lapins — à ce jouet de jardin d'enfants qu'est la règle à calculer logarithmique. Darell exécuta à main levée les croquis des résultats, et comme l'avait fait remarquer Anthor, il constata la présence de plateaux continus dans les régions du lobe frontal, qui auraient normalement dû présenter de puissantes oscillations.

« Comment interprétez-vous cette anomalie, Dr Darell ? demanda Anthor.

— A première vue, je ne vois pas très bien. Je ne comprends pas comment la chose est possible. Même dans les cas d'amnésie, on constate un nivellement, mais jamais une totale annihilation. Chirurgie cervicale draconienne, peut-être ?

— Il s'agit évidemment d'une intervention destructrice, s'écria Anthor avec impatience, mais pas dans le sens physique. Vous savez que le Mulet aurait pu obtenir un pareil résultat. Il pouvait supprimer complètement la faculté d'éprouver certaines émotions, d'adopter telle ou telle attitude spirituelle, ne laissant subsister que cette platitude totale. A part lui...

— A part lui, l'auteur de l'intervention pourrait être la Seconde Fondation, n'est-ce pas ? » proposa Turbor avec un lent sourire.

Il n'était nullement besoin de répondre à cette question de pure rhétorique.

« Qu'est-ce qui a éveillé vos soupçons, monsieur Anthor ? demanda Munn.

— Ce n'est pas moi qui ai levé ce lièvre, mais le Dr Kleise. Il collectionnait les schémas psychiques, à peu près comme le fait la police planétaire, mais selon des méthodes différentes. Il s'était spécialisé dans les intellectuels, les personnalités officielles, les capitaines d'industrie. Voyez-vous, si la Seconde Fondation a pris en main la direction de l'évolution historique de la Galaxie — la nôtre — elle doit employer des méthodes aussi subtiles et aussi imperceptibles que possible. S'ils influent sur les esprits, comme c'est probablement le cas, ils doivent porter leur choix sur les gens influents, qu'il s'agisse du domaine culturel, industriel ou politique. Kleise s'intéressait précisément à cette catégorie de personnes.

— Sans doute, objecta Munn. Mais votre thèse est-elle corroborée par d'autres indices ? Quel est le comportement de ces individus dont les enregistrements présentent des plateaux ? Peut-être ne s'agit-il là que d'un phénomène parfaitement normal ? (Il jeta sur ses compagnons le regard bleu de ses yeux quelque peu enfantins, mais sans obtenir, en retour, le moindre signe d'encouragement.)

— Je laisse au Dr Darell le soin de répondre, dit Anthor. Demandez-lui combien de fois il a constaté pareille anomalie dans ses études générales, combien de cas semblables ont été relevés dans les ouvrages qui traitent de la génération passée. Ensuite, demandez-lui si parmi les catégories étudiées par le Dr Kleise, la probalité de découvrir un fait de ce genre atteignait pratiquement un coefficient de un pour mille.

— A mon avis, dit le Dr Darell pensivement, il n'y a pas de doute que nous nous trouvons en présence de mentalités artificiellement modifiées. D'une certaine manière, je le soupçonnais déjà.

— Je le sais, Dr Darell, dit Anthor. Je sais également que vous avez autrefois collaboré avec le Dr Kleise. J'aimerais bien savoir pour quelle raison vous avez renoncé à cette collaboration. »

Il n'avait pas mis d'hostilité réelle dans cette question. Ce n'était peut-être qu'un réflexe de prudence ; quoi qu'il en soit, le résultat fut un long silence. Darell regarda ses invités l'un après l'autre, puis il dit brusquement :

« Parce que la bataille entreprise par Kleise n'avait aucun sens. Il s'attaquait à un adversaire beaucoup trop puissant pour lui. Il découvrait la preuve de ce que, lui et moi, nous soupçonnions depuis un certain temps : que nous n'étions pas nos propres maîtres. *Et je ne voulais pas le savoir !* J'ai mon amour-propre. Il me plaisait de penser que notre Fondation avait la libre disposition de son âme collective ; que nos ancêtres ne s'étaient pas battus, n'étaient pas morts tout à fait pour rien. Je pensais qu'il était plus simple de détourner les yeux, tant que je n'avais pas acquis une absolue certitude. Je n'avais pas besoin des émoluments que me conférait ma situation, puisque la pension perpétuelle allouée par le gouvernement à la famille de ma mère suffisait à mes simples besoins. Mon laboratoire personnel me garderait de l'ennui, et ma vie prendrait fin un jour... C'est alors que Kleise mourut...

— Ce Kleise, dit Semic en montrant ses dents, je ne le connais pas. Comment est-il mort ?

— Il est mort, c'est tout, interrompit Anthor. Il le savait d'avance. Six mois auparavant, il m'avait dit qu'il s'était approché trop près...

— Et maintenant, n...ous so...mmes trop près... nous...

aussi, suggéra Munn la bouche sèche, tandis que sa pomme d'Adam s'agitait.

— Oui, dit Anthor carrément. Mais nous l'étions déjà... tous autant que nous sommes. C'est pourquoi vous avez été choisis. Je suis l'élève de Kleise. Le Dr Darell était son collaborateur. Jole Turbor n'a cessé de dénoncer sur les ondes notre foi aveugle dans la vertu salvatrice de la Seconde Fondation, jusqu'au moment où le gouvernement lui a coupé la parole, sur l'intervention (je vous le signale en passant) d'un puissant financier dont le cerveau a subi ce que Kleise appelait le « tripatouillage du plateau ». Homir Munn est à la tête de la plus importante collection particulière de renseignements concernant le Mulet, et il a publié des articles où il spéculait sur la nature et le fonctionnement de la Seconde Fondation. Le Dr Semic a contribué autant que quiconque aux travaux mathématiques concernant l'analyse encéphalographique, bien qu'à mon avis, il ne se doutait guère de l'application qu'on pourrait donner à ses formules. »

Semic ouvrit tout grand ses yeux et répondit dans un gloussement étranglé :

« Non, jeune homme. J'analysais les mouvements intranucléaires — le problème du corps n. L'encéphalographie est pour moi de l'hébreu.

— Nous savons donc où nous en sommes. Le gouvernement est impuissant, évidemment. Le Maire ou quelque autre membre de l'administration est-il au courant de la gravité de la situation ? Je l'ignore. Mais je sais une chose : nous cinq, nous n'avons rien à perdre et tout à gagner. Chaque fois que nous accroîtrons nos connaissances, nous pourrons élargir notre action vers des secteurs qui ne présentent pas de dangers. Mais nous sommes un commencement, vous comprenez.

— Quelle est l'étendue de cette infiltration de la Seconde Fondation ? intervint Turbor.

— Je n'en sais rien. Je vous réponds en toute franchise. Toutes les infiltrations que nous avons décelées intéressent les franges extérieures de la nation. Il se peut que le monde métropolitain soit encore indemne, quoique la chose ne soit pas absolument certaine — sans quoi je ne vous aurais pas fait subir l'épreuve de l'analyse. Vous étiez particulièrement à soupçonner, Dr Darell, puisque vous avez abandonné les recherches en collaboration avec Kleise. Il ne vous l'a

jamais pardonné. Je pensais que la Seconde Fondation vous
avait peut-être corrompu l'esprit, mais Kleise a toujours
soutenu que vous étiez simplement un poltron. Vous voudrez bien me pardonner, Dr Darell, si je me suis permis de
rapporter ici son opinion, pour expliquer ma position en
toute clarté. Personnellement, je crois comprendre votre
attitude, et si la crainte fut le mobile de votre décision, ce
n'est qu'un péché véniel. »

Darell poussa un soupir avant de répondre : « Je me suis
enfui. Appelez cela comme vous voudrez. Je me suis
efforcé d'entretenir notre amitié, mais il ne m'a jamais écrit,
il n'est jamais venu me voir jusqu'au jour où il m'a fait tenir
notre schéma psychique, une semaine à peine avant sa
mort...

— Si vous permettez, interrompit Homir Munn dans un
sursaut d'éloquence nerveuse, je... ne vois... pas à quoi vous
voulez en venir... Nous sommes... de bien piètres... conspirateurs si... nous nous... bornons à parler... comme des
perroquets. C'est en...fantin, ces his...toires d'ondes... psy...-
chiques. Avez...-vous l'in...tention de fai...re quel...que
chose ?

— Certainement ! répondit Pelleas Anthor, les yeux brillants. Nous voulons de nouveaux renseignements sur la
Seconde Fondation. C'est une nécessité primordiale. Le
Mulet a consacré les cinq premières années de son pouvoir
à cette recherche et il a échoué... ou c'est du moins ce qu'on
nous a laissé croire. Puis il a paru se désintéresser de la
chose. Pourquoi ? Parce qu'il avait échoué ? Ou justement
parce qu'il a réussi ?

— En... encore des discours, dit Munn amèrement. Comment le saurons-nous jamais ?

— Si vous voulez bien m'écouter... La capitale du Mulet
était sur Kalgan. Kalgan ne se trouvait pas dans la sphère
d'influence commerciale de la Fondation avant l'arrivée du
Mulet et ne s'y trouve plus actuellement. Kalgan est
actuellement dirigée par un certain Stettin, à moins qu'une
révolution de palais ne l'ait déjà renversé. Stettin se fait
appeler Premier Citoyen et se considère comme le successeur du Mulet. S'il existe quelque tradition dans ce monde-
là, elle repose sur le caractère de grandeur surhumaine du
Mulet... une tradition dont l'intensité confine à la superstition. En conséquence de quoi l'ancien palais du Mulet est
vénéré à l'égal d'un sanctuaire. Nulle personne ne peut y

entrer sans autorisation ; rien n'a jamais été touché à l'intérieur.

— Et alors ?

— Et alors, pourquoi en est-il ainsi ? A l'époque où nous vivons, il ne se passe rien sans raison. Que diriez-vous si ce n'était pas la superstition qui rend le palais du Mulet inviolable et inviolé ? Que diriez-vous si c'était la Seconde Fondation qui avait pris les dispositions nécessaires pour cela ? En bref, que diriez-vous si les résultats des recherches effectuées par le Mulet au cours de ces cinq années se trouvaient à l'intérieur ?...

— Billevesées !

— Pourquoi pas ? dit Anthor. Pendant tout le cours de son histoire, la Seconde Fondation n'a cessé de se cacher et n'est intervenue dans les affaires de la Galaxie que de façon imperceptible. Je sais qu'à vos yeux, il pourrait paraître plus logique de détruire le palais ou du moins de s'emparer des renseignements qu'il contient. Mais il faut considérer la psychologie de ces maîtres en psychologie. Ce sont des « Seldon », ce sont des « Mulet », et ils agissent par suggestion, en intervenant sur l'esprit. Ils se garderont toujours de détruire ou d'enlever lorsqu'ils peuvent arriver à leurs fins en créant un état d'esprit convenable. Qu'en pensez-vous ? »

Ne recevant aucune réponse immédiate, Anthor poursuivit :

« Et vous, Munn, vous êtes celui qui peut nous procurer les renseignements dont nous avons besoin.

— Moi ? (Ce fut un cri d'étonnement. Munn dévisagea rapidement ses compagnons.) J'en suis incapable. Je ne suis pas un homme d'action ni un héros de roman-feuilleton. Je suis un bibliothécaire. Si je puis vous aider dans la mesure de mes moyens, d'accord, et j'affronterai les foudres de la Seconde Fondation. Mais je ne n'ai nullement l'intention d'aller jouer les Don Quichotte à travers l'espace !

— Ecoutez-moi, dit Anthor avec impatience. Le Dr Darell et moi sommes d'accord sur le fait que vous êtes l'homme dont nous avons besoin. Il faut faire les choses naturellement, il n'y a pas d'autre façon. Vous vous dites bibliothécaire ? Bravo ! Quel est le sujet qui vous intéresse le plus ? Les souvenirs du Mulet. Vous possédez déjà la plus grande collection dans la Galaxie de matériaux qui le concernent. Il est donc naturel que vous désiriez en obtenir davantage ; plus naturel, en tout cas, que si ce désir était manifesté par un autre individu. Vous pourriez solliciter l'autorisation d'entrer dans le palais de Kalgan sans faire naître le soupçon que vous nourrissez des arrière-pensées. On pourrait vous en refuser l'accès, mais on ne vous tiendrait pas pour suspect. De plus, vous possédez un astronef individuel. C'est un fait bien connu que vous avez visité des planètes étrangères au cours de vos vacances annuelles. Vous êtes même déjà descendu sur Kalgan. Ne comprenez-vous pas qu'on vous demande simplement de vous comporter comme vous l'avez toujours fait ?

— Mais je ne... puis tout de... même pas leur demander : V...oulez-vous me... laisser entrer d...ans le pl...us sacré de v...os sanctuaires.

— Pourquoi pas ?

— Par...ce que... ils ne me donneront pas l'autorisation !

— C'est entendu, ils refuseront. Alors vous reviendrez ici et nous chercherons autre chose. »

Munn se débattait dans les affres d'une rébellion impuissante. On voulait le persuader d'accomplir une mission qui lui faisait horreur. Et nulle main secourable ne se tendait vers lui pour le sortir du bourbier.

Finalement, deux décisions furent prises dans la maison du Dr Darell. La première fut l'acceptation de Munn, à son corps défendant, de prendre le chemin de l'espace dès le premier jour de ses vacances d'été.

La seconde, d'un caractère strictement personnel, fut prise en dehors de toute autorisation officielle par un membre clandestin de la conjuration au moment où elle coupait le contact du microphone et se disposait à s'endormir d'un sommeil tardif. Mais cette seconde décision ne nous concerne pas pour le moment.

IV

Une semaine s'était écoulée sur la Seconde Fondation, et le Premier Orateur, le visage souriant, regardait une fois de plus l'étudiant.

« Vous avez dû parvenir à des résultats intéressants, sinon vous ne seriez pas tellement irrité. »

L'étudiant posa la main sur la liasse de papiers où il avait consigné ses calculs.

« Etes-vous sûr que le problème corresponde à la réalité des faits ?

— Les prémisses sont exactes. Je n'ai rien déformé.

— Dans ce cas, il me *faut* accepter les résultats, et je n'en ai pas le désir.

— Naturellement. Mais que viennent faire vos désirs en l'occurrence ? Eh bien, dites-moi ce qui vous trouble. Non, non, laissez vos calculs de côté. Je les soumettrai plus tard à l'analyse. Parlez plutôt, que je puisse juger de la façon dont vous avez compris le problème.

— Il est apparent, Orateur, qu'un changement fondamental est intervenu dans la psychologie de base de la Première Fondation. Aussi longtemps qu'ils ont connu l'existence d'un Plan Seldon sans être informés d'aucun de ses détails, ils sont demeurés confiants mais incertains. Ils étaient assurés de la victoire finale, mais en ignoraient le processus et la date. D'où une atmosphère de tension et d'angoisse permanentes -- ce qui était précisément le résultat cherché par Seldon. En d'autres termes, on pouvait donc compter sur la Première Fondation pour qu'elle travaillât à pleine puissance.

- Métaphore douteuse, dit le Premier Orateur, mais je comprends ce que vous voulez dire.

Mais actuellement, Orateur, ils sont informés de l'existence de la Seconde Fondation par des détails qui ont pu transpirer, et non plus en se fondant sur des déclarations aussi vagues qu'anciennes formulées par Seldon. Ils ont comme une intuition des fonctions qu'elle assume en tant que gardienne du Plan. Ils savent qu'un organisme existe, qui épie leurs moindres mouvements et ne les abandonnera pas. Si bien qu'ils perdent tout dynamisme et se font transporter en litière. Encore une métaphore, je le crains.

— Peu importe. Continuez.

— Et ce renoncement à tout effort, cette inertie croissante, cette chute dans la mollesse et les douceurs d'une culture hédoniste et décadente, signifient la ruine du Plan. Il est absolument nécessaire qu'ils retrouvent l'énergie et l'initiative.

— C'est tout ?

— Non. Il y a plus. Je viens de vous exposer les réactions de la majorité. Mais il existe, selon toute probabilité, une minorité dont les réactions sont différentes. La conscience de notre tutelle suscitera chez certains, non point de la complaisance, mais de l'hostilité. Ceci découle du théorème de Korilov...

-- Oui, oui je le connais.

— Excusez-moi, Orateur. J'aimerais éviter le langage mathématique mais c'est difficile. Quoi qu'il en soit, il résulte que non seulement l'effort de la Fondation se dilue, mais encore qu'une partie de ses membres entreprend des actions agressives contre nous.

— Et c'est *tout* ce que vous avez à dire ?

— Reste un autre facteur dont la possibilité est relativement faible...

— Très bien, et quel est-il ?

— A l'époque où les énergies de la Première Fondation étaient uniquement concentrées sur l'Empire, où ses seuls ennemis n'étaient que d'énormes carcasses vermoulues qui avaient survécu aux bouleversements chaotiques du passé, l'intérêt de ses membres était uniquement accaparé par les sciences physiques. Mais avec l'influence nouvelle et sans cesse grandissante que nous exerçons sur leur environnement, il est possible qu'ils soient amenés à réviser radicalement leurs perspectives. Ils pourraient bien, à leur tour, tenter de devenir des psychologues.

— Cette révision, dit le Premier Orateur froidement, est déjà intervenue. »

L'étudiant comprima fortement les lèvres.

« Alors, tout est perdu. Nous sommes en présence d'une incompatibilité fondamentale avec le Plan. Aurais-je pu m'apercevoir de cette évolution, Orateur, si j'avais vécu à... l'extérieur ?

— Vous vous sentez humilié, mon garçon, dit le Premier Orateur d'un ton grave. Vous aviez l'impression d'avoir si bien compris tant de choses ! Et soudain vous vous apercevez que les arbres vous cachaient la forêt. Vous vous preniez pour l'un des seigneurs de la Galaxie et voilà que vous foulez l'extrême bord du précipice. Bien entendu, vous rejetterez le blâme sur cette tour d'ivoire dans laquelle vous avez vécu ; l'atmosphère claustrale qui a présidé à votre éducation ; les thèses dont vous avez été nourri.

« J'ai ressenti autrefois la même déception. C'est normal. Il était nécessaire que, pendant votre période de formation, vous n'eussiez aucun contact direct avec la Galaxie ; que vous demeuriez ici, où l'on vous distille la quintessence du savoir, où l'on aiguise avec soin votre esprit. Nous aurions pu vous avertir plus tôt de ce... semi-échec du Plan, et vous épargner le choc qui vous ébranle en ce moment, mais vous n'en auriez pas saisi la pleine signification, comme vous êtes maintenant en état de le faire. Alors, vous n'envisagez vraiment aucune solution au problème ? »

L'étudiant secoua la tête, et dit avec du désespoir dans la voix :

« Aucune !

— Eh bien, ce n'est pas surprenant. Écoutez-moi, jeune homme. Depuis plus d'une décennie, nous avons décidé d'une ligne d'action et nous l'avons suivie. Elle offre un caractère inhabituel, mais ce sont les circonstances qui nous l'ont imposée, et nous l'avons appliquée à notre corps défendant. Elle met en jeu de faibles probabilités, des hypothèses hasardeuses ; nous avons même dû, à l'occasion, faire intervenir des réactions individuelles, parce que nous ne pouvions faire autrement, et vous savez pourtant que les psychostatistiques, par essence, n'ont aucun sens lorsqu'on les applique sur des échelles inférieures aux grandeurs planétaires.

— Nous serions donc sur la voie du succès ?

— Nous ne disposons, pour le moment, d'aucun moyen pour le savoir. Jusqu'à présent, nous avons pu assurer la stabilité de la situation — mais, pour la première fois dans l'histoire du Plan, il risque d'être détruit par les actions imprévisibles d'un seul individu. Nous avons convenablement ajusté la mentalité d'un certain nombre de personnes étrangères à notre milieu ; nous possédons nos agents. Mais ils suivent une voie toute tracée. Ils n'oseraient pas improviser. Cela doit vous paraître évident. Je ne vous cacherai pas le pire : si nous sommes découverts, ici sur ce monde, ce ne sera pas seulement le Plan qui sera détruit, mais nous-mêmes, nos personnes physiques. Ainsi, vous le voyez, notre solution n'est pas des meilleures.

— Mais le peu que vous avez bien voulu m'exposer ne ressemble pas du tout à une solution, mais plutôt à une conjecture désespérée.

— Non, disons plutôt une conjecture intelligente.

— A quel moment se produira la crise, Orateur ? Quand saurons-nous si nous avons réussi ou non ?

— Avant la fin de l'année, sans doute. »

L'étudiant considéra la réponse, puis hocha la tête. Il serra la main de l'Orateur.

« Eh bien, j'aime encore mieux le savoir. »

Il tourna les talons et s'en fut.

A travers la fenêtre qui reprenait sa transparence, le Premier Orateur regardait en silence, au-delà des structures géantes, le ciel calme et criblé d'étoiles.

Une année serait vite passée. Et lorsqu'elle parviendrait à sa fin, l'un d'entre eux serait-il encore vivant ? Subsisterait-il pierre sur pierre de l'héritage que leur avait légué Seldon ?

V

Il se passa un peu plus d'un mois avant qu'on pût dire que l'été avait vraiment commencé. Commencé, toutefois, dans la mesure où Homir Munn avait rédigé son rapport financier définitif sur l'année fiscale, constaté de visu que le bibliothécaire-subrogé fourni par les soins du gouvernement était suffisamment averti des subtilités de la fonction — l'année passée, le remplaçant s'était montré nettement inférieur à sa tâche — et pris les dispositions nécessaires pour que son petit astronef, l'*Unimara* — ainsi nommé en souvenir d'un mystérieux et tendre épisode, vieux de vingt ans — fût débarrassé de ses toiles d'araignées hivernales.

Il quitta Terminus dans une humeur massacrante. Nul n'était venu le saluer à son départ du port spatial. Ce qui ne pouvait justifier son ressentiment, puisqu'il en avait toujours été ainsi dans le passé. Il savait pertinemment qu'il importait avant tout que ce départ ne différât en rien des précédents, et pourtant il ne pouvait se défendre d'une vague acrimonie. Lui, Homir Munn, il risquait sa peau dans une sombre aventure digne d'un roman à quatre sous, et néanmoins il partait seul.

C'est du moins ce qu'il pensait.

Et c'est justement parce qu'il se trompait que le lendemain fut une journée de confusion et de chaos, à la fois à
bord de l'*Unimara* et dans la maison de banlieue du
Dr Darell.

Chronologiquement, ce fut le foyer du Dr Darell qui
subit le premier assaut, par le truchement de Poli, la servante, dont le mois de vacances faisait désormais partie du
passé. Elle dégringola littéralement l'escalier dans un état
d'agitation indescriptible.

Elle trouva le bon docteur sur sa route, tenta vainement
de traduire en mots son émotion, et finit par lui fourrer
entre les mains un objet cubique et une feuille de papier.

Il les prit à regret.

« Que se passe-t-il, Poli ?

— Elle est partie, docteur.

— Qui est partie ?

— Arcadia !

— Partie ? Que voulez-vous dire ? Où cela ? De quoi
parlez-vous ? »

Poli tapa du pied.

« Je ne sais pas, moi ! Elle est partie, et elle a emporté
une valise et quelques vêtements en laissant ce mot.
Qu'attendez-vous pour le lire au lieu de me regarder avec
des yeux blancs ? Oh ! *ces hommes !* »

Le Dr Darell haussa les épaules et ouvrit l'enveloppe. La
lettre n'était pas longue et, à part la signature anguleuse
« Arkady », elle était tracée de l'écriture cursive et orne-
mentée particulière au transcripteur d'Arcadia.

Cher père,

*Cela m'aurait vraiment fendu le cœur de te faire mes
adieux en personne. Je me serais peut-être laissée aller à
pleurnicher comme une petite fille et je t'aurais fait honte.
Je préfère donc t'écrire pour te dire à quel point tu vas me
manquer, et pourtant je vais sûrement passer des vacances
merveilleuses en compagnie de l'oncle Homir. Je prendrai
bien soin de ma précieuse personne, et je serai de retour à
la maison avant peu. En attendant, je te laisse quelque
chose qui te revient.*

Ta fille qui t'aime,

Arkady.

Il relut la missive à plusieurs reprises avec un visage de plus en plus inexpressif.

« Avez-vous lu cette lettre, Poli ? » demanda-t-il avec raideur.

Poli adopta immédiatement une attitude défensive.

« En tout cas, ce n'est pas ma faute, docteur, puisque l'enveloppe portait mon nom, et je n'avais aucun moyen de savoir que la lettre vous était destinée. Je ne me mêle jamais des affaires des autres, docteur, et depuis des années que je suis à votre... »

Darell leva une main conciliante.

« Très bien, Poli, la chose n'a aucune importance. Je voulais simplement m'assurer que vous aviez compris ce qui s'est passé. »

Il réfléchissait rapidement. Inutile de lui recommander d'oublier l'incident. Vis-à-vis de l'ennemi, « oublier » était un mot dénué de sens ; et la recommandation, en donnant de l'importanue à l'événement, aurait produit un effet opposé.

« C'est une étrange petite fille, vous savez. Très romanesque. Cet été, nous avions décidé de lui offrir un voyage dans l'espace, et depuis ce temps, elle brûlait d'impatience et d'énervement.

— Je voudrais bien savoir pourquoi personne ne m'a avisée de ce voyage ?

— Nous avions pris les dispositions nécessaires pendant votre absence. Ensuite, nous avons oublié de vous prévenir. Ce n'est pas plus compliqué que cela. »

L'émotion initiale de Poli se transforma derechef en une indignation dévastatrice.

« C'est tout simple, n'est-ce pas ? Ce pauvre poussin est parti avec une seule et unique valise, sans rien de propre à se mettre, et toute seule avec ça ! Combien de temps sera-t-elle absente ?

— Je ne veux pas que vous vous inquiétez inutilement, Poli. Elle trouvera tout ce qui lui est nécessaire à bord de l'appareil. Nous avons tout prévu. Voulez-vous prévenir M. Anthor que je désire le voir ? Oh ! dites-moi, d'abord... c'est bien cet objet qu'Arcadia a laissé pour moi ? » Il le tournait et le retournait en tous sens.

Poli eut un mouvement de tête altier.

« Comment voulez-vous que je le sache ? La lettre était posée dessus, c'est tout ce que je puis vous dire. On a oublié

de me prévenir, vraiment ! Si seulement sa maman vivait
encore... »

Darell la congédia d'un geste.

« Je vous en prie, faites venir M. Anthor. »

L'opinion d'Anthor sur le sujet différa radicalement de
celle du père d'Arcadia. Il ponctua ses premières réflexions
de ses poings fermés, s'arracha les cheveux, puis il vira
soudain à l'amertume.

« Par les grands espaces ! Qu'attendez-vous ? Appelez le
port au visophone et demandez-leur d'entrer en contact
avec l'*Unimara*.

— Du calme, Pelleas, il s'agit de ma fille !

— Sans doute, mais pas de *votre* Galaxie.

— Minute ! C'est une fille intelligente, Pelleas, et elle a
soigneusement préparé son coup. Nous ferions bien de
savoir ce qu'elle a dans la tête pendant que l'incident est
encore tout frais. Savez-vous ce qu'est cet objet ?

— Non. Quelle importance ?

— Une grande ! C'est un capteur de son.

— Ça ? Cette boîte ?

— C'est du bricolage, mais ça fonctionne. Je l'ai essayé.
Ne comprenez-vous pas ? C'est sa façon personnelle de
nous faire comprendre qu'elle a pris part à nos conversa-
tions politiques. Elle sait où se dirige Homir Munn et dans
quel but. Elle a décidé qu'il serait amusant de l'accompagner.

— Oh ! grands espaces ! gémit le jeune homme. Encore
une proie toute trouvée pour la Seconde Fondation !

— Je ne vois pas pourquoi la Seconde Fondation pourrait soupçonner *a priori* une fillette de quatorze ans de
nourrir de ténébreux desseins à son endroit — à moins que
nous ne nous livrions à une manœuvre susceptible d'attirer
l'attention sur elle, comme par exemple de rappeler de
l'espace un astronef, sans autre raison apparente que de la
faire rentrer au bercail. Oubliez-vous à qui nous avons
affaire ? A quel point est ténu le voile qui recouvre nos
activités ? Quelle serait notre impuissance une fois découverts ?

— Mais nous ne pouvons mettre notre entreprise à la
merci d'une enfant insensée !

— Elle n'est pas insensée, et d'ailleurs nous n'avons pas
le choix. Elle aurait pu se dispenser d'écrire la lettre, mais

elle a voulu nous empêcher de lancer la police à ses trousses comme à celles d'une vulgaire fugueuse. Elle nous suggère une explication plausible de l'incident : Munn aura offert d'emmener en vacances la fille d'un vieil ami. Et pourquoi pas ? Nous nous fréquentons depuis vingt ans. Il la connaît depuis l'âge de trois ans, à l'époque où je l'ai ramenée de Trantor. Rien de plus naturel à mon avis et c'est le meilleur moyen d'apaiser les soupçons. Un espion ne traîne pas à ses chausses une nièce de quatorze ans.

— Soit. Et quel sera le comportement de Munn lorsqu'il la découvrira à son bord ? »

Le Dr Darell leva les sourcils.

« Cela, je ne puis le dire — mais je présume qu'elle saura bien l'amadouer. »

Néanmoins, la maison avait l'air quelque peu abandonnée quand vint la nuit, et le Dr Darell découvrit que le destin de la Galaxie avait fort peu d'importance tant que la folle petite vie de son enfant se trouverait en danger.

Cependant, à bord de l'*Unimara*, si elle intéressait moins de personnes, l'émotion était considérablement plus intense.

Dans la soute à bagages, Arcadia se trouva d'une part aidée par l'expérience et d'autre part handicapée par l'inexpérience.

C'est ainsi qu'elle accueillit sans trouble la phase initiale d'accélération et avec stoïcisme la nausée subtile accompagnant le premier bond à travers l'hyperespace, qui lui donnait la curieuse sensation d'être retourner comme un gant. Elle avait connu les mêmes malaises au cours de précédents voyages et s'y trouvait préparée. Elle savait également que la soute à bagages était incluse dans le système de ventilation. Il était même possible qu'elle fût dotée d'éclairage. Cette dernière éventualité, cependant, elle l'excluait comme étant par trop dépourvue de romanesque. Elle préféra donc demeurer dans l'obscurité, ainsi qu'il sied à un conspirateur, retenant sa respiration et tendant l'oreille à la symphonie de bruits légers dont Homir Munn dirigeait l'orchestration.

C'étaient des bruits indistincts, tels qu'en produit un homme seul. Glissement des semelles sur le parquet, frottement de tissu contre métal, gémissement d'un fauteuil rembourré sous le poids d'un corps, déclic sec d'un appareil de contrôle ou bruit mou d'une paume venant heurter une cellule photo-électrique.

Ce fut donc du manque d'expérience que naquirent les soucis d'Arcadia. Dans les films de lecture et sur les écrans de TV, le passager clandestin semblait doué d'une capacité illimitée de se fondre dans une perpétuelle obscurité. Bien entendu, il y avait toujours le danger de faire choir un objet en déchaînant un vacarme inopportun, il y avait l'éternuement intempestif — dans les feuilletons télévisés, le héros était presque immanquablement la victime d'un rhume de cerveau révélateur ; c'était un dogme établi. Elle savait tout cela et prenait ses précautions en conséquence. Il y avait aussi la faim et la soif, auxquelles il fallait parer. Elle avait pourvu à cette éventualité au moyen de boîtes de conserve prélevées à l'office. Mais il restait des choses auxquelles les films n'avaient pas fait allusion, et Arcadia se rendit compte, avec un coup au cœur, qu'en dépit des meilleures intentions du monde, sa présence dans la soute ne resterait secrète qu'un temps limité.

Et à bord d'un appareil de sport monoplace tel que l'*Unimara*, l'espace logeable se composait essentiellement d'une pièce unique, si bien qu'il n'était même pas pensable d'envisager la possibilité de se faufiler hors de sa retraite, en profitant d'une absence de Munn.

Elle guettait avec une impatience avide les bruits avertisseurs de sommeil. Ronflait-il ou ne ronflait-il pas en dormant ? Du moins connaissait-elle la position de la couchette et savait-elle reconnaître à l'oreille le gémissement qu'elle laissait échapper sous le poids de son hôte. Elle perçut un long soupir puis un bâillement. Elle attendait dans le silence croissant, ponctué par les grincements discrets du sommier lors des changements de position.

La porte de la soute s'ouvrit sans difficulté sous la pression de son doigt et elle tendit un cou inquisiteur...

Cette manœuvre déclencha une brusque réaction sonore dont la qualité humaine ne laissait aucun doute sur son origine.

Arcadia se figea dans une immobilité de statue. Le silence ! Toujours le silence !

Elle tenta d'orienter ses prunelles à l'extérieur de la porte sans bouger le cou, mais sans succès. La tête suivit le mouvement des yeux.

Homir Munn était, bien entendu, éveillé, il lisait dans son

lit, baigné dans le halo restreint de sa lampe de chevet, sondant l'obscurité de ses yeux écarquillés, sa main libre rampant subrepticement sous l'oreiller.

La tête d'Arcadia se rejeta brusquement en arrière. Puis la lumière s'éteignit complètement, et la voix de Munn prononça avec une vigueur saccadée :

« Je suis armé, et par la Galaxie, je n'hésiterai pas à tirer...

— Ne tirez pas ! Ce n'est que moi », pleurnicha Arcadia.

Combien est fragile la fleur du romanesque ! Que paraisse un pistolet, au bout d'un bras nerveux, et la voilà fanée !

La lumière était revenue et Munn, sur sa couchette, se dressait sur son séant. Les poils quelque peu grisonnants qui recouvraient sa poitrine étroite, le chaume clairsemé, vieux d'un jour, qui hérissait son menton, lui donnaient un air fallacieusement inquiétant.

Arcadia pénétra dans la pièce, tirant les basques de sa jaquette de métallène, réputée infroissable.

Sous le coup de la surprise, il faillit bondir hors de sa couche, mais se souvenant à temps de sa tenue, il remonta le drap jusqu'à son menton. « Qu... Que... qu...oi », dit-il d'une voix qu'il n'arrivait pas à rendre intelligible.

« Voulez-vous m'excuser une minute ? dit Arcadia d'une voix douce. Il faut que je me lave les mains. » Elle connaissait la disposition des lieux et s'esquiva prestement. A son retour, le courage commençait à lui revenir. Homir Munn se tenait debout devant elle, drapé dans une robe de chambre fanée et bouillonnant de rage intérieure.

« Par les casernes ténébreuses de l'Espace, que f...aites-vous à bord de cet astronef ? C...omment êtes-vous en...-trée ? Que vais-je f...aire de vous ? Que si...gnifie ? »

Il aurait pu poursuivre indéfiniment sa litanie de questions. Mais Arcadia l'interrompit avec suavité. « Je voulais simplement vous accompagner, oncle Homir.

— Pourquoi ? Je ne vais nulle part.

— Vous allez sur Kalgan recueillir des renseignements sur la Seconde Fondation. »

Munn laissa échapper un cri affreux et s'effondra complètement. Un instant, Arcadia, horrifiée, crut qu'il allait avoir une crise de nerfs ou se jeter la tête contre les murs. Il tenait toujours le pistolet et elle sentit son estomac se transformer en bloc de glace en observant le redoutable objet.

« Attention... Calmez-vous. » Telles furent les seules paroles qui lui vinrent aux lèvres.

Mais, d'un effort de volonté, il recouvra un sang-froid relatif et jeta le pistolet sur la couchette avec une vigueur qui aurait pu le faire partir et forer un trou dans la coque de l'astronef.

« Comment avez-vous fait pour vous introduire dans l'appareil ? » demanda-t-il lentement, comme s'il avait saisi soigneusement chaque mot entre ses dents pour l'empêcher de trembler, avant de lui rendre la liberté.

« Rien de plus simple. Je suis entrée dans le hangar avec ma valise et j'ai dit : « Les bagages de M. Munn ! » et le préposé m'a indiqué l'appareil du pouce, sans même lever les yeux.

— Naturellement, il va falloir que je vous ramène », dit Homir et cette pensée leva soudain en lui une joie folle. Par l'Espace, ce n'était pas sa faute !

« Impossible, dit Arcadia, ce serait attirer l'attention.

— Comment ?

— Vous le savez bien. Si vous allez sur Kalgan, c'est simplement parce qu'il est normal de votre part de demander l'autorisation d'examiner les archives du Mulet. Et votre comportement doit être à ce point naturel que vous ne risquiez pas d'éveiller le moindre soupçon. Si vous ramenez au port une passagère clandestine, il se peut que l'incident soit relaté au cours des actualités.

— Qui vous a mis ces histoires dans la tête ? Puériles... inventions. (Mais, bien entendu, il était beaucoup trop pétulant pour paraître convaincant, même en présence d'un interlocuteur moins averti qu'Arcadia.)

— J'ai tout entendu, dit-elle, sans pouvoir complètement dissimuler sa fierté. Je sais tout et par conséquent vous n'avez rien d'autre à faire que de me permettre de vous accompagner.

— Avez-vous songé à votre père ? dit-il, pensant émouvoir la corde sensible. Il croit sûrement que vous avez été victime d'un rapt — que vous êtes morte.

— Je lui ai laissé un mot, répliqua-t-elle, et il possède suffisamment de jugeote pour ne pas faire un scandale. Vous allez probablement recevoir un télégramme de lui. »

Elle n'avait pas fini de parler que la sonnerie de l'appareil de télécommunication retentit, et Munn se crut le jouet d'un tour de sorcellerie.

« Je parie que c'est mon père », dit-elle. Et en effet c'était bien lui.

Le message était bref et adressé à Arcadia : *Merci de ton joli cadeau que j'ai trouvé extrêmement judicieux. Bonnes vacances.*

« Voyez-vous, dit-elle, ne sont-ce pas là des instructions ? »

Homir s'habitua bientôt à sa présence. Au bout de quelque temps, il fut heureux de sa compagnie. Il finit même par se demander comment il aurait pu se passer d'elle. Elle babillait ! Elle était follement surexcitée ! Et, par-dessus tout, elle était parfaitement insouciante. Elle savait pertinemment que la Seconde Fondation était l'ennemi, et pourtant elle ne s'en inquiétait pas. Elle savait que sur Kalgan, il aurait affaire à des autorités hostiles, et néanmoins elle contenait à peine son impatience.

C'était sans doute le privilège de la jeunesse.

Quoi qu'il en soit, la longue randonnée signifiait maintenant conversation et non plus pensées solitaires. A coup sûr, cette conversation ne lui apportait pas grand-chose de neuf, puisqu'elle avait presque exclusivement trait à la meilleure manière de s'assurer les bonnes grâces du Seigneur de Kalgan, selon les vues de la petite futée. Propos amusants et fantaisistes et proférés néanmoins avec le plus grand sérieux.

Homir se surprit plus d'une fois à sourire en écoutant ses divagations et il se demandait dans quel abracadabrant feuilleton historique elle avait puisé ses idées invraisemblables sur le grand univers.

C'était la soirée précédant le dernier saut. Kalgan était une étoile brillante dans le vide quasi intégral des spires extrêmes de la Galaxie. Vue à travers le télescope de l'astronef, elle offrait l'apparence d'une tache éblouissante dont le diamètre était à peine perceptible.

Arcadia était assise, les jambes croisées, sur le meilleur siège. Elle portait un pantalon et une chemise quelque peu étriquée appartenant à Homir. Sa propre garde-robe, plus féminine, avait été lavée et repassée en prévision de l'atterrissage.

« Je vais écrire des romans historiques », dit-elle. Le

voyage l'enchantait. L'oncle Homir l'écoutait volontiers et il était tellement plus agréable de parler lorsqu'on avait en face de soi une personne vraiment intelligente qui prenait au sérieux ce que vous disiez.

Elle continua :

« J'ai lu des tas de livres sur les grands hommes qui ont participé à l'histoire de la Fondation : Seldon, Hardin, Mallow, Devers et les autres. J'ai lu la plupart de vos écrits sur le Mulet, mais c'est beaucoup moins drôle lorsque la Fondation est vaincue. N'aimeriez-vous pas mieux lire une histoire dont on aurait expurgé les événements stupides et tragiques ?

— Sans doute, répondit gravement Munn. Mais cette histoire ne serait guère honnête, qu'en penses-tu, Arkady ? Comment se faire une réputation académique si l'on fait preuve de partialité ?

— Peuh ! Qui se préoccupe de la réputation académique ? (Il était charmant ; depuis des jours, il n'avait jamais manqué de l'appeler Arkady.) Mes romans seront intéressants, ils se vendront et deviendront fameux. A quoi bon écrire des livres si ce n'est pour les vendre et devenir célèbre ? Je ne veux pas être connue uniquement de quelques vieux professeurs. Je veux atteindre le grand public. »

Cette pensée fit briller ses yeux de plaisir, et elle adopta une position plus confortable. « En fait, sitôt que j'aurai persuadé papa de m'en accorder la permission, j'irai visiter Trantor, afin de me procurer des documents sur le Premier Empire. Je suis née sur Trantor. Le saviez-vous ? »

Il le savait, mais il répondit : « Vraiment ? » en introduisant dans sa voix juste ce qu'il fallait d'étonnement. Il en fut récompensé par une expression qui était un intermédiaire entre un visage rayonnant et un sourire niais.

« Hmm, hmm. Ma grand-mère... vous savez, Bayta Darell, vous en avez peut-être entendu parler... a été autrefois sur Trantor avec mon grand-père. En réalité, c'est à ce moment qu'on a donné un coup d'arrêt aux ambitions du Mulet, alors que la Galaxie tout entière était à ses pieds ; et mon père et ma mère s'y sont également rendus au début de leur mariage. C'est là que je suis née et j'y ai vécu jusqu'à la mort de ma mère. Je n'avais que trois ans à cette époque, et il ne me reste guère de souvenirs de l'endroit. Etes-vous jamais allé sur Trantor, oncle Homir ? »

— Non, je ne puis pas dire que j'y sois allé. (Il s'appuyait contre la cloison froide et tendait l'oreille distraitement. Kalgan était maintenant toute proche, et il sentait son inquiétude revenir.)

— N'est-ce pas le plus romanesque de tous les mondes ? Mon père dit que, sous le règne de Stannel V, il avait une population supérieure à celle de *dix* mondes actuels. Il dit que c'était un monde immense tout construit en métal — une gigantesque cité — qui était la capitale de toute la Galaxie. Il m'a montré des photos qu'il a prises sur Trantor. Tout est maintenant en ruine, mais son aspect demeure stupéfiant. Je voudrais bien le revoir. En fait... Homir !

— Oui ?

— Pourquoi n'irions-nous pas faire un tour de ce côté lorsque nous en aurons terminé avec Kalgan ? »

Un peu de son ancienne terreur reparut sur le visage de Munn.

« Comment ? Ne te mets pas de pareilles idées dans la tête. Il s'agit d'affaires sérieuses et non point d'un voyage d'agrément. Ne l'oublie pas.

— Ce sont des affaires sérieuses, se récria-t-elle, nous pourrions trouver des mines de documents sur Trantor. Ne pensez-vous pas ?

— Absolument pas. (Il se dressa sur ses pieds.) Maintenant écarte-toi de l'ordinateur. Nous allons procéder au dernier saut et ensuite tu iras te coucher. » L'atterrissage présentait au moins un avantage ; il en avait assez de chercher le sommeil, étendu sur le plancher métallique, avec un manteau pour tout matelas.

Les calculs n'étaient pas difficiles. Le *Manuel des routes de l'espace* était fort explicite sur le trajet Fondation-Kalgan. Il y eut la secousse fugace du passage intemporel à travers l'hyperespace, et la dernière année-lumière se trouva franchie.

Le soleil de Kalgan était maintenant un soleil véritable — vaste, brillant et d'un blanc jaunâtre ; invisible derrière les hublots qui s'étaient automatiquement fermés du côté exposé à ses rayons.

Kalgan n'était plus qu'à une nuit de distance.

VI

De tous les mondes qui composaient la Galaxie, Kalgan était sans nul doute celui qui possédait l'histoire la plus exceptionnelle. Celle de la planète Terminus, par exemple, était celle d'une ascension quasi ininterrompue ; celle de Trantor, autrefois capitale de la Galaxie, d'un déclin quasi ininterrompu. Mais Kalgan...

Kalgan était d'abord devenue célèbre comme un monde réservé au plaisir, deux siècles avant la naissance de Hari Seldon. C'était un monde de plaisir dans la mesure où il faisait du plaisir une industrie — et une industrie immensément rémunératrice.

C'était également une industrie stable. La plus stable de toute la Galaxie. A l'époque où s'effondra peu à peu la civilisation de la Galaxie, la catastrophe n'eut que d'infimes répercussions sur Kalgan. Quels que fussent les bouleversements économiques et sociologiques des secteurs voisins, il subsistait toujours une élite ; et de tout temps, la caractéristique d'une élite a été de posséder des loisirs comme récompense primordiale de sa propre condition.

Kalgan était donc au service — successif et toujours sanctionné par le succès — des dandies efféminés de la cour impériale et de leurs dames éblouissantes et dévergondées, des rudes Seigneurs de la Guerre, qui dirigeaient d'une main

de fer les mondes qu'ils avaient conquis par le sang, et de
leurs lascives hétaïres, aux débordements effrénés : des gras
et prospères hommes d'affaires de la Fondation et de leurs
maîtresses dépravées et perverses.

Aucune discrimination, car tous étaient abondamment
pourvus d'argent. Et puisque Kalgan servait tout le monde
sans aucune distinction ; puisque l'attrait qu'elle exerçait sur
les privilégiés de tous les mondes ne faiblissait jamais ;
puisqu'elle avait la sagesse de ne jamais se mêler des visées
politiques de personne, de ne mettre en doute la légitimité
du pouvoir de quiconque, elle ne cessait de prospérer alors
que tous les autres mondes déclinaient, et demeurait grasse
tandis qu'ils devenaient squelettiques.

Il en était allé ainsi jusqu'à l'avènement du Mulet. Alors,
elle s'était écroulé à son tour, devant un conquérant inaccessible aux attraits du plaisir ou de toute autre activité, la
conquête exceptée. A ses yeux, toutes les planètes étaient
identiques, même Kalgan.

Si bien que, pour une décennie, Kalgan se trouva jouer le
rôle étrange de métropole régnant sur le plus grand Empire
depuis la fin de l'Empire Galactique lui-même.

Puis, avec la mort du Mulet, vint la chute, aussi brutale
que l'avait été l'ascension. La Fondation fit sécession. Et à
sa suite, la plus grande partie des dominions du Mulet.
Cinquante ans plus tard, il ne restait plus, tel un rêve
d'opiomane, que le souvenir effarant de cette brève période
de pouvoir. Kalgan ne s'en était jamais complètement
remise. Jamais elle ne redeviendrait cet insouciant monde
du plaisir qu'elle avait été, car le goût du pouvoir ne
relâche jamais entièrement son emprise. Au lieu de cela, elle
vécut sous la férule d'une suite d'hommes que la Fondation
nommait les Seigneurs de Kalgan, mais qui, à l'image du
Mulet dont c'était le titre unique, se faisaient appeler « Premier Citoyen », tout en maintenant la fiction qu'ils étaient
aussi des conquérants.

L'actuel Seigneur de Kalgan était en place depuis cinq
mois. Il avait originellement accédé à ce poste en vertu de
son grade d'amiral en chef de la flotte kalganienne, d'une
part, et d'un déplorable manque de précautions de la part
du précédent Seigneur, d'autre part. Cependant nul, sur
Kalgan, n'était assez stupide pour vérifier de trop près et
pendant trop longtemps la question de sa légitimité. Les

événements de ce genre font partie de la fatalité et il vaut mieux les accepter comme tels.

Cependant, cette loi de la jungle qui permet au plus apte de survivre, si elle constitue une prime à la cruauté et au crime, permet parfois aux véritables talents de se manifester. Le Seigneur Stettin possédait une compétence indéniable et n'était pas de ceux que l'on mène facilement par le bout du nez.

La tâche n'était pas des plus faciles pour Son Eminence le Premier Ministre, qui, avec une superbe impartialité, avait servi le précédent Seigneur comme l'actuel et qui, veuille le destin lui prêter vie, servirait le suivant avec non moins d'honnêteté.

La tâche n'était pas plus facile pour Dame Callia, qui était pour Stettin plus qu'une amie et cependant moins qu'une épouse.

Ce soir-là, les trois personnages se trouvaient seuls dans les appartements privés du Seigneur Stettin. Le Premier Citoyen, massif et resplendissant dans l'uniforme d'amiral qu'il affectionnait, du fond du fauteuil sans rembourrage sur lequel il était assis, aussi raide que le plastique sur lequel il s'appuyait, releva un front soucieux. Son Premier Ministre, Lev Meirus, lui faisait face le regard absent, ses doigts longs et nerveux tapotant machinalement et rythmiquement l'interminable pli qui, partant de la racine du long nez busqué, suivait les joues enfoncées pour aboutir non loin de la pointe d'un menton agrémenté d'une barbiche grisonnante. Dame Callia avait disposé avec art les courbes de sa rondouillette personne sur les épaisses fourrures d'un divan de mousse plastique, et ses lèvres pleines tremblaient quelque peu, en formant une moue inconsciente.

« Monsieur, dit Meirus (c'était le seul titre qu'admettait un Seigneur qui avait adopté le style « Premier Citoyen »), vous ne semblez pas partager mes vues sur la continuité de l'Histoire. Votre propre vie, avec ses extraordinaires bouleversements, vous incline à penser que le cours de la civilisation peut être sujet aux mêmes changements soudains. Mais il n'en est rien.

— Le Mulet a fait la preuve du contraire.

— Mais nul ne peut suivre ses traces. D'ailleurs, lui non plus n'a pas entièrement réussi.

— Poochie, pleurnicha soudain Dame Callia, qui rentra

aussitôt sous terre devant le geste irrité du Premier Citoyen.

— Ne m'interrompez pas, Callia. Je suis las de l'inaction, Meirus. Mon prédécesseur a passé sa vie à faire de la flotte un outil parfaitement rodé qui n'a pas son pareil dans la Galaxie. Il est mort en laissant cette magnifique machine sans emploi. Dois-je continuer sur ses traces ? Moi, un amiral de la flotte ?

« Combien faudra-t-il de temps encore avant que la rouille ne ronge ses rouages ? Actuellement, c'est une charge écrasante pour le Trésor, et qui ne rapporte rien. Ses officiers sont avides de conquête ; ses hommes, de butin. Kalgan tout entière aspire à retrouver l'Empire et son cortège de gloire. Etes-vous capable de comprendre cela ?

— Derrière vos paroles, je discerne vos raisons. Conquêtes, butin, gloire — biens enivrants une fois qu'ils sont acquis. Mais, pour les obtenir, il faut souvent courir des risques et toujours accepter des besognes déplaisantes. Les premiers succès sont souvent éphémères. Et tous ceux qui ont attaqué la Fondation, au cours de l'Histoire, l'ont fait à leur détriment. Le Mulet lui-même eût fait preuve de sagesse en limitant ses ambitions... »

Il y avait des larmes dans les yeux bleus et vides de Dame Callia. Poochie l'avait à peine vue au cours des derniers jours. Ce soir, il avait promis de lui consacrer sa soirée et voilà que cet homme horrible, maigre et grisonnant avait imposé son odieuse présence. Et Poochie se laissait faire. Elle n'osait pas ouvrir la bouche, redoutant même les conséquences du sanglot qu'elle avait laissé échapper.

Mais Stettin s'exprimait maintenant de cette voix dure et impatiente qui lui faisait horreur :

« Vous êtes l'esclave d'un passé révolu. La Fondation est plus importante en volume et en population, mais la toile dont elle est tissée est des plus lâches. Au premier coup de boutoir, elle s'effritera. C'est uniquement la force d'inertie qui maintient sa cohésion ; une force d'inertie que je suis assez puissant pour réduire à néant.

« Vous vous hypnotisez sur les jours anciens où la Fondation était la seule à posséder la puissance atomique. Ils ont été assez heureux pour échapper aux ultimes coups de boutoir de l'Empire finissant, et ne trouver devant eux qu'une troupe anarchique de Seigneurs de la Guerre dénués de cervelle, qui ne pouvaient opposer aux engins atomiques de la Fondation que des carcasses sans valeur et des reliques dépareillées.

« Mais le Mulet, mon cher Meirus, a changé tout cela. Il a répandu à travers la Galaxie la connaissance que la Fondation avait jalousement gardée pour elle et l'a privée à tout jamais de son monopole scientifique. Nous sommes de taille à les affronter.

— Et la Seconde Fondation ? demanda Meirus froidement.

— Et la Seconde Fondation ? répéta Stettin, non moins froidement. Connaissez-vous ses intentions ? Il lui a fallu dix ans pour mettre un terme aux exploits du Mulet, à supposer qu'on puisse lui en attribuer le mérite, ce dont je doute. Savez-vous que bon nombre de psychologues et de sociologues de la Fondation professent l'opinion que le Plan Seldon a été complètement démantelé depuis le règne du Mulet ? Si le Plan a vécu, il existe un vide que nous sommes fondés à combler, tout autant que quiconque.

— Ce que nous savons en la matière est insuffisant pour que nous prenions le risque d'entreprendre une telle partie.

— Ce que *nous* savons, peut-être. Mais nous avons en ce moment sur la planète un visiteur en provenance de la Fondation. Le saviez-vous ? Un certain Homir Munn, qui, si je suis bien informé, a rédigé des articles sur le Mulet et qui a exprimé exactement la même opinion : le Plan Seldon a cessé d'exister. »

Le Premier Ministre hocha la tête. « J'ai entendu parler de lui, ou du moins de ses écrits. Que désire-t-il ?

— Il sollicite l'autorisation de pénétrer dans le palais du Mulet.

— Vraiment ? Il serait sage de refuser. Il n'est jamais très judicieux de troubler les superstitions qui permettent de tenir en main une planète.

— J'y réfléchirai, et nous en reparlerons. »

Meirus s'inclina et prit congé.

« Etes-vous fâché contre moi, Poochie ? » demanda Dame Callia en larmes.

Stettin se retourna vers elle avec fureur.

« Ne vous ai-je pas défendu de me donner ce nom ridicule en présence d'un tiers ?

— Vous l'aimiez autrefois.

— Eh bien, je ne l'aime plus, et je vous défends de recommencer. »

Il la fixait d'un regard noir. Il se demandait par quel mystère il supportait encore sa présence. C'était un être tendre, sans cervelle, agréable au toucher, témoignant à son égard d'une affection docile qui offrait des avantages dans cette rude existence. Et pourtant cette affection commençait à lui peser. Elle rêvait de mariage, de devenir la Première Dame.

Ridicule !

Passe encore lorsqu'il n'était qu'amiral — mais aujourd'hui qu'il était devenu le Premier Citoyen et un futur conquérant, il lui fallait davantage. Il voulait des héritiers qui puissent servir de trait d'union entre ses futurs dominions, ce que le Mulet n'avait jamais possédé, et c'est pourquoi son Empire n'avait pas survécu à sa vie étrange et inhumaine. Lui, Stettin, avait besoin d'un rejeton issu des grandes familles historiques de la Fondation, qui lui permettait d'opérer la fusion des dynasties.

Il s'interrogea pour découvrir la raison qui l'empêchait de se débarrasser de Callia sur-le-champ. L'opération se ferait sans douleur. Elle pleurnicherait un peu... Mais il chassa cette idée. Après tout, elle avait ses qualités... occasionnellement.

Callia retrouvait peu à peu ses esprits. L'influence de Barbe-Grise avait disparu, et le visage de granit de son Poochie s'adoucissait. Elle se souleva d'un seul élan fluide et fondit de tendresse :

« Tu ne vas pas me gronder, n'est-ce pas ?

— Non. (Il lui donna machinalement quelques tapes amicales.) Maintenant, tiens-toi tranquille un moment, veux-tu ? J'ai besoin de réfléchir.

— Poochie, dit-elle après une pause.

— Qu'y a-t-il ?

— Poochie, l'homme est accompagné d'une petite fille, c'est toi qui l'as dit, tu te souviens ? Pourrai-je la voir, lorsqu'elle viendra ? Je n'ai jamais...

— Pourquoi veux-tu que je lui demande de se faire accompagner de cette gamine ? Veux-tu que je transforme ma salle d'audience en salle de classe ? Cesse de dire des sottises, Callia.

— Mais je m'occuperai d'elle, Poochie. Tu n'auras pas à

te soucier d'elle. C'est que je ne vois jamais d'enfants, et tu
sais pourtant combien je les aime. »

Il lui lança un regard sardonique. Elle ne se lassait jamais
de cette antienne. Elle aimait les enfants, c'est-à-dire *ses*
enfants *à lui*, c'est-à-dire ses enfants *légitimes* ; une façon
détournée de lui demander le mariage ! Il se mit à rire.

« La gamine en question, dit-il, est une grande fille de
quatorze ou quinze ans. Elle a probablement la même taille
que toi. »

Callia sembla profondément déçue.

« Tant pis, pourrai-je quand même la voir ? Elle pourrait
me parler de la Fondation. Il y a si longtemps que j'ai envie
d'y faire une visite, tu le sais. Mon grand-père était membre
de la Fondation. Tu voudras bien m'y conduire un jour,
Poochie ? »

Cette idée fit sourire Stettin. Qui sait, peut-être en conquérant ? Sa réponse se ressentit de la bonne humeur où
l'avait mis cette perspective :

« C'est entendu, nous irons. Et tu pourras voir la fillette
et lui poser toutes les questions que tu voudras sur la
Fondation. Mais, loin de moi, c'est compris ?

— Je ne t'ennuierai pas. Je la ferai venir dans mes appartements. »

De nouveau, elle était heureuse. Il était bien rare, à
présent, qu'il accédât à ses caprices. Elle entoura son cou de
ses bras et, après la plus légère des hésitations, elle sentit les
tendons de son cou se détendre et la vaste tête vint
s'appuyer sur son épaule.

VII

Arcadia se sentait soulevée par un sentiment de triomphe. Comme la vie avait changé depuis que Pelleas Anthor était venu coller son sot visage contre sa fenêtre — et simplement parce qu'elle avait eu suffisamment de flair et de courage pour prendre les dispositions nécessaires.

Elle était enfin sur Kalgan. Elle avait été au grand Théâtre Central — le plus important de la Galaxie — et vu en chair et en os quelques-unes des vedettes lyriques dont la réputation s'étendait jusqu'à la lointaine Fondation. Elle avait fait des emplettes tout au long de l'Avenue Fleurie, quartier de la mode sur le monde le plus gai de l'espace. Et elle avait fait son choix en toute liberté, pour la simple raison que l'oncle Homir n'y connaissait rien. Les vendeuses n'avaient pas fait la moindre objection lorsqu'elle avait donné sa préférence aux robes longues et brillantes dont les lignes verticales la faisaient paraître si grande — et le change était favorable à l'argent de la Fondation. Homir lui avait remis un billet de dix crédits et lorsqu'elle l'avait échangé contre des kalganids, elle avait obtenu une liasse terriblement épaisse.

Elle avait même changé de coiffure — les cheveux mi-courts par-derrière avec deux boucles lustrées à chaque tempe. Ils avaient été soumis à un traitement qui les faisait paraître plus dorés que jamais : ils rutilaient positivement.

Mais *ceci*, c'était le plus beau de tout. Assurément, le palais du Seigneur Stettin n'était ni aussi imposant ni aussi luxueux que les théâtres, ni aussi mystérieux ni aussi historique que le vieux palais du Mulet — dont ils avaient tout juste aperçu les tours solitaires dans leur traversée aérienne de la planète — mais imaginez un peu : un véritable Seigneur ! L'excès de la gloire lui tournait la tête.

Et pas seulement cela. Elle se trouvait actuellement face à face avec la maîtresse du Seigneur Stettin. Le mot fascinait Arcadia, car elle savait le rôle que de semblables femmes avaient joué dans l'Histoire ; elle connaissait leur séduction et leur puissance. En réalité, elle avait souvent rêvé de devenir elle-même une de ces resplendissantes et toutes-puissantes créatures, mais malheureusement, les maîtresses n'étaient pas à la mode sur la Fondation pour le moment et, en outre, son père ne serait probablement pas d'accord si l'éventualité se présentait.

Bien entendu, Dame Callia ne répondait pas entièrement à l'idée que se faisait Arcadia du personnage. Tout d'abord elle était plutôt grassouillette, et ne paraissait ni mauvaise ni dangereuse. Simplement fanée et myope. Elle avait la voix haut perchée et non pas ce timbre un peu rauque de contralto, et...

« Voulez-vous une autre tasse de thé, mon enfant ? demanda Callia.

— Je prendrais volontiers une autre tasse, Votre Grâce. (Peut-être aurait-elle dû dire Votre Altesse ?)

« Vous portez là de fort belles perles, Madame, continua Arcadia avec la condescendance d'un connaisseur. (Après tout, « Madame » était peut-être le terme le plus approprié, pour la compagne du Premier Citoyen.)

— Oh ! vous trouvez ? (Callia parut légèrement flattée. Elle défit le collier et le laissa osciller au bout de sa main.) Elles vous plaisent ? Je puis vous en faire cadeau si vous voulez.

— Oh ! Mad... Vraiment, vous voulez... » Lorsque les perles se trouvèrent dans sa main, elle les rendit en disant d'un ton lugubre : « Mon père n'aimerait pas...

— Il n'aimerait pas les perles ? Elles sont pourtant très jolies.

— Je veux dire qu'il me blâmerait de les avoir acceptées. Il n'est pas convenable selon lui d'accepter des présents de valeur offerts par des étrangers.

— Vraiment ? Mais... ces perles m'ont été offertes par Poo... le Premier Citoyen. Vous pensez que je n'aurais pas dû accepter ? »

Arcadia rougit : « Ce n'est pas ce que... »

Mais Callia était déjà lasse du sujet. Elle laissa glisser les perles sur le sol : « Vous allez me parler de la Fondation. Cela me ferait beaucoup de plaisir... »

Arcadia se trouva soudain à court. Que dire sur un monde qui est bête à pleurer ? A ses yeux, la Fondation c'était une agglomération de banlieue, une maison confortable, les obligations ennuyeuses de l'étude, le sempiternel train-train d'une vie tranquille.

« C'est exactement ce que l'on voit dans les films de lecture, je suppose... dit-elle d'un ton incertain.

— Oh ! vous pratiquez les films de lecture ? J'ai bien essayé, mais cela me donne mal à la tête ! Mais j'adore vos feuilletons télévisés qui racontent les exploits de vos Marchands... ces hommes si grands et si redoutables. Je les trouve passionnants. Votre ami, M. Munn, est-il un de ces Marchands ? Il me semble inoffensif. La plupart de ces gens sont barbus et parlent avec une grosse voix de basse et ils ont des manières si conquérantes avec les femmes... Vous ne pensez pas ? »

Arcadia eut un sourire de commande.

« Cela, c'est déjà de l'Histoire, madame. C'est-à-dire qu'aux premiers temps de la Fondation, les Marchands étaient des pionniers qui reculaient les limites des frontières et apportaient la civilisation au reste de la Galaxie. Nous avons appris tout cela à l'école. Mais ces temps sont révolus. Il n'existe plus de Marchands ; ils ont été remplacés par des corporations et autres organismes de ce genre.

— Vraiment ? Quel dommage ! Alors, s'il n'est pas Marchand, de quoi s'occupe M. Munn ?

— Oncle Homir est bibliothécaire. »

Callia porta la main devant sa bouche et laissa échapper un petit rire qui ressemblait à un pépiement.

« Vous voulez dire qu'il s'occupe de livres filmés ? Miséricorde ! Quelle sotte occupation pour un adulte !

— C'est un excellent bibliothécaire, Madame. C'est une situation qui jouit d'une grande considération dans notre pays. (Elle reposa sur la table métallique couleur de lait la petite tasse à thé iridescente.)

— Mais, chère enfant, dit l'hôtesse navrée, je ne voulais

pas vous offenser. C'est certainement un homme très cul-
tivé. Je l'ai bien vu tout de suite à ses yeux. Ils sont
tellement intelligents. Et il faut qu'il soit brave pour vouloir
pénétrer dans le palais du Mulet.

— Brave ? » Arcadia fut aussitôt sur le qui-vive. Voilà
l'indice qu'elle attendait. Intrigues ! Intrigues ! Avec une
expression de suprême indifférence, elle demanda en examinant son pouce : « Il faut donc être brave pour solliciter
l'autorisation de pénétrer dans le palais du Mulet ?
— Vous ne saviez pas ? (Elle baissa la voix en roulant
des yeux.) A son lit de mort, le Mulet a donné des ordres
pour que nul n'y pénètre avant que soit réalisé l'Empire
Galactique. Nul sur Kalgan n'oserait pénétrer dans le palais
interdit.
— C'est une pure superstition, dit Arcadia après un instant de réflexion.
— Ne dites pas une chose pareille ! C'est aussi ce que
prétend Poochie. Mais il feint d'y croire pour mieux garder
son emprise sur la population. Néanmoins, il n'y met jamais
les pieds, je l'ai bien remarqué. Et Thallos, qui était Premier
Citoyen avant Poochie, faisait de même. (Une idée passa
soudain par l'esprit de Callia et elle fut de nouveau toute
curiosité.) Mais pour quelle raison M. Munn désire-t-il
visiter le palais ? »
C'était le moment où le plan soigneusement élaboré par
Arcadia allait pouvoir entrer en action. Elle savait pertinemment, grâce aux livres qu'elle avait lus, que la maîtresse
d'un dictateur était le pouvoir réel caché derrière le trône :
l'éminence grise, l'influence toute-puissante. Si oncle Homir
échouait auprès du Seigneur Stettin — ce qui, selon elle,
était fatal — il lui incombait de réparer cet échec par
l'intermédiaire de Callia. A vrai dire, la personnalité de
Callia était pour elle une énigme. Ses qualités paraissaient
rien moins que brillantes. Mais l'Histoire avait prouvé...
« Il y a effectivement une raison, Madame, dit-elle mais
puis-je vous demander de garder le secret ?
— Je vous en donne ma parole », dit Callia et, ce faisant,
elle traça un signe mystérieux sur la tendre blancheur re-
bondie de sa poitrine.
Les pensées d'Arcadia étaient en avance d'une phrase sur
ses paroles.
« Oncle Homir fait autorité sur le Mulet, vous savez. Il a

écrit sur lui un nombre d'ouvrages incalculable. Il pense que l'histoire de la Galaxie a subi une transformation depuis l'époque où le Mulet conquit la Fondation.

— Pas possible ?

— Il pense que le Plan Seldon... »

Callia battit des mains.

« J'en ai entendu parler. Les feuilletons qui relatent les exploits des Marchands évoquent toujours le Plan Seldon. C'était lui qui assurait toujours la victoire de la Fondation. La science avait bien son mot à dire dans l'affaire, mais je n'ai jamais compris comment. Cela m'énerve tellement lorsqu'il faut que je prête l'oreille à des explications. Mais continuez, ma chère. Tout devient différent, lorsque c'est vous qui expliquez. Dans votre bouche, tout est clair comme de l'eau de roche.

— Vous l'avez sans doute remarqué, poursuivit Arcadia, après la défaite de la Fondation par le Mulet, le Plan Seldon fut frappé de paralysie et, depuis ce temps, il n'a jamais retrouvé son activité. Alors, sur qui pouvons-nous compter pour former le Second Empire ?

— Le Second Empire ?

— Oui, il faudra bien un jour en venir là, mais par quel moyen ? C'est là que réside le problème, voyez-vous. D'autre part, il y a la Seconde Fondation.

— La Seconde Fondation ? fit Callia, l'air complètement perdu.

— Oui, ce sont les planificateurs de l'Histoire qui suivent les traces de Seldon. Ils ont donné un coup d'arrêt aux visées expansionnistes du Mulet, car son action était prématurée, mais à présent, il se peut qu'ils apportent leur soutien à Kalgan.

— Pourquoi ?

— Parce que Kalgan est le monde le mieux placé pour constituer le noyau d'un nouvel Empire. »

Callia parut saisir vaguement cette notion.

« Vous voulez dire que Poochie va être appelé à former un nouvel Empire ?

— Il est difficile de l'affirmer en toute certitude. Oncle Homir le pense, mais il lui faudrait consulter les archives du Mulet pour asseoir sa conviction.

— Tout cela est bien compliqué », dit Callia d'un air incertain.

Arcadia en resta là. Elle avait fait de son mieux.

Le Seigneur Stettin était d'assez méchante humeur. L'entrevue avec le pied-plat venu de la Fondation ne lui avait guère apporté de satisfactions. Pis : elle ne lui avait causé que de l'embarras. Etre le potentat absolu de vingt-sept mondes, le grand maître de la plus grande machine militaire de toute la Galaxie, nourrir les plus hautes ambitions de tout l'univers — et en être réduit à discuter de fariboles avec un rat de bibliothèque !

Enfer et damnation !

On lui demandait d'enfreindre les coutumes de Kalgan, de permettre que le palais du Mulet fût mis à sac, et tout cela pour fournir à un vieil idiot la matière d'un nouveau livre ? La cause de la science ! Les droits sacrés de la connaissance ! Grande Galaxie ! Souffrirait-il que ces clichés éculés lui fussent jetés à la face avec toutes les apparences du sérieux le plus imperturbable ? En outre — il sentit sa peau se hérisser légèrement — il y avait cette histoire de malédiction. Il n'y croyait pas : quel homme intelligent ajouterait foi à de pareilles sornettes ? Mais s'il devait l'enfreindre, ce serait pour des raisons meilleures que celles que lui avait fournies cet idiot.

« Que veux-tu ? » demanda-t-il d'une voix rogue, et Dame Callia se fit toute petite sur le seuil de la porte.

« Es-tu occupé ?

— Oui, je suis occupé.

— Mais tu es seul, Poochie. Ne pourrais-je pas te parler une minute ?

— Oh ! Galaxie ! Que veux-tu ? Fais vite ! »

Les mots se bousculaient sur les lèvres de Callia :

« La petite fille m'a raconté qu'ils allaient visiter le palais du Mulet. J'ai pensé que nous pourrions les accompagner. Ce doit être splendide à l'intérieur.

— Elle t'a dit cela, hein ? Eh bien, elle n'ira pas, et nous non plus. Maintenant, va t'occuper de tes affaires. J'en ai par-dessus la tête de toi.

— Mais, Poochie, pourquoi refuses-tu ? Tu vas leur interdire le palais ? La petite fille m'a déclaré que tu allais fonder un Empire !

— Je me moque de ce qu'elle a déclaré... Que veux-tu dire ? (Il marcha vers Callia, lui saisit fermement le bras au-dessus du coude et ses doigts s'enfoncèrent profondément dans la chair flasque.) Que t'a-t-elle dit ?

— Tu me fais mal. Jamais je ne pourrai m'en souvenir si tu me regardes avec de tels yeux ! »

Il abandonna sa prise et elle demeura un moment à frictionner vainement les marques rouges. Elle pleurnicha :

« La petite fille m'a demandé de garder le secret.

— Comme c'est dommage ! Eh bien, parle ! *Immédiatement !*

— Elle m'a dit que le Plan Seldon avait été modifié et qu'une autre Fondation, située je ne sais où, s'apprêtait à faire de toi le fondateur d'un nouvel Empire. Elle a prétendu que M. Munn était un très grand savant, et qu'il trouverait la preuve de ce qu'il avance dans les archives du Mulet. Je n'ai absolument rien omis. Tu es fâché ? »

Mais Stettin ne répondit pas. Il quitta la pièce en toute hâte, suivi par le regard lugubre des yeux bovins de Callia. Avant que l'heure fût écoulée, deux plis, au sceau officiel du Premier Citoyen, furent expédiés. L'un d'eux eut pour effet de lancer dans l'espace cinq cents astronefs de ligne, en vue d'effectuer ce que l'on appelait en termes officiels des « grandes manœuvres ». L'autre jeta un simple particulier dans la plus grande confusion.

Homir Munn interrompit ses préparatifs de départ lorsque le second de ces ordres le toucha. Il s'agissait évidemment de l'autorisation officielle de pénétrer dans le palais du Mulet. Il n'arrêtait pas de le lire et de le relire et il en éprouvait un sentiment tout autre que de la joie.

Mais Arcadia était ravie. Elle savait ce qui s'était passé.

Ou, du moins, elle s'imaginait le savoir.

VIII

Poli déposa le petit déjeuner sur la table sans quitter de l'œil le téléscripteur qui dégorgeait les bulletins apportant les nouvelles du jour. Cette ubiquité de l'œil était facilement réalisable sans compromettre le rendement du travail. Puisque tous les plats étaient enveloppés individuellement dans un récipient stérile, qui servait en même temps d'auto-cuiseur que l'on jetait à la poubelle après usage, son rôle se réduisait, en l'occurrence, à choisir le menu, à déposer les mets sur la table et à emporter les résidus, une fois le repas terminé.

Ce qu'elle vit lui tira un claquement de langue et un faible gémissement de compassion rétrospective.

« Les gens sont si méchants », dit-elle, à quoi Darell répliqua par un « Hum » peu compromettant.

Sa voix prit ce timbre criard qu'elle adoptait automatiquement lorsqu'elle se préparait à déplorer la méchanceté du monde.

« Pourquoi diable ces terribles Kalganiens se conduisent-ils ainsi ? Ils ne nous ficheront donc jamais la paix ? Toujours des ennuis, rien que des ennuis !

« Regardez-moi ce gros titre : *Une émeute devant le Consulat de la Fondation*. Je leur dirais bien leur fait, moi, si je pouvais ! Ce qu'il y a de terrible chez les gens, c'est qu'ils n'ont pas de mémoire. Ils oublient tout, Dr Darell.

Tenez, prenons la dernière guerre, après la mort du Mulet
— bien sûr je n'étais encore qu'une petite fille à l'époque —
quel désastre, juste ciel, quel malheur ! Mon oncle fut tué. Il
avait vingt ans à peine, marié depuis tout juste deux ans,
laissant une petite orpheline. Je me souviens encore de lui
— il avait les cheveux blonds et une fossette au menton.
J'ai quelque part un cube tridimensionnel de lui... Et
aujourd'hui sa petite fille a elle-même un fils dans la marine
et si jamais il arrive quelque chose...

« Et nous avions les patrouilles de bombardement, et les
anciens qui prenaient la garde à tour de rôle dans la défense stratosphérique. Je me demande ce qu'ils auraient pu
avait coutume de nous parler du rationnement des vivres,
faire si les Kalganiens étaient venus jusque-là ! Ma mère
de la vie chère et des impôts. Il était difficile de joindre les
deux bouts...

« On pourrait croire que, s'ils avaient un atome de raison, les gens ne recommenceraient plus jamais pareille horreur ; qu'ils en seraient dégoûtés pour toujours. D'ailleurs, je
ne crois pas que ce soient les gens du peuple qui soient les
coupables ; je suppose que les Kalganiens préféreraient de
beaucoup rester tranquillement dans leurs familles plutôt
que d'aller dans des astronefs se faire tuer. C'est cet affreux
Stettin ! Je me demande comment on permet à de pareilles
gens de vivre ! Il a tué le vieux — comment s'appelait-il
déjà ? — Thallos, et maintenant il ne rêve plus que de
devenir le maître de l'univers.

« Et pourquoi veut-il nous attaquer ? Je n'en sais rien.
Mais il est vaincu d'avance — c'est toujours la même histoire ; tout cela se trouve peut-être dans le Plan, et je me dis
parfois que ce Plan doit être bien mauvais pour autoriser
tant de batailles et de massacres, mais pour sûr je n'ai rien à
dire de Hari Seldon, qui en sait certainement beaucoup plus
que moi sur cet homme, et je suis bien sotte de mettre en
doute sa valeur. Et *l'autre* Fondation n'est pas moins coupable. Ils pourraient arrêter Kalgan dès maintenant pour le
plus grand bien de tout un chacun. Il faudra bien qu'ils y
arrivent, mais pensez-vous qu'ils auraient l'idée d'intervenir
avant qu'on ait commencé le gâchis ? »

Le Dr Darell leva les yeux.

« Vous disiez quelque chose, Poli ? »

Poli écarquilla les yeux puis les rétrécit avec colère.

« Rien, docteur, absolument rien du tout ! Autant vaudrait tomber raide mort dans cette maison que de prononcer une seule parole. On vous dit toujours, courez par-ci, courez par-là, mais essayez seulement de dire un mot... » Et elle disparut en maugréant.

Son départ fit sur Darell aussi peu d'impression que son discours.

Kalgan ? Plaisanterie ! Un ennemi purement physique ! Ceux-là avaient toujours été vaincus.

Pourtant, il ne pouvait s'isoler de cette stupide crise. Sept jours plus tôt, le Maire lui avait demandé d'accepter le poste d'Administrateur de la Recherche et du Développement. Il avait promis une réponse pour aujourd'hui.

Eh bien...

Il s'agitait, en plein désarroi. Pourquoi l'avoir choisi, lui ? Et cependant, pouvait-il refuser ? Son attitude paraîtrait étrange, et il n'osait pas se singulairiser. Après tout, que lui importait Kalgan ? A ses yeux, il n'y avait, il n'y avait toujours eu qu'un seul et unique ennemi.

Tant que sa femme avait vécu, il n'était que trop heureux de se dérober à la tâche, de se cacher. Ces longues journées tranquilles sur Trantor, avec autour d'eux les ruines du passé ! Le silence d'un monde dévasté dispensateur d'oubli !

Mais elle était morte. Cette quiétude avait duré en tout et pour tout moins de cinq années. Et après, il savait qu'il ne pourrait plus vivre qu'en combattant cet ennemi redoutable et vague, qui le privait de sa dignité d'homme en contrôlant sa destinée, qui faisait de sa vie une lutte stérile contre une échéance prévue d'avance, qui faisait de l'univers l'enjeu d'une haïssable et mortelle partie d'échecs.

On pouvait appeler cela sublimation — c'est le nom qu'il lui donnait lui-même — mais ce combat donnait un sens à sa vie.

Tout d'abord à l'université de Santanni, où il avait fait cause commune avec le Dr Kleise. Cinq années fructueuses...

Pourtant, Kleise ne savait que rassembler des documents. La tâche véritable serait au-dessus de ses forces — et lorsque Darell en avait acquis la certitude, il avait su que le moment était venu de partir.

Kleise pouvait avoir travaillé en secret, il ne pouvait cependant se dispenser d'avoir autour de lui des collaborateurs qui œuvraient pour lui et avec lui. Il avait à sa disposition des sujets dont il explorait le cerveau. Derrière lui, une université qui l'appuyait. Autant de faiblesses.

Kleise ne pouvait le comprendre, et lui, Darell, ne pouvait l'expliquer. Ils se séparèrent ennemis. Tant mieux : il le fallait. Il devait abandonner la partie en vaincu — pour le cas où un œil indiscret aurait été le témoin de leur mésintelligence.

Là où Kleise opérait sur des graphiques, Darell travaillait au moyen de concepts mathématiques, dans les arcanes de son esprit. Kleise possédait de nombreux collaborateurs. Darell aucun. Kleise travaillait dans une université, Darell dans le calme d'une maison de banlieue.

Et il touchait presque au but.

Un membre de la Seconde Fondation n'était pas un humain dans la mesure où son cerveau entrait en jeu. Le plus fin physiologiste, le plus subtil des neurochimistes pourrait ne rien détecter — et pourtant la différence devait bien exister. Et puisque la différence se situait dans le cerveau, c'est en ce lieu qu'il devait être possible de la déceler.

Etant donné un homme tel que le Mulet — et les membres de la Seconde Fondation possédaient sans aucun doute des pouvoirs comparables aux siens, innés ou acquis — avec la faculté de détecter et de domestiquer les émotions humaines, il s'agissait d'en déduire le circuit électronique convenable qui permettrait de mettre au point, dans les plus infimes détails, l'encéphalographe sur lequel l'anomalie ne saurait manquer d'être mise en évidence.

Et maintenant, Kleise était ressuscité dans la personne de son jeune et ardent élève, Anthor.

Folie ! Folie ! Que faire de ses graphiques et des schémas psychiques des personnes influencées ? Il y avait des années qu'il avait appris à les identifier... En était-il plus avancé ? Ce n'est pas l'outil qu'il lui fallait, mais le bras. Pourtant il devait se résigner à suivre Anthor, puisque c'était la voie la moins dangereuse.

De même qu'il allait devenir Administrateur de la Recherche et du Développement. La voie la moins dangereuse. Et ainsi, il demeurait un conspirateur au sein même de la conspiration.

Sa pensée se porta un instant sur Arcadia, mais il la repoussa avec un frisson. S'il n'avait tenu qu'à lui, nul si ce n'est lui-même ne se fût exposé au danger. S'il n'avait tenu qu'à lui...

Il sentait la colère monter en lui — contre le défunt Kleise, contre Anthor, tous ces idiots bien intentionnés...

Elle saurait bien se débrouiller. C'était une petite fille qui possédait déjà une grande maturité intellectuelle.

Elle saurait bien se débrouiller.

C'était un murmure intérieur...

En était-elle vraiment capable ?

Au moment précis où le Dr Darell se posait la question avec angoisse, elle se trouvait assise dans l'antichambre glacialement austère des bureaux exécutifs du Premier Citoyen de la Galaxie. Elle attendait depuis une demi-heure, laissant errer lentement ses regards sur les murs. Deux gardes armés étaient postés à la porte lorsqu'elle était entrée en compagnie de Homir Munn. Ils ne s'y trouvaient pas les autres fois.

Elle était seule à présent, et pourtant elle était sensible à l'hostilité latente qui émanait des meubles mêmes qui garnissaient la pièce. Et cela pour la première fois.

Elle ne s'expliquait pas la raison de ce sentiment.

Homir se trouvait dans le bureau de Seigneur Stettin. D'où venait son inquiétude ?

L'irritation la gagnait. Lorsque le héros de roman-feuilleton se trouvait en pareille situation, il prévoyait l'issue et la crise le trouvait préparé, alors qu'elle-même n'imaginait d'autre solution que demeurer inerte sur sa chaise. Tout pouvait arriver. Tout. Et pourtant elle demeurait là, comme une souche.

Eh bien, il suffisait de faire, une fois de plus, un retour en arrière, et, peut-être, l'inspiration jaillirait-elle de la confrontation des événements.

Pendant deux semaines, Homir avait pratiquement vécu dans le palais du Mulet. Elle l'avait accompagné une fois, avec la permission de Stettin. L'édifice était immense et sinistrement massif, se rétractant au contact de la vie pour se réfugier dans un sommeil fait de souvenirs éclatants, réverbérant les bruits de pas en échos caverneux ou en claquements métalliques. La visite lui avait laissé une mauvaise impression.

Elle préférait les grandes et joyeuses avenues de la métropole ; les théâtres et les spectacles d'un monde qui, pour

être essentiellement plus pauvre que la Fondation, n'en
dépensait pas moins des sommes plus importantes en
façade.

Homir rentrait le soir, profondément impressionné...

« C'est pour moi un monde de rêve, murmurait-il. Si
seulement je pouvais démanteler le palais pierre par pierre,
couche par couche de mousse d'aluminium. Si je pouvais le
rapporter sur Terminus... Quel musée n'aurions-nous pas
là ! »

Il semblait avoir perdu la répugnance qu'il manifestait au
début. Au lieu de cela, il était ardent, plein de flamme.
Arcadia connaissait un indice infaillible pour deviner son
état d'esprit : au cours de cette période, il ne bégaya pratiquement jamais.

Une fois, il dit :

« Il y a des lacunes dans les archives concernant le
général Pritcher...

— Je le connais. C'était un renégat issu de la Fondation,
qui a fouillé la Galaxie à la recherche de la Seconde Fondation, n'est-ce pas ?

— Ce n'était pas exactement un renégat, Arkady. Le
Mulet l'avait converti.

— C'est bonnet blanc et blanc bonnet.

— Cette recherche dont tu parles était une tâche sans
issue. Les archives originales de la Convention Seldon, qui
consacraient la création des deux Fondations, il y a plusieurs siècles, ne font qu'une seule allusion à la Seconde
Fondation. Elles indiquent qu'elle a son siège à l'autre bout
de la Galaxie, à Star's End. Ce sont là tous les renseignements dont disposaient le Mulet et Pritcher. Ils ne possédaient aucun moyen d'identifier la Seconde Fondation,
même s'ils avaient découvert sa retraite. Quelle folie !

« Ils possèdent des archives... (il se parlait à lui-même,
mais Arcadia écoutait de toutes ses oreilles) qui doivent
couvrir un millier de mondes, et cependant le nombre de
planètes qui s'offraient à leurs investigations doit avoisiner
le million, et notre situation n'est guère meilleure.

— Chhhhhuttt ! » interrompit Arcadia à mi-voix.

Homir se pétrifia sur place et reprit lentement ses
esprits.

Et maintenant, Homir se trouvait en présence du Seigneur Stettin, tandis qu'Arcadia l'attendait à l'extérieur, le
cœur serré par une angoisse dont elle ne s'expliquait pas la

raison. C'était plus effrayant que tout, cette crainte irraisonnée !

De l'autre côté de la porte, Homir, de son côté, vivait sur une mer de gélatine. Il luttait de toutes ses forces pour se retenir de bégayer, et bien entendu, c'était tout juste s'il parvenait à articuler distinctement deux mots consécutifs.

Le Seigneur Stettin était en grand uniforme, un mètre quatre-vingt-dix, la mâchoire puissante et la bouche dure. Il scandait ses phrases de ses gros poings arrogants.

« Je vous ai donné deux semaines et vous me tenez des propos à dormir debout. Allons, dites-moi le pire. Ma flotte sera-t-elle mise en charpie ? Devrai-je combattre les fantômes de la Seconde Fondation en même temps que les hommes de la Première ?

— Je... je vous répète, Mon... seigneur, que je ne suis pas prophète... Je... suis compl...ètement perdu.

— Peut-être préférez-vous rentrer chez vous pour avertir vos concitoyens ? Trêve de comédie ! La vérité, sinon je me verrai dans l'obligation de vous l'arracher, dussé-je vous étriper.

— Je... vous dis la... vérité. Je vous rap... rappelle que je suis cit... citoyen de la Fondation. Ne me tou...chez pas car, en se...mant le vent, vous ré...colteriez la temp... tempête ! »

Le Seigneur de Kalgan laissa échapper un rire homérique.

« Menace tout juste bonne à faire peur aux enfants ! Un épouvantail que ne craindrait pas un idiot ! Allons, monsieur Munn, j'ai fait preuve d'une grande patience envers vous. Pendant vingt minutes, j'ai prêté l'oreille à vos ennuyeuses fariboles, dont la composition a dû vous coûter bien des nuits sans sommeil. Vains efforts ! Je sais que vous n'êtes pas simplement ici pour remuer les cendres du défunt Mulet et vous réchauffer aux braises qui pourraient encore subsister. Votre voyage avait un but différent de celui que vous avez invoqué, n'est-il pas vrai ? »

Homir n'aurait pas davantage pu éteindre la brûlante horreur qui flambait dans ses yeux à ce moment que d'aspirer l'air avec calme. Le Seigneur Stettin s'en aperçut et lui administra sur l'épaule une telle claque que, sous le choc, il vacilla en même temps que sa chaise.

« Bien. Parlons en toute franchise ! Vous menez une

enquête sur le Plan Seldon. Vous savez qu'il a désormais fait faillite. Vous savez également que je suis à présent l'inévitable vainqueur : moi et mes héritiers. Peu nous importe l'identité de son fondateur pourvu que le Second Empire existe ! L'histoire n'a que faire de favoris ! Avez-vous peur de l'avouer ? Vous voyez bien que j'ai percé le secret de votre mission.

— Que... que v...oulez-vous ? demanda Munn, la langue épaisse.

— Votre présence. Je ne veux pas gâcher le Plan par excès de confiance. Vous avez une plus grande compréhension de ces questions que moi ; vous pouvez remarquer, dans le métal, des défauts qui pourraient m'échapper. Allons, vous toucherez une juste récompense ; vous recevrez votre part du butin. Qu'espérez-vous donc, sur la Fondation ? Conjurer une défaite qui est peut-être inévitable ? Faire traîner la guerre en longueur ? Ou s'agit-il simplement d'un désir patriotique de mourir pour votre pays ?

— Je... je... (Munn fut incapable d'en dire davantage. Les mots se refusaient à sortir de sa bouche.)

— Vous resterez, dit le Seigneur de Kalgan avec confiance. Vous n'avez pas le choix. Un instant, j'oubliais... Selon des renseignements qui me sont parvenus, votre nièce appartiendrait à la famille de Bayta Darell.

— Oui, dit Homir en sursautant. (Dans l'état où il se trouvait, il se sentait incapable de dire autre chose que la vérité.)

— S'agit-il d'une famille influente de la Fondation ? »

Homir hocha la tête.

« On ne tolérerait pas qu'il lui fût fait le moindre mal.

— Du mal ! Allons donc ! Ne soyez pas stupide ; c'est exactement le contraire que je médite. Quel âge a-t-elle ?

— Quatorze ans.

— Tiens ! Eh bien, ni la Fondation ni Hari Seldon lui-même ne possèdent le pouvoir d'arrêter le temps ni d'empêcher les jeunes filles de devenir des femmes. »

Là-dessus, il tourna les talons et se dirigea vers une porte dissimulée par une draperie, qu'il ouvrit violemment.

« Par l'Espace, tonna-t-il, pour quelle raison avez-vous traîné en ce lieu votre tremblante carcasse ? »

Dame Callia fixa sur lui des yeux papillotants et dit d'une petite voix humble :

« Je ne savais pas que vous aviez un visiteur.

— Maintenant, vous le savez. Nous en reparlerons plus tard. Pour l'instant, filez, et vite ! »

On entendit le bruit de ses pas précipités s'évanouir dans le couloir.

« Ce n'est que le dernier épisode d'un intermède qui n'a que trop duré, dit-il en se retournant. Nous en verrons bientôt la fin. Quatorze ans, avez-vous dit ? »

Homir le fixa, avec dans les yeux une horreur nouvelle !

Une porte s'ouvrant subrepticement fit sursauter Arcadia, dont l'œil aux aguets avait surpris le mouvement. Le doigt pointé vers elle était agité d'un mouvement de va-et-vient frénétique, qui demeura pendant un long moment sans réponse de sa part ; puis, obéissant à l'injonction muette suggérée par cette forme blanche et tremblante, elle traversa la pièce sur la pointe des pieds.

Le bruit de leurs pas était imperceptible dans le couloir. C'était, bien entendu, Dame Callia, qui lui serrait la main à lui faire mal et, d'instinct, elle n'hésita pas à la suivre. Dame Callia, du moins, ne lui faisait pas peur.

Mais pourquoi tout ce mystère ?

Elles se trouvaient maintenant dans un boudoir. Dame Callia se tenait le dos contre la porte.

« Nous avons suivi le chemin privé qui mène de son bureau à mes appartements, dit-elle. (Et, du doigt, elle fit un geste, comme si sa seule évocation emplissait son âme d'une mortelle terreur.) Quelle chance... Quelle chance... (Le noir de ses pupilles avait envahi toute la prunelle bleue.)

— Pouvez-vous me dire ?... commença timidement Arcadia.

— Non, mon enfant, non. (Callia manifestait une hâte fébrile.) Nous n'avons pas le temps. Retirez vos vêtements. Je vous en prie, je vous en prie ! Je vais vous en donner d'autres et ils ne vous reconnaîtront pas. »

Elle était déjà dans le placard, jetant d'inutiles fanfreluches au hasard sur le sol, cherchant, affolée, un vêtement qu'une jeune fille pût porter sans devenir un vivant objet de concupiscence.

« Voici qui vous conviendra. Il le faudra bien. Avez-vous de l'argent ? Prenez... tout... et ceci encore. (Elle lui remettait ses bagues, ses pendentifs.) Rentrez chez vous... sur votre Fondation.

— Mais, Homir... mon oncle. (C'est en vain qu'Arcadia protestait, à travers les plis enchevêtrés de l'étoffe parfumée et luxueuse de métal tissé qu'on lui passait de force par-dessus la tête.)

— Il ne partira pas. Poochie le gardera ici pour toujours. Mais vous ne devez pas rester. Oh! mon enfant, ne com-prenez-vous pas ?

— Non ! (D'un effort, Arcadia avait arrêté l'opération.) Je ne comprends pas. »

Dame Callia entrecroisa convulsivement les mains.

« Vous devez rentrer pour avertir votre peuple que la guerre va commencer. N'est-ce pas clair ? (Paradoxalement, le paroxysme de la terreur semblait avoir conféré à ses pensées et à ses paroles une lucidité absolument étrangère à son caractère.) Maintenant, venez ! »

Elles sortirent par un autre chemin, passèrent devant des personnalités officielles qui les suivaient avec des yeux ronds, mais ne voyaient pas de raison d'arrêter une per-sonne sur laquelle le Seigneur de Kalgan pouvait, seul, porter la main avec impunité. Des gardes claquaient des talons et présentaient les armes, au franchissement des portes.

Arcadia ne respira librement qu'une fois achevé ce voyage qui lui avait paru durer un siècle — et pourtant, depuis le moment où elle avait répondu à l'appel de l'index éloquemment recourbé, jusqu'à l'instant où elle émergea à la grille extérieure, au milieu de la foule et du bruit lointain de la circulation, il s'était écoulé tout juste vingt-cinq minutes.

Elle se retourna, avec dans les yeux une expression terri-fiée.

« Je... je ne sais pas pour quelle raison vous faites cela, Madame, mais je vous remercie. Que va-t-il advenir de l'oncle Homir ?

— Je ne sais pas, gémit l'autre. Allez-vous-en ! Filez droit au port spatial. N'attendez pas ! Peut-être vous cherche-t-il déjà, à cette même minute.»

Pourtant Arcadia s'attardait. Elle allait abandonner Ho-mir. Maintenant qu'elle se sentait à l'air libre, les soupçons s'éveillaient tardivement en elle.

« Que vous importe qu'il me recherche ? »

Dame Callia se mordit la lèvre et murmura :

« Je ne puis l'expliquer à une petite fille telle que vous.

Ce ne serait pas convenable. Mais vous grandirez et je... j'ai rencontré Poochie lorsque j'avais seize ans. Je ne puis vous garder dans mon entourage. » Il y avait dans ses yeux une hostilité à demi honteuse.

Arcadia demeura pétrifiée. Elle murmura :

« Que ferez-vous lorsqu'il découvrira la vérité ? »

Elle répondit d'un ton geignard : « Je ne sais pas. » Puis elle porta la main à sa tête et reprit, courant à demi, le large chemin qui menait au château du Seigneur de Kalgan.

Mais, pendant une seconde éternelle, Arcadia demeura immobile, car, au tout dernier moment qui avait précédé le départ de Dame Callia, elle avait aperçu quelque chose. Ces yeux affolés, frénétiques, avaient l'espace d'un éclair, été illuminés par une lueur sardonique.

Une lueur sardonique révélatrice d'un prodigieux, d'un inhumain amusement.

C'était découvrir beaucoup de choses dans un éclair, mais Arcadia ne mettait nullement en doute la réalité de ce qu'elle avait aperçu.

Elle courait maintenant — de toute la vitesse de ses jambes — cherchant de tous ses yeux une cabine publique inoccupée où la pression d'un bouton lui procurerait un moyen de transport public.

Elle ne fuyait pas le Seigneur Stettin ; pas plus lui que tous les limiers humains qu'il pourrait lancer à ses trousses, ni ses vingt-sept mondes amalgamés dans un seul et même, phénomène gigantesque, jeté à cor et à cri sur ses traces.

Elle fuyait une faible femme qui l'avait aidée à s'enfuir. Une créature qui l'avait chargée d'argent et de bijoux, qui avait risqué sa vie pour la sauver. Une entité dont elle savait, avec une certitude absolue, qu'elle était un agent appartenant à la Seconde Fondation...

Un taxi aérien survint qui se posa dans son berceau avec un déclic moelleux. Le vent provoqué par son déplacement vint fouetter le visage d'Arcadia et souleva une mèche de cheveux sous le capuchon garni de fourrure légère que Callia lui avait donné.

« Où dois-je vous conduire, Madame ? »

Elle s'efforça désespérément de donner à sa voix le timbre grave qui empêcherait de la faire reconnaître pour une enfant.

« Combien y a-t-il de ports spatiaux dans la cité ?

— Deux. Lequel préférez-vous ?

— Quel est le plus proche ? »

Le chauffeur la dévisagea.

« Kalgan Central, Madame.

— L'autre, s'il vous plaît. J'ai de l'argent. (Elle tenait à la main un billet de vingt kalganids. Elle n'avait aucune notion de sa valeur, mais le chauffeur eut un sourire connaisseur.)

— Comme vous voudrez, Madame. »

Elle rafraîchit sa joue au contact des coussins légèrement moisis. Les lumières de la cité se déplaçaient nonchalamment sous elle.

Que devait-elle faire ? *Que devait-elle faire ?*

C'est à ce moment qu'elle s'aperçut qu'elle n'était qu'une sotte petite fille, bien loin de son père, et effrayée. Ses yeux étaient pleins de larmes et, au plus profond de sa gorge, il y avait un petit cri muet qui lui faisait mal.

Elle ne craignait pas d'être rejointe par le Seigneur Stettin. Dame Callia y pourvoirait. Dame Callia ! Vieille, grasse, stupide, mais qui tenait néanmoins à son Seigneur. Tout était clair maintenant, parfaitement clair.

Le thé qu'elle avait pris chez Callia, et où elle s'était montrée si subtile ! Intelligente petite Arcadia ! Quelque chose du fond d'elle-même montait à sa gorge et la poussait à se haïr. Ce thé n'était qu'une manœuvre, et Stettin avait été lui-même manœuvré de telle sorte que Homir avait reçu l'autorisation de visiter le palais, après tout. C'était elle, la sotte Callia, qui l'avait voulu, en s'arrangeant pour que l'intelligente petite Arcadia lui fournît un prétexte vraisemblable, un prétexte qui n'éveillerait aucun soupçon dans l'esprit des victimes et n'exigerait d'eux qu'un minimum de participation.

Dans ce cas, pourquoi était-elle libre ? Homir, bien entendu, était prisonnier...

A moins que...

A moins qu'elle ne dût rentrer sur la Fondation pour jouer un rôle de leurre — un leurre destiné à en faire tomber d'autres entre *leurs* mains.

Elle ne pouvait donc pas rentrer sur la Fondation.

« Le port spatial, Madame. » Le taxi aérien s'était arrêté. Etrange ! Elle ne l'avait même pas remarqué.

Quel monde de rêve, décidément !

« Merci. » Elle tendit le billet sans rien voir, descendit sur le sol et s'élança sur la chaussée élastique.

Lumières. Hommes et femmes indifférents. Vastes panneaux lumineux, avec des silhouettes mobiles qui reproduisaient l'arrivée et le départ de tous les astronefs.

Où allait-elle porter ses pas ? Elle n'en avait cure. Elle savait seulement qu'elle ne retournerait pas sur la Fondation ! Le premier endroit venu lui conviendrait.

Oh ! grâces soient rendues à Seldon pour ce moment d'oubli, cette ultime fraction de seconde où Callia s'était laissé détourner de son rôle, parce qu'elle n'avait affaire qu'à une enfant et avait laissé percer son amusement.

Puis il arriva quelque chose à Arcadia, quelque chose qui n'avait cessé de s'agiter et de remuer à la base de son cerveau depuis le début de son évasion — quelque chose qui tua définitivement en elle ses quatorze ans.

Et elle comprit qu'elle devait à tout prix s'échapper...

Cela par-dessus tout. Même s'ils découvraient tous les conspirateurs de la Fondation, même s'ils prenaient son propre père, elle ne pouvait pas prendre le risque de lancer un avertissement. Elle ne pouvait risquer sa propre vie — aussi peu que ce fût — pour tout le royaume de Terminus. Elle était la personne la plus importante de toute la Galaxie.

Elle le savait déjà, devant la machine à tickets, alors qu'elle se demandait où aller.

Parce que, dans toute la Galaxie, elle et elle seule, les intéressés eux-mêmes mis à part, connaissait le siège de la Seconde Fondation.

IX

TRANTOR... *Vers le milieu de l'Interrègne, Trantor était une ombre. Au sein des ruines colossales, vivait une petite communauté de fermiers....*

ENCYCLOPEDIA GALACTICA.

Rien ne ressemble ou n'a jamais ressemblé à un port spatial grouillant d'activité, aux confins de la capitale d'une planète populeuse. Il y a les gigantesques machines, reposant immobiles dans leurs berceaux. Si vous choisissiez judicieusement votre moment, il y a le spectacle impressionnant d'un colosse qui se pose, ou plus frappant encore, le décollage et l'accélération rapide d'une bulle d'acier. Et pourtant, toutes ces opérations se déroulent dans un silence relatif. L'énergie motrice est fournie par le déchaînement insonore des nucléons, au sein de la matière, qui se transforment en combinaisons plus compactes.

L'aire d'envol et d'atterrissage proprement dite occupe quatre-vingt-dix pour cent du port. Des kilomètres carrés sont réservés aux machines, aux hommes qui les desservent et aux ordinateurs qui opèrent pour le compte des uns et des autres.

Cinq pour cent seulement sont attribués aux flots d'humanité pour qui le port est un tremplin vers toutes les étoiles de la Galaxie. Certes, bien peu, parmi cette masse anonyme et multicéphale, s'arrêtent pour réfléchir à la toile technologique tissée à travers l'espace. Quelques-uns s'étonneront peut-être, à l'occasion, des milliers de tonnes que représentent ces engins d'acier qui paraissent si petits, à distance. L'un de ces cylindres cyclopéens, pourrait — et

pourquoi pas ? — manquer le rail invisible qui le guide, et
venir s'écraser à plusieurs centaines de mètres du point
d'atterrissage prévu — à travers la verrière de l'immense
salle d'attente, par exemple — si bien qu'une fine vapeur
organique et quelques traces de phosphates pulvérulents
marqueraient, seules, le passage d'un millier d'hommes.

Eventualité hautement improbable, néanmoins, vu le prodigieux déploiement de dispositifs de sécurité ; et seuls des
névrosés pourraient envisager un instant cette possibilité.

Alors, quelles sont leurs préoccupations ? Il ne s'agit pas
seulement d'une foule, voyez-vous. Mais d'une foule ani-
mée d'un propos. Ce propos plane au-dessus du terrain et
épaissit l'atmosphère. Des queues se forment, des parents
groupent leurs enfants, des bagages sont manipulés en
masses précises — ces gens *vont* quelque part.

Considérons maintenant l'isolement psychique complet
d'un individu qui ne sait où diriger ses pas ; cependant ses
sentiments sont plus intenses que ceux de tous les gens qui
le coudoient, de par la nécessité de se fixer un but : quel
qu'il soit, ou presque !

Même s'il ne dispose d'aucune faculté télépathique ni de
méthodes d'intercommunication entre esprits différents,
l'atmosphère est suffisamment chargée d'atomes hostiles,
d'humeurs incompatibles pour susciter le désespoir.

Que dis-je, le susciter ? Provoquer un déferlement propre
à immerger, à emporter, à noyer.

Arcadia Darell, vêtue de vêtements d'emprunt, errant sur
une planète d'emprunt, dans une situation d'emprunt, parti-
cipant, pourrait-on dire, d'une existence d'emprunt, souhaitait ardemment trouver refuge et sécurité dans un sein
maternel. Elle savait seulement que cette vacuité du monde
extérieur constituait pour elle un grand danger. Elle aspirait
à se blottir dans un creux bien clos — quelque part, au
loin — dans un recoin inexploré de l'univers où nul n'aurait
jamais idée de venir la chercher.

Or, elle se trouvait là, quatorze ans à peine passés, lasse
comme on ne l'est pas à quatre-vingts, plus effrayée qu'une
enfant de cinq ans.

Quel étranger parmi les centaines qui la coudoyaient
— et qui la coudoyaient effectivement, pour ne pas dire
bousculer — était un membre de la Seconde Fondation ?
Quel étranger parmi cette masse d'étrangers, averti de son
coupable secret — son secret unique — apprenant qu'elle

avait découvert le siège de la Seconde Fondation, la condamnerait instantanément à une mort foudroyante ?

Et la voix qui se fraya un chemin dans sa conscience fut un coup de tonnerre qui transforma son cri de terreur qui monta à sa gorge en un gémissement inaudible.

« Ecoutez, Mademoiselle, disait la voix irritée, avez-vous l'intention de vous servir de la machine à tickets ou serait-ce plutôt que vous avez pris racine dans le plancher ? »

C'est seulement à ce moment qu'elle se rendit compte qu'elle se trouvait effectivement devant un distributeur de tickets. On glissait un gros billet dans la fente. On pressait un bouton sous l'étiquette mentionnant la destination voulue et on recevait à la fois son billet et la monnaie dont le montant était déterminé par une calculatrice électronique qui ne commettait jamais d'erreur. C'était un appareil des plus communs, dont l'aspect ne justifiait en aucune manière un examen prolongé cinq minutes durant.

Arcadia glissa dans la fente un billet de deux cents crédits et aperçut soudain le bouton étiqueté Trantor. Trantor, défunte capitale du défunt Empire — la planète où elle était née. Elle le pressa dans un rêve. Rien ne se produisit si ce n'est l'apparition clignotante d'un panneau lumineux indiquant par intermittence : 172.18... 172.18... 172.18...

C'était la somme qui manquait pour faire l'appoint. Nouveau billet de deux cents crédits. Le ticket fut projeté dans sa direction et la monnaie suivit peu après.

Elle s'en saisit et prit sa course. Elle sentait l'homme sur ses talons, anxieux de ne pas manquer le départ, mais elle fit un pas de côté sans regarder derrière elle.

Elle courait, mais sans but déterminé. De tous les côtés, elle n'avait que des ennemis.

Sans s'en rendre compte, elle observait les signaux lumineux qui surgissaient dans l'air : *Steffani, Anacréon, Fermus* — elle vit même *Terminus* et se sentit aussitôt attirée, mais elle n'osait pas.

Pour une somme insignifiante, elle aurait pu faire l'acquisition d'un avertisseur, lequel une fois réglé sur la destination choisie et introduit dans son porte-monnaie, se serait fait entendre un quart d'heure avant le moment du départ. Mais de tels appareils sont bons pour des gens qui ont l'esprit raisonnablement tranquille ; suffisamment de sang-froid pour s'en occuper.

Puis, comme elle s'efforçait de regarder de deux côtés à

la fois, elle fonça tête baissée dans un ventre mou. Elle perçut le bruit du souffle coupé et du grognement, et une main s'abattit sur son bras. Elle lutta désespérément, mais le souffle lui manqua pour proférer autre chose qu'une faible miaulement venu de l'arrière-gorge.

Son ravisseur la maintenait d'une poigne solide et attendait. Lentement, il apparut dans son champ visuel et elle risqua un œil vers lui. Il était plutôt gras et court. Il avait les cheveux blancs et fournis, rejetés en arrière pour donner un effet Pompadour qui semblait étrangement incongru au-dessus d'une face ronde et rougeaude qui clamait son origine paysanne.

« Qu'y a-t-il ? demanda-t-il enfin avec une curiosité franche. Vous semblez terrorisée.

– Excusez-moi, murmura Arcadia fébrilement. Il faut que je m'en aille. Pardonnez-moi.

— Attention, petite fille, dit-il sans tenir aucun compte de ses paroles. Vous allez perdre votre billet. (Et il l'extirpa d'entre ses doigts blancs, sans qu'elle opposât de résistance, et l'examina avec une satisfaction évidente.) C'est bien ce que je pensais », dit-il, puis il mugit comme un taureau : « Môman ! »

Une femme apparut instantanément à son côté, encore plus courte, encore plus ronde, encore plus rougeaude. Elle repoussa une boucle rebelle sous un chapeau parfaitement démodé.

« Papa, dit-elle d'un ton réprobateur, pourquoi tu cries comme ça dans une foule ? Les gens vont croire que tu es devenu fou. Tu te crois peut-être à la ferme ? »

Elle lança un sourire ensoleillé dans la direction de la morne Arcadia, puis ajouta : « Il se conduit comme un ours. Papa, lâche cette petite fille, dit-elle sévèrement. Que fais-tu ? »

Mais l'homme se contenta de lui mettre le billet sous le nez.

« Regarde, dit-il, elle se rend sur Trantor. »

Le visage de la femme rayonna instantanément.

« Vous êtes de Trantor ? Lâche-lui le bras, je te dis, Papa ! (Elle posa sur le sol la valise bourrée à éclater qu'elle tenait à la main ; la coucha sur le flanc et obligea Arcadia à s'y asseoir d'une pression douce, mais irrésistible.) Asseyez-vous, dit-elle, et reposez vos petits pieds. Il n'y aura pas

d'astronef avant une heure et les bancs sont occupés par des
dormeurs. Vous êtes de Trantor ? »

Arcadia poussa un profond soupir et capitula.

« C'est là que je suis née, dit-elle d'une voix enrouée.

Et la femme de claquer joyeusement des mains.

« Il y a un mois que nous sommes ici et jusqu'à présent
nous n'avions pas encore rencontré de « pays ». Ça me fait
bien plaisir. Vos parents... (Elle promena alentour un
regard vague.)

— Je ne suis pas avec mes parents, dit Arcadia prudem-
ment.

— Vous êtes toute seule, une petite fille comme vous ?
(La femme fut aussitôt un mélange d'indignation et de
sympathie.) Comment se fait-il ?

— Maman ! (L'homme la tirait par la manche.) Laisse-
moi te dire. Il y a quelque chose de bizarre. Je crois qu'elle
est terrorisée. (Ce qui représentait évidemment pour lui un
murmure était parfaitement audible pour Arcadia.) Je l'ai
vue courir — je l'observais depuis un moment — sans
regarder devant elle. Je n'ai pas eu le temps de m'écarter de
sa route et elle est venue me cogner. Je vais te dire une
bonne chose. Je crois qu'elle a des ennuis.

— Tais-toi, Papa ! Ça peut arriver à n'importe qui de te
cogner. (Mais elle rejoignit Arcadia sur la valise, qui gémit
sinistrement sous la surcharge, et entoura de son bras les
tremblantes épaules de la fillette.) Vous fuyez quelqu'un,
mon cœur ? N'ayez pas peur de vous confier à moi, je vous
aiderai. »

Arcadia se tourna vers les bienveillants yeux gris de la
femme et sentit ses lèvres trembler. Une partie de son
cerveau lui disait que c'était là des gens de Trantor qu'elle
pouvait suivre, qui lui permettraient de demeurer sur cette
planète jusqu'au moment où elle aurait pris une décision sur
la conduite à suivre, sur le lieu vers lequel il convenait de
diriger ses pas. Et une autre partie de son cerveau, dans un
tumulte incohérent, clamait avec infiniment plus de véhémence qu'elle ne se souvenait pas de sa mère, qu'elle était
lasse jusqu'à la mort de combattre l'univers, qu'elle désirait
se blottir dans la douce tiédeur d'un giron, sous la protection de bras accueillants, que si sa mère avait vécu, elle
aurait pu... elle aurait pu...

Et pour la première fois de la nuit, elle se mit à pleurer, à
pleurer comme un bébé, sans fausse honte ; se cramponnant

au corsage démodé qu'elle trempait de ses larmes, cependant que des bras tendres se refermaient sur elle et qu'une main douce caressait ses cheveux.

« Papa », au comble de l'embarras, regardait la scène en jouant futilement avec un mouchoir, qui, sitôt apparu, lui fut arraché des mains. D'un regard, « Maman » lui enjoignit de se tenir tranquille. Autour du petit groupe, la foule affluait et refluait avec cette indifférence totale qui caractérise les foules hétérogènes, où qu'elles se trouvent. Ils étaient véritablement seuls.

Le ruisseau de larmes finit par se tarir et Arcadia esquissa un faible sourire tout en tamponnant ses yeux rougis avec le mouchoir d'emprunt.

« Je suis désolée, murmura-t-elle. Je...

— Chhhhhut, chhhhhut, ne parlez pas, dit Maman avec embarras. Reposez-vous simplement pendant un moment. Reprenez votre souffle. Ensuite, vous nous direz ce qui ne va pas et, vous verrez, nous nous en ocuperons, et après, tout ira bien. »

Arcadia rassembla ce qui pouvait rester de ses esprits. Elle ne pouvait pas avouer la vérité... À qui que ce soit. Et pourtant, elle était trop épuisée pour inventer un mensonge plausible.

« Je me sens mieux maintenant, dit-elle à mi-voix.

— Bien, dit Maman, maintenant dites-moi ce qui ne va pas. Vous n'avez rien fait de mal ? Bien entendu, nous vous viendrons en aide quelle que soit votre faute ; mais dites-nous la vérité.

— Nous ferions n'importe quoi pour un ami de Trantor, ajoute Papa dans un accès d'enthousiasme, n'est-ce pas, Maman ?

— Ferme ton bec, Papa », fut la réponse dépourvue d'acrimonie.

Arcadia fouillait dans sa bourse. Cet objet, du moins, lui appartenait en dépit du rapide changement de vêtements qui lui avait été imposé dans les appartements de Dame Callia. Elle trouva ce qu'elle cherchait et le tendit à Maman.

« Ce sont mes papiers », dit-elle timidement. C'était un parchemin synthétique et luisant, qui lui avait été fourni par l'ambassadeur de la Fondation le jour de son arrivée et qui avait été contresigné par le fonctionnaire kalganien approprié. Il était vaste, décoratif et impressionnant. Maman y jeta un regard perplexe et le repassa à Papa qui en absorba le contenu avec une moue significative.

— Vous appartenez à la Fondation ?

— Oui, mais je suis née sur Trantor. Voyez, c'est indiqué...

— Ah ! Il me semble en règle. Vous vous appelez Arcadia. C'est un vrai nom trantorien. Mais où se trouve votre oncle ? Je vois que vous êtes venue en compagnie de *Hormir Munn, oncle*.

— Il a été arrêté, dit Arcadia lugubrement.

— Arrêté ! s'écrièrent avec ensemble les deux braves gens.

— Pour quelle raison ? s'enquit Maman. Aurait-il commis un délit ? »

Arcadia secoua la tête.

« Je ne sais pas. Nous étions seulement en visite. Oncle Homir avait une affaire à traiter avec le Seigneur Stettin, mais... »

Le frisson qui la parcourut n'était pas joué. C'était de l'authentique

Papa était impressionné.

« Avec le Seigneur Stettin ? Votre oncle doit être un homme bien influent.

— Je ne sais pas de quoi il était question, mais le Seigneur Stettin insistait pour que *je* reste... (Elle évoquait les derniers mots de Dame Callia. Puisque Callia était experte en la matière, l'histoire pouvait servir une seconde fois.)

— Et pourquoi vous ? demanda Maman intéressée, après une pause.

— Je ne connais pas la raison exacte. Il... voulait m'inviter à dîner en tête à tête, mais je n'ai pas voulu, car j'exigeais que l'oncle Homir assistât au repas. Il me regardait d'une drôle de façon et n'arrêtait pas de me tenir l'épaule.

Papa avait la bouche entrouverte, mais Maman fut soudain toute rouge et furieuse.

« Quel âge avez-vous, Arcadia ?

— Bientôt quatorze ans et demi. »

Maman eut une brusque aspiration.

« Je ne comprends pas qu'on laisse vivre de pareilles gens ! Les chiens de rue valent mieux qu'eux ! C'est lui que vous fuyez, n'est-ce pas ? »

Arcadia hocha la tête.

« Papa, rends-toi aux Renseignements et informe-toi du moment exact où l'astronef pour Trantor se posera dans son berceau. Dépêche-toi. »

Mais Papa fit un pas et s'arrêta. Un fracas de paroles métalliques retentissait au-dessus de leurs têtes et cinq mille paires d'yeux se tournèrent, intriguées, vers le ciel.

« Mesdames, messieurs, disait la voix avec une force contenue, des recherches sont effectuées dans l'aéroport pour trouver un dangereux fugitif et il est actuellement cerné. Nul ne peut y entrer ni en sortir. Cependant les opérations sont menées avec une extrême diligence, et aucun astronef ne se posera ni ne quittera le sol pendant cet intervalle, de telle sorte que nul ne doit craindre de manquer son astronef. Je répète, nul ne manquera son astronef. Le gril va descendre. Nul ne devra quitter son carré avant que le gril soit remonté, sinon nous serions contraints d'avoir recours à nos fouets neuroniques. »

Pendant la minute où la voix retentit sous le vaste dôme de la salle d'attente du port spatial, Arcadia eût été bien incapable de bouger, même si tout le mal de la Galaxie s'était concentré en une boule et que celle-ci se fût ruée dans sa direction.

Il ne pouvait s'agir que d'elle. Il était à peine besoin de le dire. Mais pourquoi...

Callia avait manigancé son évasion. Et Callia appartenait à la Seconde Fondation. Alors, pourquoi cette fouille à présent ? Callia aurait-elle échoué ? Callia pouvait-elle échouer ? Ou bien cette nouvelle manœuvre faisait-elle partie d'un plan dont les subtilités lui échappaient ?

Pendant un moment vertigineux, elle fut tentée de bondir et de crier qu'elle capitulait, qu'elles les suivait, que... que...

Mais la main de Maman était sur son poignet.

« Vite ! Vite ! Allons aux toilettes pour dames avant qu'ils commencent. »

Arcadia ne comprit pas. Elle se contenta de suivre en aveugle. Elles se faufilèrent à travers la foule, toujours rassemblée par petits groupes, tandis que la voix tonitruante prononçait ses ultimes paroles.

Le gril avait commencé sa descente et Papa, bouche bée, le suivait des yeux. Il en avait entendu parler, il en avait lu des descriptions, mais il ne l'avait jamais vu fonctionner à ses dépens. Il était constitué par un quadrillage serré de radiations linéaires qui illuminaient l'atmosphère d'un réseau inoffensif de raies éclatantes.

Il était toujours disposé de façon à pouvoir descendre lentement pour donner l'image d'un filet qui vous enserre de ses mailles, avec toutes les implications psychologiques que comporte cette sensation d'être pris dans un piège.

Il se trouvait maintenant au niveau des ceintures, les mailles étant larges de trois mètres dans chaque direction. Papa se trouva seul dans son carré de neuf mètres carrés, cependant que les mailles voisines étaient combles. Il se sentait ainsi spectaculairement isolé, mais il savait qu'en franchissant l'une de ces lignes brillantes pour se fondre dans l'anonymat du groupe, il aurait déclenché un relais et l'intervention du fouet neuronique.

Il attendit donc.

Il distinguait, par-dessus les têtes bizarrement immobiles, le mouvement lointain d'une rangée de policiers couvrant toute la largeur de la salle et inspectant carré lumineux par carré lumineux.

Un long moment s'écoula avant qu'un uniforme pénétrât dans son carré. Le policier nota soigneusement ses coordonnées dans un calepin officiel.

« Vos papiers ! »

Papa obéit et ils furent feuilletés d'un doigt expert.

« Vous vous appelez Preem Palver, de Trantor, séjournant sur Kalgan pour une durée d'un mois, rentrant à Trantor. Répondez par oui ou par non.

— Oui, oui.

— Quelles sont les raisons de votre présence sur Kalgan ?

— Je suis le représentant commercial de notre coopérative agricole. Je suis venu négocier des accords avec le Département de l'Agriculture de Kalgan.

— Hum... votre femme vous accompagne ? Où est-elle ? Son nom figure sur vos papiers.

— Excusez-moi, ma femme se trouve aux... (Il fit un geste.)

— Hanto ! cria le policier. (Un second uniforme le rejoignit.) Une autre femme aux toilettes, dit le premier sèchement. Par la Galaxie, l'endroit doit être plein à craquer.

Inscrivez son nom. (Il lui indiqua l'orthographe du nom dans les papiers.) Quelqu'un d'autre vous accompagne ?

— Ma nièce.

— Son nom ne figure pas dans les documents.

— Elle est venue séparément.

— Où est-elle ? Peu importe ! Je le sais. Inscrivez également le nom de la nièce, Hanto. Quel est son prénom ?

— Arcadia.

— Inscrivez Arcadia Palver. Nous nous occuperons des femmes avant de partir. »

Papa attendit interminablement. Puis, après un long délai, apparut Maman, marchant vers lui et tenant Arcadia par la main, les policiers sur ses talons.

Ils pénétrèrent dans le carré occupé par Papa.

« Cette femme criailleuse est-elle votre épouse ?

— Oui, Monsieur, répondit Papa avec un air de s'excuser.

— Alors prévenez-la qu'elle pourrait s'attirer de gros ennuis si elle persiste à parler de cette façon à la police du Premier Citoyen. (Il redressa les épaules avec arrogance.) C'est là votre nièce ?

— Oui, Monsieur.

— Montrez-moi ses papiers. »

Regardant son mari droit dans les yeux, Maman secoua légèrement mais fermement la tête.

Une courte pause, puis Papa répondit avec un faible sourire ·

« Je crains que ce ne soit pas possible.

— Comment ? Qu'entendez-vous par-là (Le policier tendit une main dure.) Donnez !

— Immunité diplomatique, dit Papa doucement.

— Qu'est-ce à dire ?

— Je vous ai déjà déclaré que j'étais le représentant de ma coopérative agricole. Je suis accrédité auprès du gouvernement de Kalgan en qualité de représentant étranger et mes papiers sont là pour le prouver. Je vous les ai montrés, et maintenant je ne veux plus qu'on m'ennuie davantage. »

Un instant, le policier demeura pris de court.

« Il faut que je voie vos papiers. Ce sont les ordres !

— Allez-vous-en, interrompit Maman, soudain. Lorsque nous aurons besoin de vos services, nous vous appellerons, espèce de gros plein de soupe. »

Le policier serra les lèvres.

« Ne les quittez pas de l'œil, Hanto. Je vais chercher le lieutenant.

— Puissiez-vous vous casser une jambe ! » lui lança Maman. Quelqu'un éclata d'un rire vite étouffé.

La fouille tirait à sa fin. La foule devenait dangereusement nerveuse. Quarante-cinq minutes s'étaient écoulées depuis la descente du gril et c'est un trop long délai pour un résultat optimal. C'est pourquoi le lieutenant Dirige marchait en toute hâte vers l'endroit où la foule était la plus dense.

« Est-ce là la fillette en question ? » interrogea-t-il d'une voix lasse. Il l'examina et trouva qu'elle correspondait au signalement. Tout ce bruit pour une enfant !

« Ses papiers, je vous prie, dit-il.

— J'ai déjà expliqué... commença Papa.

— Je sais, dit le lieutenant, mais je regrette, j'ai des ordres et je n'y puis rien. Plus tard, vous pourrez formuler une protestation si vous le désirez. En attendant, je dois faire usage de la force si c'est nécessaire. »

Il y eut une pause et le lieutenant attendit patiemment.

Alors Papa dit d'une voix rauque :

« Donne-moi tes papiers, Arcadia. »

Prise de panique, l'enfant secoua la tête, mais Papa insista :

« N'aie pas peur, donne-les-moi. »

En désespoir de cause, elle obéit et les documents changèrent de mains. Papa les feuilleta, les examina soigneusement et les tendit à l'officier. Le lieutenant les scruta à son tour avec le plus grand soin. Pendant un long moment. Puis il leva les yeux sur Arcadia et ferma le livret d'un coup sec.

« Tout est en règle, dit-il. En route ! »

Il s'en fut et, deux minutes plus tard, le gril avait disparu cependant que la voix du haut-parleur annonçait le retour à la normale. Le bruit de la foule, soudain libérée, reprit avec une vigueur nouvelle.

« Comment... comment ?... dit Arcadia.

— Chut ! dit Papa. Pas un mot de plus. Approchons-nous plutôt de l'astronef. Il ne tardera pas à prendre place dans son berceau. »

Ils se trouvaient à bord de l'appareil. Ils disposaient d'une cabine privée et d'une table particulière dans la salle à manger. Deux années-lumière les séparaient déjà de Kalgan, et Arcadia osa enfin aborder de nouveau le sujet.

« Mais c'est moi qu'ils poursuivaient, monsieur Palver, dit-elle, et je suis persuadée qu'ils possédaient mon signale-ment détaillé. Pourquoi m'ont-ils laissée partir ? »

Papa eut un large sourire par-dessus son rosbif.

« C'est tout simple, Arcadia, mon enfant. Lorsqu'on a eu affaire avec des agents, des acheteurs et des coopératives concurrentes, on apprend quelques petits trucs. J'ai disposé de vingt ans ou plus pour les apprendre. Vois-tu, ma petite, lorsque le lieutenant a ouvert ton livret, il a trouvé, à l'intérieur, un billet de cinq cents crédits, étroitement plié. C'est tout simple, non ?

— Je vous rembourserai... je vous assure, j'ai des tas d'argent.

— Bah... (Le large visage de Papa se fendit d'un sourire embarrassé.) Pour une « payse »...

— Mais s'il avait pris l'argent tout en me mettant la main au collet et en m'accusant de tentative de corruption ? insista Arcadia.

— Et renoncé au billet de cinq cents ? Je connais mieux ces gens que toi, ma fille. »

Mais Arcadia savait parfaitement qu'il ne connaissait pas ces gens mieux qu'elle. Pas *ceux-là*. Dans son lit, cette nuit-là, elle réfléchit profondément, et elle *sut* qu'aucun pot-de-vin n'aurait pu empêcher le lieutenant de l'arrêter, si la chose n'avait pas été convenue d'avance. Ils n'avaient nulle envie de l'arrêter, bien qu'ils se fussent livrés à un simulacre entièrement convaincant.

Alors, pourquoi ce déploiement de forces ? Pour s'assurer qu'elle était bien partie ? Et en direction de Trantor ? Le couple obtus au cœur tendre qui l'accompagnait n'était-il qu'un instrument entre les mains de la Seconde Fondation, aussi inoffensif qu'elle-même ?

Probablement !

A moins que ?...

Mais pourquoi se poser d'inutiles questions ? Comment pouvait-elle lutter ? Quoi qu'elle fasse, elle ne pourrait se dispenser d'exécuter les volontés de ces êtres terribles et omnipotents.

C'est par la ruse qu'il fallait les vaincre. *Il le fallait ! Il le fallait !*

X

Pour une raison ou pour des raisons inconnues des membres de la Galaxie à cette époque de l'ère considérée, le temps standard intergalactique définit son unité fondamentale comme étant la seconde, c'est-à-dire l'intervalle de temps nécessaire à la lumière pour parcourir 299 776 kilomètres. 86 400 secondes définissent arbitrairement le jour standard intergalactique ; et 365 de ces jours forment une année standard intergalactique.

Pourquoi ces chiffres : 299 776... 86 400... et 365 ?

Tradition, disait l'historien répondant à la question. A cause de certaines relations numériques variées et mystérieuses, prétendaient les mystiques, les cultistes, les numérologistes, les métaphysiciens. Par suite d'une coutume remontant à l'époque où l'humanité n'avait pas encore quitté la planète qui lui avait servi de berceau, laquelle possédait certaines constantes de rotation et de révolution sur lesquelles étaient basées ces relations numériques, disait le plus petit nombre.

Nul n'en savait exactement rien.

Néanmoins, la date à laquelle le *Hober Mallow* rencontra la flotte kalganienne dirigée par le *Sans Peur* et, sur son refus de laisser pénétrer à bord une équipe d'inspection,

fut réduit à l'état d'épave démantelée, était précisée
comme suit : 185-11 692 E. G. C'est-à-dire le 185ᵉ jour
de la 11 692ᵉ année de l'Ere Galactique qui avait débuté
avec l'accession au trône du premier empereur de la traditionnelle dynastie Kamble. Ou bien 185-419 A. S., en partant de la naissance de Seldon, ou encore 185-377 E. F., en
prenant pour point de départ l'établissement de la Fondation. Sur Kalgan, c'était 185-56 P. C., avec pour point de
départ l'établissement de la dignité de Premier Citoyen par
le Mulet. Dans chacun de ces cas, on avait pris soin, pour
des raisons de commodité, de donner à l'année la même
numérotation annuelle sans se soucier du jour où l'ère
considérée avait effectivement débuté.

De plus, les millions de mondes composant la Galaxie
possédaient leur temps local individuel, basé sur les mouvements de leurs voisins célestes particuliers.

Mais, quelle que fût l'ère choisie : 11 692... 419... 377...
56... ou toute autre, c'est à ce 185ᵉ jour que les historiens
firent plus tard allusion lorsqu'ils parlaient du début de la
guerre de Stettin.

Cependant, du point de vue du Dr Darell, aucune de ces
dates ne convenait. C'était simplement et précisément le
32ᵉ jour succédant au départ d'Arcadia de la planète Terminus.

Ce qu'il en coûtait à Darell de maintenir son impassibilité de surface, au cours de ces journées, nul ne pouvait le
deviner.

Mais Elvett Semic se sentait capable de l'imaginer. C'était
un vieil homme et il aimait répéter que sa cuirasse neuronique était à ce point calcifiée, que le processus de sa
pensée souffrait d'une raideur d'articulation hautement pré-
judiciable à son agilité. Il encourageait la tendance générale
à surestimer sa décrépitude intellectuelle, en prenant le parti
d'en rire le premier. Mais, pour être ternis, ses yeux n'en
étaient pas moins perçants ; et s'il avait perdu quelque peu
de son agilité, son esprit n'en restait pas moins sage et
expérimenté.

Il contracta simplement ses lèvres minces et dit :
« Pourquoi ne tentez-vous pas quelque chose ? »
Le son de sa voix heurta douloureusement l'oreille de
Darell et lui causa une crispation.
« Où en étions-nous ? » demanda-t-il d'un ton rogue.

Semic le considéra avec un air grave.

« Vous devriez faire quelque chose au sujet de la fillette. » Ses dents rares et jaunes apparurent dans sa bouche qu'il avait ouverte pour interroger le docteur.

« La question qui se pose est la suivante, répondit Darell froidement : Pouvez-vous vous procurer un résonateur Symes-Molff de la portée requise ?

— Je vous ai déjà répondu par l'affirmative, mais vous n'écoutiez pas...

— Excusez-moi, Elvett. Voici mon opinion. Ce que nous faisons en ce moment peut être plus important pour chacun des habitants de la Galaxie que la question de savoir si Arcadia est saine et sauve, sauf pour Arcadia et moi-même, et je suis disposé à suivre les vœux de la majorité. Quelle serait la taille du résonateur ?

— Je ne sais pas, dit Semic d'un air de doute. Vous pourrez trouver ces indications dans les catalogues.

— Approximativement ! Une tonne ? Une livre ? La longueur d'un pâté de maisons ?

— Oh ! je pensais que vous vouliez un renseignement précis. C'est un petit instrument.... (Il indiquait la première phalange de son pouce.) Environ de cette longueur.

— Pourriez-vous me construire un appareil de ce genre ? (Darell jetait de rapides coups de crayon sur un bloc qu'il tenait sur ses genoux, puis il le remit au vieux physicien. L'autre y jeta un coup d'œil réticent, puis gloussa.)

— Vous savez, lorsqu'on arrive à mon âge, le cerveau se calcifie bigrement. Que tentez-vous de faire ? »

Darell hésitait. Il regrettait avec désespoir de ne pas posséder les connaissances physiques qui meublaient le cerveau de son interlocuteur, ce qui lui aurait évité de traduire ses idées en mots. Mais les regrets étaient inutiles et il passa aux explications.

Semic secouait la tête.

« Il vous faudrait des hyper-relais. Les seuls appareils qui puissent travailler assez vite. Et en quantité !

— Mais la chose est réalisable ?

— Certainement !

— Pourriez-vous vous procurer toutes les pièces... du moins sans attirer l'attention ? Dans le cadre de votre travail ordinaire ? »

Semic souleva sa lèvre supérieure.

« Cinquante hyper-relais ? Impossible ! C'est plus que je n'en pourrais utiliser pendant toute mon existence.

— Nous travaillons à un projet concernant la Défense. Ne pouvez-vous imaginer un dispositif anodin qui puisse justifier de leur emploi ? Ce n'est pas l'argent qui nous manque.

— Hum. Ce n'est pas impossible après tout.

— Quelle taille pouvez-vous donner à l'ensemble ?

— Les hyper-relais peuvent être microminiaturisés... le câblage... les lampes... Par l'Espace, quelques centaines de circuits sont nécessaires.

— Je sais. Quelles dimensions ? »

D'un geste de ses mains, Semic indiqua une approximation.

« Trop important, dit Darell. Je dois pouvoir l'accrocher à ma ceinture. »

Lentement, il froissait son croquis en une boulette serrée, qu'il fit choir dans le cendrier où il s'évanouit dans la minuscule lueur blanche de la décomposition moléculaire.

« Qui est à votre porte ? » s'enquit-il.

Semic se pencha au-dessus de la table, vers l'écran laiteux qui surmontait le signal de la porte.

« Le jeune Anthor. Quelqu'un l'accompagne. »

Darell recula son siège.

« Pas un mot de tout ceci aux autres, du moins pour le moment. C'est un secret qui comporte des risques mortels, s'ils venaient à l'apprendre, et deux existences en péril suffisent bien. »

Pelleas constituait un véritable tourbillon générateur d'activité dans le bureau de Semic, qui semblait en quelque sorte participer de l'âge canonique de son occupant. Dans l'atmosphère stagnante de la paisible pièce, les larges manches estivales de la tunique d'Anthor semblaient vibrer au rythme de la brise extérieure.

« Dr Darell, Dr Semic, je vous présente Orum Dirige », dit-il.

Le nouveau venu était grand. Un long nez droit qui donnait à son visage une apparence taciturne. Le Dr Darell tendit la main.

Anthor souligna, avec un léger sourire :

« Lieutenant de police Dirige, de Kalgan.

Et Darell se retourna pour planter ses yeux avec force dans ceux du jeune homme.

« Lieutenant de police Dirige, de Kalgan, répéta-t-il distinctement. Et pour quelles raisons l'amenez-vous ici ?

— Parce qu'il a été le dernier à voir votre fille sur Kalgan. Hé là... »

La lueur de triomphe qui brillait dans les yeux d'Anthor se changea en inquiétude et il fut soudain entre les deux hommes, luttant de toutes ses forces contre Darell. Lentement, mais sans douceur, il contraignit le docteur à s'asseoir sur sa chaise.

« Qu'est-ce qui vous prend ? (Anthor repoussa une mèche de cheveux bruns qui lui tombait sur le front, souleva légèrement la hanche au-dessus du bureau et y posa la jambe.) Je croyais vous apporter une bonne nouvelle », dit-il le front pensif.

Darell s'adressa directement au policier.

« Vous êtes le dernier qui ait vu ma fille sur Kalgan. Qu'entendait-il par-là ? Serait-elle morte ? Répondez-moi sans ambage. (Il avait le visage livide d'appréhension.)

— En effet, le dernier sur Kalgan, répondit le lieutenant Dirige d'une voix monocorde. Elle a quitté Kalgan à présent. Je n'en sais pas plus long.

— Permettez-moi de remettre les choses au point, interrompit Anthor. Excusez-moi, docteur, si j'ai un peu forcé la note dramatique. Vous paraissez à ce point inhumain, en l'occurrence, que j'avais, ma foi, oublié que vous étiez doué de sensibilité. Et tout d'abord, le lieutenant Dirige est des nôtres. Il est né sur Kalgan, mais son père appartenait à la Fondation et c'est au service du Mulet qu'il a émigré sur Kalgan. Je réponds de la loyauté du lieutenant envers la Fondation.

« Je me trouvais en contact avec lui le lendemain du jour où nous avons cessé de recevoir le rapport quotidien de Munn...

— Pourquoi ? interrompit furieusement Darell. Nous avions convenu, il me semble, de ne pas prendre d'initiative en cette matière. Vous risquiez leurs vies et les nôtres.

— Parce que, riposta l'autre avec non moins de vigueur, je joue à ce jeu depuis plus longtemps que vous. Parce que je suis au courant de certaines intrigues sur Kalgan dont vous ignorez le premier mot. Parce que je procède d'une connaissance plus approfondie, comprenez-vous ?

— Je comprends surtout que vous êtes complètement fou.

— Consentirez-vous enfin à m'écouter ? »

Une pause et Darell baissa les yeux.

Les lèvres d'Anthor esquissèrent un demi-sourire.

« Très bien, docteur, accordez-moi quelques minutes. Parlez, Dirige.

— Pour autant que je sache, Dr Darell, votre fille se trouve sur Trantor, dit le lieutenant avec aisance. Du moins avait-elle un billet pour Trantor au port spatial de l'Est. Elle accompagnait un représentant commercial qui se prétendait son oncle. Votre fille paraît posséder une curieuse collection de parents, docteur. C'est le deuxième oncle qui lui tombe du ciel en moins de deux semaines. Le Trantorien a même tenté de me corrompre — il s'imagine probablement s'en être tiré pour cette raison. (Cette pensée amena sur ses lèvres un sourire sardonique.)

— Comment allait-elle ?

— Bien, pour autant que j'aie pu m'en rendre compte. Terrorisée. Mais ce n'est pas moi qui pourrais m'en étonner. Tout le département de la police était à ses trousses. J'ignore toujours pourquoi. »

Darell respira, apparemment pour la première fois depuis plusieurs minutes. Il était conscient du tremblement de ses mains qu'il s'efforçait de contenir.

« Alors, elle est indemne ? Qui était ce représentant commercial ? Il faut le retrouver. Quel est son rôle dans cette histoire ?

— Je l'ignore. Connaissez-vous un peu Trantor ?

— J'y ai vécu autrefois.

— Actuellement, c'est un monde spécialisé dans l'agriculture. Il exporte du fourrage et du grain en majeure partie. De haute qualité. Ils commercent avec la Galaxie. Il existe une douzaine ou deux de fermes coopératives sur toute la planète et chacune d'elles possède un représentant extra-planétaire. De rusés gaillards, d'ailleurs... Je connais les états de service de celui qui nous intéresse. Il est déjà venu sur Kalgan, généralement en compagnie de sa femme. Parfaitement honnête. Parfaitement inoffensif.

— Hum, dit Anthor. Arcadia est née sur Trantor, n'est-ce pas, docteur ? »

Darell hocha la tête.

« Ça se tient, vous voyez. Elle cherchait à s'enfuir, le

plus vite et le plus loin possible. Trantor s'est tout naturellement présentée à son esprit. Qu'en pensez-vous ?

— Pourquoi n'est-elle pas revenue ici ? dit le docteur.

— Se sentant poursuivie, elle a peut-être préféré une
autre direction. »

Le Dr Darell n'avait pas le cœur de continuer son ques-
tionnaire. Qu'elle reste donc en sécurité sur Trantor, si
toutefois ce mot avait un sens dans cette sombre et horrible
Galaxie. Il se dirigea à tâtons vers la porte, sentit sur sa
manche les doigts d'Anthor et fit halte sans se retourner.

« Vous permettez que je vous accompagne chez vous,
docteur ?

— Avec plaisir », répondit-il machinalement.

Dans la soirée, les antennes externes de la personnalité du
Dr Darell, celles qui entraient en contact immédiat avec
autrui, s'étaient de nouveau rétractées. Refusant de toucher
à son dîner, il était retourné à sa lente progression dans le
complexe dédale mathématique de l'analyse encéphalographique.

Il ne revint pas à la salle de séjour avant minuit.

Pelleas Anthor s'y trouvait toujours, manipulant les commandes de la TV. Le bruit de pas lui fit jeter un coup d'œil
par-dessus son épaule.

« Tiens... Pas encore couché ? J'ai passé des heures
devant cet écran, pour tenter d'obtenir autre chose que des
bulletins. Il semble que le *Hober Mallow* soit en retard sur
son horaire. Il ne donne plus signe de vie.

— Vraiment ? Et qu'en déduit-on ?

— Vous le demandez ? Quelque manigance à la kalganienne. On signale que des astronefs kalganiens ont été
aperçus dans les parages où le *Hober Mallow* a lancé ses
derniers messages. »

Darell haussa les épaules, et Anthor se frotta le front
pensivement.

— Ecoutez, docteur, dit-il. Pourquoi n'iriez-vous pas sur
Trantor ?

— Qu'irais-je faire sur Trantor ?

— Parce qu'ici vous ne faites rien de bon. Vous n'êtes
pas vous-même. Le contraire serait surprenant. Et en vous
rendant sur Trantor, vous feriez œuvre utile. L'ancienne
bibliothèque impériale, comprenant les archives complètes
des travaux de la Commission Seldon, s'y trouve...

— Non, cette bibliothèque a été fouillée de fond en comble sans profit pour personne.

— Ebling Mis y a bien trouvé sa pâture.

— Comment le savez-vous ? Oui, à l'en croire, il aurait découvert le siège de la Seconde Fondation et ma mère le tua cinq secondes plus tard, pour l'empêcher de révéler involontairement le secret au Mulet. De ce fait, le mystère demeure. Mis avait-il réellement découvert la retraite de la Seconde Fondation ? C'est ce que nous ne saurons jamais. Après tout, l'étude de ces archives n'a jamais permis d'établir la vérité.

— Si vous vous en souvenez, Ebling Mis agissait sous l'emprise des pouvoirs psychiques du Mulet.

— Je sais également cela, mais l'intellect de Mis se trouvait, de ce fait même, dans un état anormal. Que savons-nous, vous et moi, des propriétés d'un esprit qui fonctionne sous l'emprise émotionnelle d'un tiers ; de ses capacités et de ses lacunes ? Quoi qu'il en soit, je n'irai pas sur Trantor. »

Anthor fronça les sourcils.

« Pourquoi cette véhémence ? Je n'ai émis qu'une simple suggestion... Par l'Espace, je ne vous comprends pas. Vous avez vieilli de dix ans. Vous vous rongez les sangs, c'est clair comme de l'eau de roche. Vous ne faites rien de bon ici. Si j'étais vous, je partirais à la recherche de l'enfant.

— C'est précisément ce que je voudrais faire. *Et c'est pourquoi je m'en garderai comme la peste.* Ecoutez-moi, Anthor, et tâchez de comprendre. Vous jouez — nous jouons les apprentis sorciers en nous attaquant à des forces auxquelles nous sommes totalement incapables de résister. En examinant les choses de sang-froid, si toutefois vous en êtes capable, vous devez bien vous en rendre compte, quoi que vous ayez pu penser lors de vos accès de don-quichottisme.

« Depuis cinquante ans, nous savons que la Seconde Fondation est la fille réelle et l'élève des mathématiques seldoniennes. Ce qui signifie, et vous le savez également, que rien ne se passe dans la Galaxie qui ne soit prévu dans leurs calculs. A notre point de vue, toute la vie est une suite d'accidents auxquels nous parons par des solutions improvisées. A leurs yeux, l'existence est un enchaînement logique qui doit être déterminé par des calculs précis.

« Mais leur doctrine a ses faiblesses. Ils travaillent sur

une échelle statistique, et seules sont prévisibles les actions
de l'humanité en tant que masse. Quel est le rôle que je
joue, en tant qu'individu, dans le déroulement prévu de
l'Histoire, je l'ignore. Aucun, sans doute, puisque le Plan
laisse aux individus leur libre arbitre et n'influe en rien sur
leurs réactions personnelles. Mais je suis un facteur important et il se peut qu'*ils* aient calculé mes réactions probables. C'est pourquoi je me défie de mes impulsions, de
mes désirs et de mes réactions probables.

« Je préfère les mettre devant une réaction improbable.
Je resterai donc sur place, bien que je meure d'envie de
partir. Non ! *Parce que* je meurs d'envie de partir. »

Le jeune homme eut un sourire aigre-doux.

« Il n'est pas exclu qu'ils soient mieux avertis que vous
des subtilités de votre cerveau. Supposez que — vous connaissant — ils en déduisent que le cours normal de vos
pensées donnera précisément lieu à une réaction improbable, par la connaissance qu'ils possèdent du processus de
votre raisonnement.

— Dans ce cas, il ne reste aucune issue. Car si je me
conforme au raisonnement que vous venez de formuler en
me rendant sur Trantor, il se peut qu'ils aient également
prévu cette éventualité. Je me trouve enfermé dans un cycle
infernal de contre-contre-contre-propositions. Si loin que je
me laisse entraîner dans cette voie, je me retrouve toujours
devant les deux termes d'une alternative : je n'ai d'autre
ressource que de partir ou de rester. La manœuvre biscor-
nue consistant à attirer ma fille à mi-chemin de la Galaxie
n'est certainement pas destinée à me faire rester où je suis,
puisque je n'aurais pas bougé s'ils s'étaient abstenus de
toute action. Par conséquent, ils ont voulu me faire partir et
c'est pourquoi je reste.

« En outre, Anthor, il ne faut pas voir partout l'intervention de la Seconde Fondation ; tous les événements ne sont
pas le résultat de leur ingérence. Il se peut qu'ils soient
étrangers à l'évasion d'Arcadia de Kalgan, comme elle peut
trouver la sécurité sur Trantor, alors que nous aurons tous
succombé.

— Non, coupa sèchement Anthor, maintenant vous vous
égarez hors de la piste.

— Vous avez une autre explication à me proposer ?

— Parfaitement. Si vous voulez bien m'écouter.

— Eh bien, ne vous gênez pas. Ce n'est pas la patience qui me manque.

— Voyons... à quel point connaissez-vous votre propre fille ?

— Dans la mesure où un individu peut en connaître un autre. C'est-à-dire très superficiellement.

— Je suis logé à la même enseigne, plus mal peut-être — mais du moins, je l'ai examinée avec des yeux neufs. Primo : c'est une petite fille douée d'un tempérament furieusement romanesque, l'enfant unique d'un académicien retiré dans sa tour d'ivoire, qui a grandi dans un monde irréel de romans-feuilletons. Elle vit dans une atmosphère fantastique et artificielle d'espionnage et d'intrigues. Secundo : elle manifeste beaucoup d'intelligence dans ce domaine ; suffisamment du moins pour nous damer le pion. Elle avait pris soigneusement ses dispositions pour assister incognito à notre conférence et elle y a pleinement réussi. Elle avait comploté de se rendre sur Kalgan en compagnie de Munn et elle y a pleinement réussi. Tertio : elle professe une adoration outrée pour son héroïne de grand-mère, votre mère, qui a vaincu le Mulet.

« D'accord, jusqu'à ce point ? Très bien. Maintenant, au contraire de vous, j'ai reçu un rapport complet du lieutenant Dirige, et en outre, je possède des renseignements étendus sur Kalgan, vérifiés par divers recoupements. Nous savons, par exemple, que Homir Munn, reçu en audience par le Seigneur de Kalgan, se vit refuser l'autorisation de pénétrer dans le palais du Mulet, mais que ce refus fut annulé à la suite d'un entretien d'Arcadia avec Dame Callia, la bonne amie du Premier Citoyen.

— Et comment savez-vous tout cela ? interrompit Darell.

— Tout d'abord, Munn fut interrogé par Dirige dans le cadre de l'opération policière déclenchée pour mettre la main sur Arcadia. Bien entendu, nous possédons le texte complet des questions et des réponses.

« Prenons maintenant Dame Callia elle-même. Si l'on en croit la rumeur publique, elle serait en disgrâce auprès de Stettin, mais cette rumeur n'est pas confirmée par les faits. Non seulement elle n'est pas remplacée ; non seulement elle a pu persuader Stettin d'accorder à Munn une autorisation qu'il lui avait préalablement refusée ; mais encore elle s'est

permis de manigancer ouvertement l'évasion d'Arcadia. La
preuve, c'est qu'une douzaine au moins d'officiers du palais
ont affirmé les avoir vues ensemble au cours de la dernière
soirée. Cependant, elle demeure impunie. Et cela en dépit
du fait que l'opération policière déclenchée pour ramener
Arcadia fut menée avec toutes les apparences d'une diligence extrême.

« Que concluez-vous de ce torrent de propositions
contradictoires ?

— Que l'évasion d'Arcadia était préparée d'avance.

— C'est bien ce que je disais.

« Mais j'ajouterai ceci. Arcadia a dû savoir que son
évasion était truquée ; Arcadia, cette petite fille brillante qui
voyait partout des complots, a fort bien su démasquer celui-
ci et a suivi vos propres méthodes de raisonnement. On la
poussait à rentrer sur la Fondation, raison de plus pour se
rendre sur Trantor. Mais pourquoi Trantor ?

— Pourquoi, en effet ?

— Parce que c'est sur cette planète que son idole de
grand-mère s'est réfugiée. Consciemment ou inconsciem-
ment, Arcadia l'a imitée. Je me demande, dans ce cas, si
Arcadia fuyait le même ennemi.

— Vous voulez parler du Mulet ? proposa sarcastique-
ment le Dr Darell.

— Vous plaisantez ! J'entends par ennemi une mentalité
qu'elle était impuissante à combattre. Elle fuyait devant la
Seconde Fondation ou telle influence de cet organisme susceptible de se trouver sur Kalgan.

— De quelle influence parlez-vous ?

— Pensez-vous que Kalgan soit immunisée contre cette
menace dont le caractère d'ubiquité est bien connu ? Nous
sommes tous deux parvenus à la conclusion que l'évasion
d'Arcadia était truquée. D'accord ! Elle a été recherchée et
découverte, mais on lui a permis délibérément de s'échapper
par l'intermédiaire de Dirige. De Dirige, comprenez-vous ?
Mais comment cela ? Parce qu'il est des nôtres. Comment le
savaient-ils ? Comptaient-ils sur lui pour qu'il agisse en
traître ? Je vous pose la question, docteur.

— Voilà que vous prétendez à présent qu'ils entendaient
de bonne foi la reprendre dans leurs filets. Franchement,
vous commencez à me fatiguer, Anthor. Terminez votre
exposé ; j'ai envie d'aller me coucher.

— Mon exposé sera bientôt terminé. (Anthor tira de sa poche intérieure un petit paquet d'enregistrements photographiques. C'étaient les zigzags familiers de l'encéphalographe.) Le schéma psychique de Dirige, dit-il. Il a été pris depuis son retour. »

Pour Darell, la chose était visible à l'œil nu et son teint avait pris une teinte grisâtre lorsqu'il releva la tête.

« Il est contrôlé !

— Exactement. Il a permis à Arcadia de s'échapper, non parce qu'il est des nôtres, mais parce qu'il est l'instrument de la Seconde Fondation.

— Même après avoir appris qu'elle se rendait sur Trantor et non point sur Terminus. »

Anthor haussa les épaules.

« Il avait été influencé pour la laisser partir. Il n'avait aucun pouvoir de modifier cette décision, n'étant qu'un instrument. Il s'est trouvé qu'Arcadia a suivi la ligne de conduite la moins probable et qu'elle se trouve vraisemblablement en sécurité. Du moins, tant que la Seconde Fondation n'aura pas modifié ses plans pour tenir compte des nouvelles circonstances. »

Il s'interrompit. Le petit signal lumineux clignotait sur le poste de TV. Branché sur un circuit indépendant, il annonçait une édition spéciale. Darell l'aperçut également et, avec un geste machinal né d'une longue habitude, il alluma le poste. Ils tombèrent sur le milieu d'une phrase, mais avant qu'elle fût terminée, ils apprirent que le *Hober Mallow*, ou du moins son épave, avait été retrouvé et que, pour la première fois depuis près d'un demi-siècle, la Fondation entrait en guerre.

Anthor serrait les mâchoires.

« Eh bien, docteur, vous avez entendu. Kalgan vient d'attaquer ; et Kalgan est sous l'emprise de la Seconde Fondation. Suivrez-vous l'exemple de votre fille ? Vous rendrez-vous sur Trantor ?

— Non, je prendrai mes risques. Ici.

— Dr Darell, vous n'êtes pas aussi intelligent que votre fille. Je me demande jusqu'à quel point on peut vous faire confiance. »

Il tint Darell sous son regard pendant un moment, puis sans un mot, il quitta la pièce.

Et Darell demeura seul, dans l'incertitude et presque le désespoir.

Il n'entendait pas le poste d'où sortait une cacophonie de paroles surexcitées relatant les détails de la première heure de guerre entre Kalgan et la Fondation.

XI

Le Maire de la Fondation passa une main distraite sur la couronne de cheveux en baguettes de tambour qui lui entourait le crâne.

« Les années que nous avons perdues ! soupira-t-il. Les occasions dont nous n'avons pas su profiter ! Je ne récrimine pas, Dr Darell, mais la défaite serait bien méritée.

— Je ne vois aucune raison de désespérer des événements, Monsieur, dit Darell.

— Désespérer ! Désespérer ! Par la Galaxie ! Comment justifieriez-vous toute autre attitude ? Venez... »

Il emmena Darell presque de force vers l'ovoïde limpide gracieusement posé sur son minuscule champ de force. D'une pression de main, le Maire l'illumina intérieurement et l'on vit paraître un modèle réduit à trois dimensions de la double spirale galactique.

« La région de l'espace dominée par la Fondation apparaît en jaune, dit le Maire surexcité, et en rouge pour Kalgan. »

Darell aperçut une sphère écarlate dans l'intérieur d'un poing jaune qui l'entourait de toutes parts, sauf dans la région centrale de la Galaxie.

« La galactographie, dit le Maire, est notre plus grande ennemie. Nos amiraux ne font pas mystère de notre désastreuse position stratégique. Voyez, les lignes de communication de l'ennemi sont internes, concentrées ; il peut nous faire face de tous côtés avec une aisance égale. Il peut se défendre avec un minimum de forces.

« Quant à nous, au contraire, nous sommes étendus en surface. La distance moyenne séparant les systèmes habités est, à peu de chose près, trois fois plus grande sans la Fondation que dans l'oligarchie de Kalgan.

— Je comprends tout cela, dit Darell.

— Ce que vous ne comprenez pas, c'est que cet état de choses signifie pour nous la défaite.

— Dans la guerre, il n'y a pas que les distances qui comptent. Nous ne pouvons pas perdre. C'est tout à fait impossible.

— Et pourquoi dites-vous cela ?

— A cause de mon interprétation personnelle du Plan Seldon.

— Oh ! dit le Maire en faisant la grimace, tandis que derrière son dos, ses mains claquaient nerveusement l'une contre l'autre. Alors, vous aussi vous avez foi en l'aide mystique de la Seconde Fondation ?

— Non, j'ai foi en ce qui est inévitable, mais je crois également aux vertus du courage et de la persévérance. »

Pourtant, derrière cette confiance de façade, le doute s'insinuait en lui.

— Et si...

Et si... Anthor avait raison, si Kalgan n'était qu'un instrument direct entre les mains de ces sorciers de l'esprit ? Et si leur propos était de vaincre et de détruire la Fondation ? Non, cela n'avait pas de sens.

Et pourtant...

Il eut un sourire amer. Toujours la même antienne. Toujours les yeux braqués sur ce granit opaque qui pour l'ennemi était si transparent !

Les réalités de la situation galactique n'échappaient pas davantage à Stettin.

Le Seigneur de Kalgan se tenait devant une réplique de la maquette galactique examinée par le Maire et Darell. Avec cette différence pourtant que ce qui faisait froncer les sourcils du Maire, amenait un sourire sur les lèvres de Stettin.

Son étincelant uniforme d'amiral était mis en valeur par sa massive prestance. L'écharpe écarlate de l'Ordre du Mu-

let, dont le précédent Premier Citoyen l'avait décoré six
mois à peine avant de lui céder la place à son corps défendant, barrait diagonalement sa poitrine de l'épaule à la
ceinture. L'Etoile d'Argent, avec la Comète Double et les
Epées, étincelait sur son épaule gauche.

Il s'adressait aux six membres de son état-major général,
dont les uniformes étaient à peine moins tapageurs que le
sien, en même temps qu'à son Premier Ministre, mince et
gris, tel une poussiéreuse toile d'araignée sur un brillant
décor.

« Je pense, dit-il, que notre voie est toute tracée. Nous
pouvons nous permettre d'attendre et de voir venir. Pour
nos adversaires, chaque jour qui s'écoule est un nouveau
coup porté à leur moral. S'ils tentent de défendre l'ensemble
de leurs territoires, ils allongeront démesurément leurs
lignes de défense et nous pourrons leur porter simultanément deux coups de boutoir, ici et là. (Il indiquait du geste
la maquette de la Galaxie où deux flèches blanches, partant
de la sphère rouge, traversaient la tenaille jaune qui l'enser-
rait, isolant Terminus de part et d'autre, selon un arc de
faible rayon.) Ainsi, nous sectionnerons leur flotte en trois
tronçons, que nous pourrons anéantir séparément. S'ils se
concentrent, ils devront abandonner volontairement les
deux tiers de leurs dominions, en risquant probablement des
soulèvements. »

Seule la voix du Premier Ministre rompit le silence qui
suivit.

« Dans six mois, dit-il, la Fondation sera plus forte de
six mois. Ses ressources sont plus grandes, comme nous le
savons tous : leur flotte est numériquement supérieure ;
leurs réserves humaines sont virtuellement inépuisables.
Peut-être une offensive éclair serait-elle préférable. »

De toutes, c'était la voix du Premier Ministre qui avait le
moins d'influence dans la pièce. Le Seigneur Stettin sourit,
balaya l'espace du plat de la main.

« Ces six mois — qui pourront devenir une année, en cas
de nécessité — ne nous coûteront rien. Les gens de la
Fondation ne peuvent se préparer ; ils en sont idéologique-
ment incapables. Ils comptent sur la Seconde Fondation
pour les sauver : c'est l'essence même de leur philosophie.
Mais pas cette fois, n'est-ce pas ? »

Les assistants s'agitèrent d'un air contraint.

« Je constate que vous manquez de confiance, dit Stettin

d'un ton glacial. Est-il nécessaire de vous répéter une fois
encore les rapports de nos agents qui nous sont parvenus du
territoire de la Fondation ou de vous citer les découvertes
de M. Homir Munn, cet agent de la Fondation, qui s'est
maintenant engagé à notre... euh... service ? Messieurs, je
propose que nous levions la séance. »

Stettin rentra dans ses appartements avec sur le visage le
même sourire figé. Il s'interrogeait parfois sur le compte de
cet Homir Munn. Curieux bonhomme à l'échine souple qui
n'avait guère justifié les premiers espoirs mis en lui. Et
pourtant, il grouillait de renseignements qui emportaient la
conviction — surtout lorsque Callia était présente.

Son sourire s'élargit. Cette grosse sotte avait ses bons
côtés, après tout. Du moins parvenait-elle, par ses cajoleries,
à tirer les vers du nez à Munn avec plus de succès que lui-
même et à moins de frais. Pourquoi ne pas en faire cadeau
à Munn ? Il fronça les sourcils. Callia. Elle et sa jalousie
stupide ! Par l'Espace ! Si seulement il tenait toujours la
petite Darell ! Pourquoi ne lui avait-il pas mis la tête en
bouillie pour la punir de ce tour pendable ?

Il n'arrivait pas à trouver la raison de sa mansuétude.

Parce qu'elle s'entendait avec Munn ? Et qu'il avait
besoin de Munn ? C'était Munn, par exemple, qui avait
démontré que, selon l'opinion du Mulet, la Seconde Fondation n'existait pas. Ses amiraux avaient grand besoin de
cette assurance.

Il aurait aimé étaler les preuves au grand jour, mais il
vallait mieux laisser la Fondation croire à l'existence de cet
allié chimérique. N'était-ce pas Callia qui lui avait suggéré
cette tactique ? C'était vrai. Elle avait dit...

Fariboles ! Etait-elle capable de dire quoi que ce fût ?

Et pourtant...

Il secoua la tête pour s'éclaircir les idées et pensa à autre
chose.

XII

Trantor était un monde dévasté qui renaissait de ses cendres. Incrusté comme un bijou terni au milieu de l'affolante nuée de soleils, au centre de la Galaxie — parmi les montagnes et les grappes d'étoiles entassées avec une prodigalité aveugle — il rêvait alternativement du passé et de l'avenir.

Il avait été un temps où les tentacules immatériels, servant de canaux à sa puissance, jaillissaient de son revêtement de métal pour s'étendre jusqu'aux points les plus reculés du royaume des astres. Trantor avait été une cité colossale abritant quatre cents milliards d'administrateurs : la capitale la plus puissante qui eût jamais existé.

Depuis que le déclin de l'Empire l'avait atteinte dans ses œuvres vives, à la suite du grand cataclysme qui s'était abattu sur elle, voilà cent ans, sa puissance n'avait cessé de décroître, de se replier sur elle-même, brisée à jamais.

Dans la fulgurante tourmente qui avait déchaîné sur elle la ruine et la mort, la coquille métallique qui enveloppait la planète s'était crevassée et effondrée en une douloureuse caricature de sa propre grandeur.

Les survivants avaient découpé les plaques de métal et les avaient cédées aux autres planètes en échange de semences et de bétail. Le sol fut, une fois de plus, mis à nu et la planète retourna à ses origines. En ouvrant des territoires de plus en plus étendus à une agriculture primitive, elle oubliait son colossal et complexe passé.

Disons plutôt qu'elle l'aurait oublié sans les puissants tessons qui dressaient leurs ruines massives vers le ciel dans un silence amer et digne.

Arcadia contemplait, le cœur serré, l'armature métallique qui ceignait l'horizon. Le village où vivaient les Palver n'était à ses yeux qu'un agglomérat de maisons, petites et primitives. Les champs qui l'entouraient étaient d'un jaune doré, où le froment poussait dru.

Mais là-bas, juste à la limite de sa portée, se dressait le souvenir du passé, brillant toujours d'une splendeur inaltérée, brûlant de mille feux lorsque le soleil de Trantor venait le frapper de ses rayons éblouissants. Une fois déjà, elle était venue à cet endroit, au cours des mois qui s'étaient écoulés depuis son arrivée sur Trantor. Elle avait grimpé jusqu'aux chaussées lisses et sans jointures et s'était aventurée dans les structures silencieuses envahies par la poussière, où la lumière pénétrait à travers les crevasses qui trouaient murs et cloisons.

Quel crève-cœur ! Quelle profanation !

Elle était partie en éveillant des échos bruyants autour d'elle et n'avait cessé de courir qu'au moment où ses pieds avaient de nouveau foulé le sol élastique.

Puis elle avait dû se contenter de jeter derrière elle un regard plein de nostalgie. Elle n'osait plus troubler désormais cette puissante méditation.

Elle était née, elle le savait, quelque part sur ce monde — près de l'ancienne bibliothèque impériale, qui était ce qu'il y avait de plus trantorien sur Trantor. C'était l'endroit sacré entre tous ! Le Saint des Saints ! Seule de toute la planète, elle avait survécu au Grand Pillage et, depuis un siècle, elle était demeurée complète et indemne ; jetant un défi à l'univers.

Là, Hari Seldon et son groupe avaient tissé leur inimaginable toile. Là, Ebbing Mis avait percé le grand secret qui l'avait laissé pétrifié de surprise, jusqu'au moment où il avait péri en l'emportant dans la tombe.

Là, dans cette bibliothèque impériale, ses grands-parents

avaient vécu pendant dix ans, jusqu'à la mort du Mulet, puis ils étaient rentrés sur la Fondation renaissante.

C'est à la bibliothèque impériale que son propre père était revenu avec sa femme pour retrouver les traces de la Seconde Fondation, mais il avait échoué. C'est là qu'elle était née, et c'est là que sa mère était morte.

Elle aurait aimé visiter la bibliothèque, mais Preem Palver avait secoué sa tête ronde. « Elle se trouve à des milliers de kilomètres, Arkady, et il y a tant à faire ici. D'ailleurs, il est malsain d'aller rôder par-là, vois-tu, c'est un sanctuaire... »

Mais Arcadia savait pertinemment qu'il n'avait aucun désir de visiter la bibliothèque ; qu'elle était devenue un sanctuaire comme le palais du Mulet. Il y avait cette peur superstitieuse que les pygmées du présent ressentaient à l'égard des géants du passé.

Et pourtant, il eût été injuste d'en garder rancune au gentil petit homme. Il y avait maintenant bien près de trois mois qu'elle se trouvait sur Trantor et, pendant tout ce temps, ils n'avaient cessé — Papa et Maman — de la choyer à qui mieux mieux.

Et que leur donnait-elle en échange ? Ne risquait-elle pas de les entraîner dans une ruine commune ? Les avait-elle avertis qu'elle était promise à une mort prématurée ? Non ! Non, elle leur laissait assumer ce rôle fatal de protecteurs.

Sa conscience la harcelait de remords intolérables — pourtant, avait-elle le choix ?

A regret, elle descendit l'escalier pour prendre son petit déjeuner. Le bruit des voix parvint à ses oreilles.

Preem Palver avait glissé le coin de sa serviette dans son col de chemise en imprimant une torsion à son cou dodu, et tendu le bras vers les œufs pochés avec une satisfaction sans mélange.

« Je suis allé hier à la cité, Maman, dit-il en gesticulant de la fourchette et en noyant ses paroles sous une énorme bouchée de nourriture.

— Et que se passe-t-il à la cité ? demanda distraitement Maman, en s'asseyant pour se relever aussitôt après avoir lorgné la table d'un regard scrutateur et constaté que la salière était absente.

— Les nouvelles ne sont pas fameuses. Un astronef de Kalgan a apporté les journaux. C'est la guerre, là-bas.

— La guerre ? Vraiment ! Eh bien, laisse-les se casser mutuellement la tête s'ils ne trouvent rien de mieux à faire. Est-ce que ton chèque n'est pas encore arrivé, Papa ? Dis au vieux Cosker qu'il y a d'autres coopératives dans le monde. J'ai honte de révéler à mes amies les sommes dérisoires qu'ils te versent, mais du moins devraient-ils être ponctuels !

— Allons, dit Papa avec irritation, ne me casse pas la tête avec tes sornettes lorsque je suis à table, sinon toutes les bouchées vont me rester dans la gorge. » Et ce disant, il faisait des ravages dans la pile de tartines beurrées. Il ajouta d'un ton moins acide : « La guerre est déclarée entre Kalgan et la Fondation. Elle est commencée depuis deux mois. »

A l'aide de ses deux mains, il mima un combat spatial de fantaisie.

« Hum, et comment cela se passe ?

— Mal pour la Fondation. Tu as vu Kalgan. Bourrée de soldats. Ils étaient prêts. La Fondation ne l'était pas, et alors *pfffuitt...* »

Soudain Maman reposa sa fourchette et siffla :

« Imbécile !

— Comment ?

— Tête de pioche ! Tu ne peux jamais la fermer ta grande bouche ! »

Sa main se tendit rapidement et, lorsque Papa regarda par-dessus son épaule, Arcadia était là, pétrifiée, sur le seuil de la porte.

« La Fondation est en guerre ? » demanda-t-elle.

Papa regarda Maman d'un air consterné et hocha la tête.

« Et ils sont en train de la perdre ? »

Nouveau hochement de tête.

Arcadia sentit monter à sa gorge une affreuse angoisse et s'approcha lentement de la table.

« Est-ce fini ? murmura-t-elle.

— Fini ? répéta Papa avec une feinte truculence. Qui a dit que c'était fini ? Il peut se passer bien des choses au cours d'une guerre et... et...

— Assieds-toi, mon chou, dit Maman d'un ton consolant. On ne devrait jamais parler le matin avant de manger. On n'est pas en bonne condition, l'estomac vide. »

Mais Arcadia ne tient aucun compte de son conseil.

« Les Kalganiens ont-ils débarqué sur Terminus ?

— Non, dit Papa sérieusement. Les nouvelles datent de la semaine dernière et Terminus se défend toujours. Je dis la vérité. Et la Fondation est toujours puissante. Veux-tu que je t'apporte les journaux ?

— Oui ! »

Elle parcourut les feuilles en avalant péniblement quelques bouchées, les yeux brouillés de larmes. Santanni et Korell avaient été emportées sans coup férir. Une escadre de la flotte de la Fondation avait été surprise dans le secteur clairsemé d'Ifni, et pratiquement anéantie.

Et maintenant, la Fondation était de nouveau réduite au noyau des Quatre Royaumes — le royaume originel qui avait été constitué au temps de Salvor Hardin, le premier Maire. Mais elle combattait toujours, et il lui restait peut-être encore une chance. Quoi qu'il arrivât, elle devait informer son père. Il fallait à tout prix qu'elle pût communiquer avec lui. Il le fallait.

Mais comment, avec une guerre en cours ?

« Partirez-vous bientôt pour une nouvelle mission, monsieur Palver ? » demanda-t-elle après le petit déjeuner.

Papa était assis sur une grande chaise, sur la pelouse qui s'étendait devant la maison. Un gros cigare se consumait entre ses doigts boudinés et il ressemblait à un carlin béat.

« Une mission, répéta-t-il paresseusement. Qui sait ? Je me trouve bien et mes vacances ne sont pas encore terminées. Pourquoi parler de nouvelles missions ? Tu ne tiens donc pas en place, Arcadia ?

— Oh ! si, je me plais bien ici. Vous êtes tellement gentils pour moi, vous et Mme Palver. »

Il agita la main pour écarter ces éloges importuns.

« Je pensais à la guerre, dit Arcadia.

— Justement, il ne faut pas y penser. Que pourrais-tu y faire ? A quoi bon te tourmenter inutilement ?

— Je pensais que la Fondation avait perdu la plupart de ses planètes agricoles. Ils vont probablement rationner les vivres. »

Papa sembla mal à l'aise.

« Ne crains rien. Tout se passera très bien. »

Elle écoutait à peine.

« Si seulement je pouvais leur expédier de la nourriture !

Vous savez qu'après la mort du Mulet, la Fondation s'était
révoltée, et Terminus avait été isolée pendant une certaine
période. Han Pritcher, qui avait succédé pendant quelque
temps au Mulet, en faisait le siège. La nourriture s'était
faite extrêmement rare, et mon père m'a dit que son père
lui avait confié qu'ils n'avaient pratiquement rien à se
mettre sous la dent, si ce n'est des acides aminés déshydra-
tés qui avaient un goût affreux. Un œuf coûtait deux cents
crédits. A ce moment, le siège fut levé juste à temps et des
cargos pleins de vivres arrivèrent de Santanni. Ils ont dû
passer des moments terribles. Et voilà que tout va maintenant recommencer, probablement.

« Je parie que la Fondation serait disposée à payer des
tarifs de contrebande pour obtenir de la nourriture en ce
moment. Le double ou le triple, peut-être davantage. Si une
coopérative de Trantor, par exemple, entreprenait l'opération, elle perdrait peut-être quelques astronefs, mais je suis
prête à parier qu'elle serait millionnaire avant la fin de la
guerre. Les Marchands de la Fondation ont procédé ainsi
de tout temps. Chaque fois qu'il y avait une guerre, ils
s'arrangeaient pour vendre les marchandises qui étaient
devenues les plus rares et ils n'hésitaient pas à prendre leurs
risques. Ils réussissaient à gagner jusqu'à deux millions de
crédits en un seul voyage — *bénéfice net*. C'était le maximum qu'ils pouvaient transporter sur un seul astronef. »

Papa s'agita. Son cigare s'était éteint sans qu'il le remar-
quât.

« C'est un commerce qui rapporte... Hum.... mais la Fondation est si loin.

— Je sais. Je suppose que vous ne pourriez entreprendre
un trafic direct à partir de Trantor. Si vous empruntiez un
astronef régulier, vous ne pourriez guère aller au-delà de
Massena ou Smushyk, et ensuite vous loueriez un petit
caboteur pour vous faufiler entre les lignes. »

Papa s'agita. Son cigare s'était éteint sans qu'il le remar-
des calculs.

Deux semaines plus tard, les arrangements concernant la
mission étaient terminés. Maman invectivait Papa la plupart
du temps — d'abord pour l'incurable obstination avec
laquelle il courait au suicide, ensuite pour l'incroyable obstination qu'il déployait à lui refuser la permission de
l'accompagner.

— Maman, pourquoi te conduis-tu comme une vieille dame ? dit Papa. Je ne puis t'emmener. C'est un travail d'homme. Tu crois que la guerre, c'est un jeu d'enfant ?

— Et toi, pourquoi y vas-tu ? Tu te prends peut-être pour un homme, vieux sacripant ? Toi qui as déjà un pied et la moitié du bras dans la tombe ! Laisse la place aux jeunes. Regardez-moi ce gros plein de soupe avec son crâne chauve !

— Je ne suis pas chauve, rétorqua dignement Papa. J'ai encore des tas de cheveux. Pourquoi ne pourrais-je pas toucher de grosses commissions aussi bien qu'un autre ? Pourquoi laisser ce privilège aux jeunes ? Ecoute-moi bien. Il y a sûrement des millions à gagner ! »

Elle ne l'ignorait pas et elle se calma.

Arcadia le revit une fois avant son départ.

« Vous partez pour Terminus ? s'enquit-elle.

— Pourquoi pas ? Tu as dit toi-même qu'ils avaient besoin de pain, de riz et de pommes de terre. Je conclurai marché avec eux et ils recevront la marchandise.

— Encore une petite chose... Puisque vous allez sur Terminus... pourriez-vous voir mon père ? »

Le visage de Papa se couvrit de rides et sembla littéralement fondre de sympathie.

« Et il a fallu que tu me le dises ! Bien entendu j'irai le voir. Je lui dirai que tu es saine et sauve, que tu te portes bien, et qu'une fois la guerre finie, je te ramènerai près de lui.

— Merci. Je vous dirai comment le trouver. Il s'appelle Toran Darell et il habite Stanmark. C'est dans la banlieue immédiate de Terminus, et vous pourrez prendre le petit avion navette qui y conduit. Nous habitons 55, allée du Canal.

— Attends, je vais noter l'adresse.

— Non, non. (Arcadia tendit un bras rapide comme l'éclair.) Il ne faut rien écrire. Il faut que vous vous graviez l'adresse dans la mémoire.

Papa parut intrigué, puis il haussa les épaules.

« Entendu, 55, allée du Canal à Stanmark dans la banlieue immédiate de Terminus, et l'on prend l'avion navette. C'est bien cela ?

— Encore un détail.

— Oui ?

— Voudriez-vous lui dire quelque chose de ma part ?

— Certainement.

— Je voudrais vous le murmurer à l'oreille. »

Il inclina vers elle sa joue dodue, et elle lui chuchota quelques mots. Les yeux de Papa étaient ronds comme des soucoupes.

« Tu veux que je lui répète cela ? Mais ça n'a aucun sens !

— Il comprendra. Dites-lui que vous ne faites que répéter mes propres paroles et que je vous ai dit qu'il comprendrait. Répétez-les exactement comme je vous l'ai dit. Pas autrement. Vous n'oublierez pas ?

— Comment le pourrais-je ? Une si petite phrase Tu vas voir...

— Non, non. (Elle sautait sur place, au comble de l'énervement.) Ne le répétez pas. Ne le répétez jamais à quiconque, sauf à mon père. Et dans l'intervalle, oubliez-le. C'est promis ? »

Papa haussa de nouveau les épaules.

« C'est promis, c'est promis.

— Très bien », dit-elle d'un ton lugubre et, tandis qu'il empruntait l'allée conduisant au taxi aérien qui devait le mener au port spatial, elle se demandait si elle ne venait pas de signer l'arrêt de mort du brave homme, si elle le reverrait jamais.

C'est à peine si elle osait rentrer à la maison et se trouver de nouveau face à face avec la bonne et affectueuse Maman. Peut-être, lorsque tout serait fini, serait-il préférable qu'elle se tuât pour expier le mal qu'elle leur avait fait.

XIII

Quoriston (Bataille de)... *Livrée le 17-9 377 E. F. entre les forces de la Fondation et celles du Seigneur Stettin de Kalgan. Ce fut la dernière grande bataille de l'Inter-règne....*

ENCYCLOPEDIA GALACTICA.

Jole Turbor, dans son nouveau rôle de correspondant de guerre, trouva son corps massif sanglé dans un uniforme militaire, ce qui ne fut pas du tout pour lui déplaire. Il savourait la joie d'avoir retrouvé les chemins du ciel, et il perdit quelque peu la sensation de farouche impuissance qui caractérisait la lutte contre la Seconde Fondation, au profit d'un sentiment plus exaltant, avec la perspective de se mesurer à des astronefs faits d'une matière substantielle et des hommes en chair et en os.

Assurément, le combat mené par la Fondation n'avait guère été fertile en victoires, mais il était toujours possible de considérer la situation avec une certaine philosophie. Après six mois d'hostilités, le dur noyau de la Fondation demeurait intact, de même que le dur noyau de la flotte n'avait pas été entamé. Avec les nouvelles unités mises en service depuis le commencement de la guerre, elle était presque aussi forte, du point de vue numérique, et techniquement plus puissante qu'après la défaite d'Ifni.

Dans l'intervalle, les défenses planétaires avaient été renforcées ; les forces armées mieux entraînées, l'administration expurgée des éléments superflus, était devenue plus efficace et une grande partie de la flotte conquérante kalganienne était immobilisée par la nécessité d'occuper les territoires conquis.

Pour le moment, Turbor se trouvait avec la troisième flotte, dans les limites périphériques du secteur anacréonien. Conformément à sa politique consistant à montrer la guerre du point de vue de l' « homme moyen », il interviewait Fennel Leemor mécanicien volontaire de troisième classe.

« Parlez-nous un peu de vous, matelot, dit Turbor.

— Il n'y a pas grand-chose à dire. (Leemor remuait les pieds avec embarras et laissa un faible sourire timide venir éclairer son visage, comme s'il avait pu voir les millions de gens qui l'observaient probablement sur leur écran, à ce moment précis.) Je suis un Locrien. J'ai travaillé dans une usine de voitures aériennes : chef d'équipe, bonne paye. Je suis marié, j'ai deux enfants, deux filles. Je pourrais peut-être leur dire un petit bonjour, pour le cas où elles seraient à l'écoute.

— Allez-y, matelot. La TV est à votre disposition.

— Oh ! merci, bafouilla-t-il. Bonjour, Milla, je vais bien. Comment se porte Sunni ? Et Tomma ? Je pense à vous tout le temps, et peut-être que j'irai en permission lorsque nous rentrerons au port. J'ai reçu ton paquet de provisions, mais je te le renvoie. Nous sommes nourris normalement, mais on dit que les civils sont un peu rationnés. Je crois que c'est tout.

— J'irai la voir à mon prochain voyage à Locris, matelot, et je veillerai à ce qu'elle ne manque de rien. Ça vous va ? »

Le jeune homme eut un large sourire et hocha énergiquement la tête.

« Merci, monsieur Turbor. Vous êtes bien aimable.

— Ce n'est rien. Puis-je vous poser quelques questions ?... Vous êtes volontaire, n'est-ce pas ?

— Et comment ! Lorsqu'on vient nous chercher noise, il n'est pas nécessaire de m'embrigader de force. Je me suis engagé le jour même où j'ai appris la perte du *Hober Mallow*.

— Voilà ce qui s'appelle parler ! Avez-vous participé à beaucoup d'actions ? Je remarque que vous portez deux étoiles de combat.

— Peuh, dit dédaigneusement le matelot, on ne peut pas appeler cela des actions ; des poursuites, au plus. Les Kalganiens n'acceptent pas le combat si ce n'est à cinq contre un. Et, même dans ce cas, ils manœuvrent pour nous isoler

les uns des autres et nous détruire séparément. Un cousin à
moi se trouvait à Ifni, à bord d'un astronef qui a échappé
au désastre, le vieil *Ebling Mis*. Il m'a raconté qu'ils avaient
employé la même tactique. Ils opposaient une flotte entière
à une simple escadre des nôtres. Alors qu'il ne nous restait
plus que cinq astronefs, ils préféraient encore manœuvrer
en catimini plutôt que de se battre. Nous leur avons infligé
des pertes doubles des nôtres dans cette bataille.

— Vous pensez donc que nous allons gagner la
guerre ?

— Ça ne fait pas le moindre doute ; surtout que nous
avons cessé de battre en retraite. Même si les choses tour-
naient au pire, nous pourrions compter sur l'intervention de
la Seconde Fondation. Nous disposons toujours du Plan
Seldon et ils le savent. »

Turbor fit un peu la grimace.

« Alors vous comptez sur la Seconde Fondation ? »

Le matelot manifesta une honnête surprise.

" Ben, comme tout le monde, je suppose. »

Le cadet-officier Tipellum entra dans la cabine de Turbor après l'émission. Il tendit une cigarette au correspondant de guerre et repoussa sa casquette sur l'occiput dans
une position d'équilibre instable.

« Nous avons fait un prisonnier, dit-il.

— Vraiment ?

— Oui, un petit bonhomme un peu fou. Il se prétend
neutre — immunité diplomatique, rien de moins. Je crois
qu'on ne sait trop que faire de lui. Il s'appelle Palvro,
Palver, quelque chose comme ça, et il dit qu'il est de
Trantor. Je me demande ce qu'il fabrique dans une zone de
guerre. »

Mais Turbor s'était redressé sur sa couchette, ayant complètement oublié le petit somme qu'il s'apprêtait à faire. Il
se souvenait parfaitement de sa dernière entrevue avec
Darell, le lendemain de la déclaration de guerre, alors qu'il
se préparait à partir.

« Preem Palver », dit-il songeur.

Tipellum dressa l'oreille et laissa la fumée de sa cigarette
s'échapper par les coins de sa bouche.

« Ouais, dit-il, comment diable savez-vous son nom ?

— Peu importe. Puis-je le voir ?

— Par l'Espace, je ne peux pas vous le dire. Le Vieux l'a

emmené dans sa cabine pour l'interroger Tout le monde le prend pour un espion.

— Allez dire au commandant que je le connais, et qu'il est bien ce qu'il prétend. J'en prends la responsabilité. »

Sur le vaisseau amiral de la troisième flotte, le capitaine Dixyl observait sans relâche le grand détecteur. Tout navire était obligatoirement une source de radiations sub-atomiques — même à supposer qu'il fût réduit à l'état de masse inerte — et chaque point focal d'une telle radiation apparaissait comme une petite étincelle dans le champ tridimensionnel.

On avait procédé à l'appel de tous les vaisseaux de la Fondation sans omettre une seule étincelle, après que le petit espion qui se prétendait neutre avait été fait prisonnier. Pendant quelque temps, cet astronef avait provoqué une certaine agitation dans l'entourage du capitaine. Peut-être serait-il nécessaire de procéder à un changement de tactique dans un court délai.

« Etes-vous certain de vos coordonnées ? » s'informa-t-il.

Le commandant Cenn hocha la tête.

« J'emmènerai mon escadre dans l'hyperespace : rayon 10,00 parsecs ; thêta 268,52 degrés ; phi 84,15 degrés. Retour au point d'origine à 13.30. Durée totale de l'absence 11.83 heures.

— Bien. Maintenant nous allons faire le point pour retourner à l'endroit précis, en ce qui concerne à la fois le temps et l'espace. Compris ?

— Oui, capitaine. (Il consulta sa montre-bracelet.) Mes vaisseaux seront parés vers 01.40.

— Bien », dit le capitaine Dixyl.

L'escadre kalganienne n'était pas pour l'instant à portée de détecteur, mais cela ne pouvait tarder. Différents recoupements l'indiquaient. En l'absence de l'escadre de Cenn, les forces de la Fondation se trouveraient en grave infériorité numérique, mais le capitaine était confiant. *Très* confiant.

Preem Palver regardait mélancoliquement autour de lui. Son regard tomba tout d'abord sur l'amiral, grand et osseux, puis sur les autres, tous en uniforme ; et enfin sur le dernier, grand et gros, avec son col ouvert et sans cravate

— contrairement aux autres — qui déclarait vouloir lui parler.

« Je suis parfaitement conscient, disait Jole Turbor, de la gravité des circonstances, mais je vous assure que si vous me permettez de m'entretenir avec lui pendant quelques minutes, il se peut que je sois à même d'apaiser vos inquiétudes.

— Existe-t-il une raison qui s'oppose à ce que vous l'interrogiez en ma présence ? »

Turbor fit la moue et prit un air buté.

« Amiral, dit-il, depuis que je suis attaché de presse auprès de votre formation, la troisième flotte a joui d'une excellente presse. Vous pouvez poster des gardes à la porte, si vous le voulez, et rentrer dans cinq minutes. Mais dans l'intervalle, accordez-moi cette petite faveur et votre prestige n'en souffrira pas. Je ne sais si je me fais bien comprendre ? »

Ce petit discours obtint l'effet attendu.

Demeuré en tête à tête avec le prisonnier, Turbor se tourna vers Palver et lui dit :

« Vite, dites-moi le nom de la jeune fille que vous avez emmenée. »

Palver ne put qu'ouvrir des yeux ronds et secouer la tête.

« Ne faites pas l'idiot, dit Turbor. Si vous refusez de répondre, vous serez considéré comme un espion et en temps de guerre les espions sont exécutés sans jugement.

— Arcadia Darell, souffla Palver.

— Bravo. Elle est donc saine et sauve ? »

Palver hocha la tête.

« Vous en êtes bien sûr, je l'espère, sans quoi il pourrait vous en cuire.

— Elle est en bonne santé et parfaitement en sécurité », dit Palver un peu pâle.

L'amiral reparut.

« Eh bien ?

— Cet homme n'est pas un espion. Vous pouvez croire ce qu'il vous dit. Je m'en porte garant.

— Vraiment ? (L'amiral fronça les sourcils.) Dans ce cas, il représente une coopérative agricole de Trantor qui désire souscrire un traité de commerce avec Terminus, pour la livraison de grain et de pommes de terre. Parfait, mais nous ne pouvons lui rendre la liberté pour l'instant.

— Pourquoi pas ? s'enquit vivement Palver.

— Parce que nous sommes en pleine bataille. Lorsqu'elle sera terminée — en supposant que nous soyons toujours vivants — nous vous conduirons sur Terminus. »

La flotte kalganienne déployée dans l'espace détecta les vaisseaux de la Fondation à une distance incroyable, et fut elle-même repérée. Tels de petits vers luisants dans leurs grands détecteurs respectifs, les deux groupes se rapprochaient à travers le néant.

L'amiral commandant la flotte de la Fondation fronça les sourcils et dit :

« Ce doit être leur offensive principale : voyez le nombre de leurs unités. Mais ils ne tiendront pas devant nous ; du moins si l'escadre de Cenn se trouve au rendez-vous. »

Le commandant Cenn les avait quittés plusieurs heures auparavant — dès l'apparition de l'ennemi sur les écrans. Il n'était plus possible désormais de modifier le plan. La manœuvre réussirait ou ne réussirait pas, mais l'amiral était parfaitement confiant. De même que les officiers. De même que les équipages.

Il reprit l'observation des vers luisants.

Tel un ballet mortel, en formations irréprochables, ils étincelaient.

La flotte de la Fondation amorça une lente retraite. Des heures passèrent et la flotte obliqua lentement, attirant légèrement l'ennemi hors de sa trajectoire, et accentuant le mouvement.

Dans l'esprit de ceux qui avaient conçu le plan de bataille, un volume donné de l'espace devait être occupé par les astronefs kalganiens. Les bâtiments de la Fondation se faufilaient subrepticement hors de ce volume ; les Kalganiens prenaient leur place. Ceux qui débordaient du périmètre subissaient une attaque foudroyante à pleine puissance. Ceux qui demeuraient à l'intérieur n'étaient pas inquiétés.

Tout dépendait de la répugnance que manifesteraient les vaisseaux de Stettin à prendre l'initiative — ou de leur propension à demeurer dans la position où ils ne subiraient pas d'attaque.

Le capitaine Dixyl jeta un coup d'œil impassible sur sa montre-bracelet. Il était 13.10.

« Nous avons encore vingt minutes », dit-il.

Le lieutenant qui se trouvait à ses côtés hocha la tête d'un air concentré.

« Tout va bien pour l'instant, capitaine. Nous avons encerclé quatre-vingt-dix pour cent de leurs unités. Si nous pouvons les maintenir dans cette position...

— Oui ! *Si*... »

Les bâtiments de la Fondation avaient repris leur marche en avant — à très faible vitesse. Pas assez vite pour déclencher une retraite kalganienne, mais tout juste suffisante pour décourager toute velléité d'offensive de l'ennemi. Ils préféraient attendre.

Et les minutes passaient.

A 13.25, le vibreur de l'amiral retentit dans soixante-quinze astronefs de la Fondation et, avec le maximum d'accélération, ils foncèrent vers le front d'attaque de la flotte kalganienne, forte elle-même de trois cents unités... Les boucliers kalganiens entrèrent en action et les puissants rayons énergétiques jaillirent. Les trois cents vaisseaux concentrèrent leurs feux dans la même direction, sur leurs assaillants insensés qui fonçaient tête baissée droit devant eux... et...

A 13.30, cinquante astronefs, sous le commandement de Cenn, surgirent de nulle part, en un seul bond à travers l'hyperespace, en un point déterminé, au moment déterminé — et se jetèrent en un avec une furie dévastatrice sur les arrières kalganiennes, surprises.

Le piège fonctionna avec une précision mécanique.

Les Kalganiens avaient toujours la supériorité numérique, mais ils n'étaient pas en mesure d'en profiter. Leur premier mouvement fut de prendre la fuite, et la formation une fois rompue se trouva d'autant plus vulnérable que les vaisseaux ennemis se gênaient mutuellement en entrecroisant leurs trajectoires.

Après un moment, l'affaire prit la tournure d'une chasse aux rats.

Sur les trois cents astronefs kalganiens, le noyau et l'orgueil de la flotte, une soixantaine à peine, parmi lesquels un grand nombre endommagés au point d'être irréparables, vinrent se poser sur Kalgan. Les pertes de la Fondation se montaient à huit unités sur un total de cent vingt-cinq astronefs.

Preem Palver se posa sur Terminus au moment des festi-

vités. Il trouva la liesse populaire quelque peu lassante,
mais avant de quitter la planète, il s'était acquitté de deux
missions et avait enregistré une requête.

Les deux missions étaient les suivantes : 1° la conclusion
d'un traité commercial aux termes duquel la coopérative de
Palver s'engageait à livrer vingt cargos de marchandises par
mois au cours de l'année suivante, à des tarifs de guerre,
sans encourir, grâce à la récente bataille, les risques corres-
pondants ; 2° la communication du Dr Darell de la phrase
confiée à son oreille par Arcadia.

Darell l'avait regardé avec des yeux écarquillés par la
surprise, puis il avait proféré sa requête. Celle-ci consistait à
transmettre sa réponse à Arcadia. Palver la trouva à son
goût ; c'était une phrase simple et intelligible : *Rentre maintenant, il n'y a plus de danger.*

Le Seigneur Stettin écumait de rage et de dépit. Voir
toutes ses armes se briser entre ses mains, sentir la toile
robuste de sa puissance militaire se décomposer entre ses
doigts, n'y avait-il pas de quoi tourner en lave brûlante le
flegme le plus imperturbable ? Pourtant son impuissance
était totale et il ne l'ignorait pas.

Il n'avait pratiquement pas dormi depuis des semaines. Il
ne s'était pas rasé depuis trois jours. Il avait annulé toutes
ses audiences. Ses amiraux étaient abandonnés à eux-
mêmes, et nul mieux que le Seigneur de Kalgan ne savait
qu'il suffirait de bien peu de temps et de fort peu de
défaites nouvelles pour susciter dans son royaume des soulèvements internes.

La présence de Meirus, le Premier ministre, n'arrangeait
pas les choses. Il se tenait debout, calme et vieux jusqu'à
l'indécence, avec ses doigts minces et nerveux qui tapo-
taient, comme toujours, le pli qui lui barrait le visage, de la
racine du nez à la pointe du menton.

« Eh bien, hurlait Stettin à son adresse, faites quelque
chose ! Nous voilà battus, comprenez-vous ? *Battus !* Et
pourquoi ? Je n'en sais rien ! Voilà ! Je ne sais pas. Vous la
connaissez, vous, la raison de notre défaite ?

— Je le crois, dit Meirus sans se départir de son calme.

— Trahison ! (Il avait prononcé le mot à voix basse et
ceux qui suivirent furent proférés sur le même ton.) Vous
connaissiez la trahison et vous êtes demeuré coi. Vous avez
servi l'imbécile qui fut avant moi Premier Citoyen et vous

vous préparez à servir le rat pesteux qui prendra ma succession. Si je trouve la preuve de votre félonie, je vous arracherai les entrailles et je les ferai brûler sous vos propres yeux. »

Meirus demeura impassible.

« J'ai tenté, non pas une fois, mais à maintes reprises, de vous faire partager mes doutes. J'ai corné mes avertissements à vos oreilles, mais vous avez préféré suivre les conseils des autres, parce qu'ils flattaient davantage votre vanité. Les événements ont dépassé mes craintes et de fort loin. S'il ne vous plaît pas de m'écouter à présent, Monsieur, veuillez me le dire et je m'effacerai. Le moment venu, je traiterai avec votre successeur, dont le premier acte sera, je n'en doute pas, de signer la paix. »

Stettin le fixait de ses yeux injectés de sang, serrant et desserrant lentement ses énormes poings.

« Eh bien, parlez, espèce de limace grise ! Parlez !

— Je vous ai souvent répété, Monsieur, que vous n'étiez pas le Mulet. Vous pouvez diriger des astronefs et des canons, mais pas l'esprit de vos sujets. Savez-vous, Monsieur, quel est l'ennemi que vous combattez ? La Fondation, qui n'a jamais été vaincue — la Fondation qui est protégée par le Plan Seldon — la Fondation qui est destinée à fonder un nouvel Empire.

— Il n'y a plus de Plan. C'est Munn qui l'affirme !

— Alors, c'est Munn qui se trompe. Et même à supposer qu'il ait raison... Vous et moi, Monsieur, nous ne sommes pas le peuple. Les hommes et les femmes de Kalgan, comme les populations satellites, professent une foi profonde dans le Plan Seldon, de même que tous ceux qui habitent cette région de la Galaxie. Quatre cents ans d'expérience historique nous ont appris que la Fondation ne peut pas être battue. Ni les Royaumes, ni les Seigneurs de la Guerre, ni le vieil Empire Galactique lui-même, ne sont parvenus à la vaincre.

— Le Mulet, si !

— Exactement, parce qu'il échappait aux calculs — ce qui n'est pas votre cas. Ce qui est pis, les gens ne l'ignorent pas. Aussi, lorsque vos astronefs vont à la bataille, craignent-ils que la défaite ne leur soit infligée par quelque voie mystérieuse. La toile immatérielle du Plan, au-dessus de leurs têtes, plane et les rend timides, si bien qu'au moment de l'attaque, ils réfléchissent un peu trop longtemps. Dans le camp adverse, au contraire, ce même tissu impondérable remplit l'ennemi de confiance, chasse la crainte, maintient le moral lors des premières défaites. Pourquoi pas ? La Fondation a toujours subi des revers au cours des premières escarmouches, et finalement remporté la victoire.

« Que dire de votre propre moral, Monsieur ? Vous occupez partout des territoires ennemis. Vos propres dominions sont intacts ; ils ne sont pas en danger d'être envahis — et pourtant vous vous sentez vaincu. Vous ne croyez même pas à la moindre possibilité de victoire, car vous savez parfaitement qu'il n'en existe pas.

« Inclinez-vous donc, si vous ne voulez pas être contraint par la force de vous agenouiller ! Pliez volontairement et vous aurez quelque chance de sauver les restes. Vous vous êtes appuyé sur le métal et la puissance, et ils vous ont accordé un soutien à leur mesure. Vous n'avez pas tenu compte de l'esprit et du moral et ils vous ont trahi. Maintenant, suivez mon conseil. Homir Munn, cet homme de la Fondation, est entre vos mains. Libérez-le. Renvoyez-le sur Terminus avec des propositions de paix. »

Stettin grinçait des dents derrière ses lèvres pâles. Mais il n'avait pas le choix.

Homir quitta Kalgan le jour du Nouvel An. Plus de six mois s'étaient écoulés depuis qu'il avait quitté Terminus, et durant cet intervalle, une guerre s'était déchaînée, puis apaisée. Il était venu seul, mais il repartait sous escorte. Il était venu en simple particulier ; il repartait en qualité d'ambassadeur, officieux sans doute, mais revêtu néanmoins de pleins pouvoirs.

Et ce qui avait le plus changé en lui, c'était son ancienne inquiétude au sujet de la Seconde Fondation. Il riait rien que d'y penser ; et il se représentait déjà, avec un luxe de détails, le spectacle de la révélation qu'il allait faire au Dr Darell, à ce jeune Anthor, si compétent et si énergique... à tous...

Car il savait. Lui, Homir Munn, avait finalement découvert la vérité.

XIV

Les deux derniers mois de la guerre stettinienne s'écoulèrent rapidement pour Homir. Dans son rôle de médiateur
extraordinaire, il était devenu le centre des affaires interstellaires, fonction qu'il ne pouvait s'empêcher de trouver des
plus plaisantes.

Au cours de cette période, n'eut lieu aucune bataille
rangée — à peine quelques escarmouches dues à des ren-
contres accidentelles de patrouilles — et l'on forgea les
termes du traité, avec fort peu de concessions de la part de
la Fondation. Stettin conserva son poste, mais guère autre
chose. Sa flotte fut démantelée ; ses possessions extérieures
rendues à leur autonomie ; et un plébiscite fut organisé, qui
donnait aux électeurs le choix entre un retour au statut
précédent, la pleine indépendance, ou la confédération dans
le sein de la Fondation.

Le document scellant officiellement la fin de la guerre fut
signé sur un astéroïde appartenant au système stellaire de
Terminus, dans le site de la plus ancienne base navale de la
Fondation. Lev Meirus était le mandataire de Kalgan, et
Homir tenait le rôle de spectateur intéressé.

Pendant toute cette période, il ne vit pas le Dr Darell, ni
aucun des autres. Mais cela n'avait guère d'importance. La
nouvelle qu'il leur apportait ne moisirait pas pour autant

— et, comme toujours, cette pensée amena un sourire sur ses lèvres.

Le Dr Darell rentra sur Terminus quelques semaines après la victoire et, le même soir, sa maison servit de lieu de réunion aux cinq hommes qui, dix mois plus tôt, avaient échafaudé leurs premiers plans.

Le dîner s'écoula, puis vint le moment du dessert, et ils semblaient toujours hésiter à aborder le sujet de leurs anciennes préoccupations.

Ce fut Jole Turbor, un œil fixé sur les profondeurs de son verre de vin, qui dit dans un murmure :

« Eh bien, Homir, vous voici devenu un homme d'affaires. Vous vous êtes fort bien tiré de votre mission.

— Moi ? (Munn éclata d'un rire sonore et joyeux. Pour une raison inconnue, il n'avait pas bégayé depuis des mois.) Je n'ai aucune responsabilité dans cette histoire. C'est Arcadia qui a tout fait. A propos, Darell, comment va-t-elle ? Je me suis laissé dire qu'elle allait bientôt rentrer de Trantor.

— C'est exact, dit Darell de sa voix tranquille. Son astronef devrait se poser avant la fin de la semaine. »

Il considéra ses hôtes avec des yeux voilés, mais il ne recueillit que des exclamations de plaisir confuses et amorphes. Rien de plus.

« Alors, c'est vraiment fini ? dit Turbor. Qui aurait prédit cela il y a seulement dix mois ? Munn est allé sur Kalgan et en est revenu. Arcadia a séjourné sur Kalgan et Trantor et va rentrer d'un instant à l'autre. Nous avons eu la guerre et nous l'avons gagnée, par l'Espace ! On nous dit qu'on peut prévoir les grandes lignes de l'Histoire, et pourtant il ne semble pas concevable, pour ceux d'entre nous qui ont vécu cette incroyable confusion, qu'il ait été possible de prédire ce qui vient de se passer.

— Sornettes, dit Anthor d'une voix acide. Pourquoi cet accent de triomphe ? Vous parlez comme si nous avions vraiment gagné une guerre, alors qu'il s'agit d'une infime bagarre qui n'a eu d'autre effet que de détourner notre esprit de notre véritable ennemi. »

Suivit un silence gêné, au milieu duquel le léger sourire de Homir Munn jetait, seul, une note discordante.

Anthor frappa le bras de son fauteuil d'un poing rageur.

« Parfaitement, c'est bien à la Seconde Fondation que je fais allusion. Chacun se garde d'en souffler mot, et si je ne me trompe, fait tous ses efforts pour l'écarter de sa pensée. Est-ce parce que cette fallacieuse atmosphère de victoire qui obnubile ce monde de crétins est à ce point contagieuse que vous vous sentez obligés d'y participer ? Eh bien, ne vous gênez pas, sautez au plafond, faites les pieds au mur, claquez-vous mutuellement le ventre, lancez des confetti par la fenêtre. Faites tout ce qui vous passera par la tête et quand vous serez redevenus vous-mêmes, nous reprendrons la discussion du problème qui n'est pas moins présent aujourd'hui qu'il y a dix mois, lorsque vous étiez assis autour de cette table, jetant des regards apeurés par-dessus vos épaules dans la crainte on ne sait de quel danger. Vous imaginez-vous réellement que les maîtres-à-penser de la Seconde Fondation sont moins redoutables parce que vous avez administré une glorieuse fessée à un niais qui a commis l'imprudence de faire joujou avec des astronefs ? »

Il s'interrompit, haletant, le visage cramoisi.

« Me permettez-vous de placer un mot, Anthor ? demanda Munn d'une voix calme. Ou préférez-vous continuer à jouer les conspirateurs grandiloquents ?

— Je vous en prie, Homir, répondit Darell, mais pour l'amour de l'Espace, abstenons-nous d'abuser d'expressions hyperboliques. Elles sont appropriées en certaines circonstances, mais pour l'instant, elles m'assomment ! »

Homir Munn se renversa sur son fauteuil et remplit son verre à la carafe qui se trouvait à portée de sa main.

« J'ai été envoyé sur Kalgan, dit-il, pour extraire le maximum de renseignements des archives contenues dans le palais du Mulet. J'ai consacré plusieurs mois à cette tâche. Et je n'en tire aucune vanité. Comme je vous l'ai déjà indiqué, c'est à l'ingénieuse intervention d'Arcadia que je dois d'avoir pu y pénétrer. Le fait n'en demeure pas moins qu'à mes connaissances originelles concernant la vie et l'époque du Mulet, qui, vous voudrez bien me l'accorder, n'étaient pas négligeables, j'ai pu ajouter le fruit d'un long labeur sur une documentation de première main, à laquelle nul autre n'a eu accès.

« Je me trouve, en conséquence, dans une position unique pour estimer à sa juste valeur le danger que présente la Seconde Fondation, et infiniment plus documenté sur la question que peut l'être notre jeune et irascible ami ici présent.

— Eh bien, grinça Anthor, donnez-nous une estimation de ce danger !

— Eh bien, mais, zéro ! »

Une courte pause, puis Elvett Semic demanda avec une expression de surprise incrédule :

« Comment, vous prétendez que le danger serait égal à zéro ?

— Certainement. Mes amis, j'ai l'avantage de vous faire connaître que *la Seconde Fondation n'existe pas* ! »

Anthor referma lentement les paupières et demeura assis, le visage pâle et inexpressif.

Munn poursuivit, conscient de l'attention générale et la savourant : « Et qui plus est, elle n'a jamais existé !

— Sur quoi, s'enquit Darell, basez-vous cette conclusion surprenante ?

— Je nie, répondit Munn, qu'elle soit surprenante. Vous connaissez tous l'histoire de la campagne de recherches menée par le Mulet pour découvrir la Seconde Fondation. Mais que savez-vous de l'ardeur, de l'obstination qu'il a déployées au cours de ces recherches ? Il disposait de ressources gigantesque qu'il a utilisées avec libéralité. C'était l'homme d'un seul objectif — et pourtant, il a échoué. Il n'a trouvé aucune Seconde Fondation.

— Il pouvait difficilement s'attendre à la découvrir, fit remarquer Turbor nerveusement. Elle possédait les moyens de se protéger contre les esprits trop curieux.

— Même lorsque l'esprit curieux est celui d'un phénomène mutant comme le Mulet ? Je ne pense pas. Mais vous n'attendez pas de moi, je l'espère, que je vous donne en cinq minutes la substance de cinquante volumes ?

« Tous ces travaux, selon les termes du traité de paix, feront bientôt partie du musée historique de Seldon, et vous aurez tout le loisir de procéder à une analyse aussi approfondie que celle à laquelle je me suis livré. Vous y trouverez la conclusion exprimée sans ambages : il n'y a pas, il n'y a jamais eu de Seconde Fondation. »

Semic s'interposa :

« Dans ce cas, dites-nous ce qui a donné un coup d'arrêt aux activités expansionnistes du Mulet ?

— Grande Galaxie ! Vous me demandez ce qui a mis un

terme à ses activités ? Mais la mort, parbleu ! La mort qui
est le terminus de notre voyage en ce bas monde ! La plus
grande superstition de notre ère veut que le Mulet ait été
arrêté dans sa carrière foudroyante de conquérant, par une
mystérieuse entité douée de pouvoirs supérieurs aux siens.
C'est toujours ce qui arrive lorsqu'on examine les choses par
le petit bout de la lorgnette.

« Nul ne peut certainement ignorer dans la Galaxie que
le Mulet était un monstre autant sur le plan physique que
mental. Il mourut vers la trentaine, parce que son corps mal
conformé ne pouvait plus assurer le fonctionnement d'une
machinerie fatiguée. Il était devenu infirme plusieurs années
avant sa mort. Au mieux de sa santé, il ne pouvait rivaliser
avec le plus faible des hommes. C'est entendu : il a conquis
la Galaxie, et, conformément aux lois de la nature, il s'est
éteint. C'est merveille qu'il ait résisté tant de temps et
accompli tant de choses. Mes amis, la conclusion est on ne
peut plus claire. Il vous suffira de prendre patience. Essayez
d'examiner les faits sous un angle nouveau.

— Soit, essayons, Munn, dit Darell d'une voix pensive.
Ce sera une tentative intéressante à défaut d'autre chose.
Cela nous aidera à glisser un peu d'huile dans le mécanisme
de nos pensées. Ces hommes dont l'esprit a été influencé
— dont Anthor nous a apporté les schémas physiques, il y
aura bientôt un an — qu'en faites-vous ? Aidez-nous à
considérer ce fait sous un nouvel angle.

— Rien de plus facile ! A combien de temps remonte le
début de la science encéphalographique-analytique ? En
d'autres termes, à quel stade se trouve l'étude des chemine-
ments neuroniques ?

— D'accord, répondit Darell, nous n'en sommes encore
qu'aux premiers balbutiements.

— Très bien. Quelles certitudes possédons-nous quant à
l'interprétation de ce que j'ai entendu Anthor et vous-même
appeler le « tripatouillage du plateau » ? Vous avez échafaudé des hypothèses, mais que possédez-vous en fait de
certitudes ? Ces hypothèses constituent-elles une base suffisamment ferme pour qu'on puisse en déduire l'existence
d'une force puissante, dont tous les autres indices
démentent l'existence ? Il est toujours facile d'expliquer ce
que l'on ne connaît pas en faisant intervenir une volonté
surhumaine autant qu'arbitraire.

« C'est un phénomène courant parmi les hommes. On

cite des exemples, dans l'histoire de la Galaxie, où des systèmes planétaires isolés sont retournés à la barbarie, et qu'avons-nous constaté en pareil cas ? Immanquablement, ces primitifs attribuent les forces incompréhensibles de la Nature — tempêtes, épidémies, sécheresse à des êtres animés plus puissants que les hommes et dotés d'un pouvoir discrétionnaire.

« On nomme cette tendance de l'anthropomorphisme, je crois, et à ce point de vue nous nous conduisons comme des sauvages et nous nous vautrons dans notre bauge. Connaissant peu de chose à la science mentale, nous attribuons les phénomènes qui échappent à notre compréhension à des surhommes — ceux de la Seconde Fondation, en l'occurrence, en nous fondant sur une hypothèse formulée par Seldon.

— Oh ! interrompit Anthor, vous vous souvenez donc de Seldon ? Je pensais que vous l'aviez oublié. Seldon a affirmé qu'il existait une Seconde Fondation. Placez donc cela sous le bon bout de votre lorgnette.

— Prétendriez-vous connaître toutes les intentions de Seldon ? Connaissez-vous tous les facteurs que la nécessité l'a contraint d'introduire dans ses calculs ? La Seconde Fondation a peut-être joué le rôle d'un épouvantail nécessaire, en vue d'un objectif hautement spécifique. Comment avons-nous battu Kalgan, par exemple ? Que disiez-vous dans votre dernière série d'articles, Turbor ? »

Turbor remua son corps massif.

« Oui, je vois à quoi vous faites allusion. Je me trouvais sur Kalgan vers la fin des hostilités, Darell, et il était facile de constater que le moral de la planète était extrêmement bas. J'ai feuilleté leurs archives de presse — et j'ai vu qu'ils s'attendaient à être battus. En fait ils ont été complètement paralysés par la croyance que la Seconde Fondation interviendrait — en faveur de la Première, bien entendu.

— Tout à fait exact, dit Munn. J'y suis demeuré pendant toute la durée de la guerre. J'ai déclaré à Stettin qu'il n'existait pas de Seconde Fondation et il m'a cru. Il se sentait en sécurité. Mais il ne possédait aucun moyen d'obliger le peuple à renoncer subitement à une croyance à laquelle il était demeuré attaché pendant toute son existence, si bien que ce mythe a bien rempli son office dans la partie d'échecs cosmique de Seldon. »

Mais Anthor ouvrit soudainement les yeux et les fixa sardoniquement sur le visage de Munn.

« J'affirme que vous mentez ! «

Homir devint livide.

« Je ne vois pas la nécessité de supporter, et encore moins de répondre à une accusation de cette nature.

— Je le dis sans la moindre intention de vous offenser personnellement : vous ne pouvez faire autrement que de mentir. Mais vous n'en mentez pas moins. »

Semic posa sa main vieillie sur la manche du jeune homme.

« Ne vous emballez pas, mon ami ! »

Anthor le repoussa sans aménité.

« Vous mettez ma patience à rude épreuve, tous autant que vous êtes. Je n'ai pas vu cet homme plus d'une douzaine de fois dans ma vie et pourtant je le trouve incroyablement changé. Vous le connaissez depuis des années, et néanmoins vous n'avez rien remarqué. Il y a de quoi vous rendre fou. Vous prétendez que cet homme dont vous écoutez sans broncher les discours s'appelle Homir Munn ? Ce n'est pas le Homir Munn que j'ai connu. »

Mouvements divers, tumulte par-dessus lequel on entendit la voix de Munn qui criait :

« Vous me traitez d'imposteur ?

— Peut-être pas dans le sens ordinaire, hurla Anthor au-dessus du vacarme, mais un imposteur néanmoins. Silence, je vous prie. Je demande à être entendu ! »

Il les fusillait du regard et il finit par obtenir le silence :

« En est-il parmi vous qui se souviennent comme moi de Homir Munn — ce bibliothécaire timide qui ne parlait jamais de sa personne sans un embarras évident ; ce personnage à la voix tendue et nerveuse qui bégayait en prononçant des phrases incertaines ? Dites-moi franchement, est-ce que cet homme lui ressemble ? Il est disert, assuré, plein de théories et, par l'Espace, il ne bégaie pas plus que vous ni moi. S'agit-il réellement de la même personne ? »

Munn lui-même parut confus et Anthor poursuivit :

« Eh bien, allons-nous le mettre à l'épreuve ?

— Comment ? s'enquit Darell.

— Vous me demandez comment ? La méthode est évi-

dente. Vous possédez ses enregistrements encéphalogra-
phiques d'il y a dix mois, n'est-ce pas ? Soumettez-le à un
nouvel examen et nous comparerons. »

Il braqua son index sur le bibliothécaire assombri et dit
avec violence :

« Qu'il ose refuser de se soumettre à l'analyse !

— Je ne fais pas d'objection, répondit Munn sur un ton
de défi. Je suis l'homme que j'ai toujours été.

— Comment pourriez-vous le savoir ? dit Anthor avec
dédain. J'irai plus loin. Je ne me fie à aucun membre de
l'assistance. Je demande que chacun se soumette à une
nouvelle analyse ! Une guerre vient de finir. Munn a séjourné sur Kalgan. Turbor a parcouru toutes les zones de
guerre à bord d'un astronef. Darell et Semic ont été absents
également... où ont-ils été ? Je n'en ai pas la moindre idée.
Et, pour jouer le jeu, je me soumettrai également à l'examen.
Sommes-nous d'accord ? Ou devrons-nous nous séparer et
poursuivre notre route chacun de notre côté ? »

Turbor haussa les épaules.

« Aucune objection !

— J'ai déjà donné mon accord », dit Munn.

Semic leva la main en signe de silencieux assentiment, et
Anthor attendit la réaction de Darell. Finalement, celui-ci
hocha la tête.

« Examinez-moi le premier », dit Anthor.

Les aiguilles traçaient leurs délicats serpentins sur le
papier quadrillé, et le jeune neurologue était étendu immobile sur la couchette, les yeux fermés, plongé dans une
obscure méditation. Darell tira du classeur le dossier contenant l'ancien enregistrement encéphalographique et le mon-
tra à Anthor.

« C'est bien votre schéma ?

— Oui, oui, c'est bien lui. Faites la comparaison. »

Sur l'écran, apparurent l'ancien et le nouvel encéphalo-
gramme. Les six courbes des différents enregistrements se
trouvaient réunies, et, dans l'obscurité, la voix de Munn
retentit avec une brutale netteté.

« Eh bien, regardez ici, j'aperçois un changement.

— Ce sont là des ondes primaires issues du lobe frontal.
Ces oscillations supplémentaires n'ont aucune signification
et traduisent simplement la colère. Ce sont les autres qui
comptent. »

Il actionna un bouton et les six paires coïncidèrent les

unes avec les autres. Seule l'amplitude plus grande des primaires provoqua un dédoublement.

« Satisfait ? » demanda Anthor.

Darell inclina brièvement la tête et s'étendit lui-même sur le siège. Puis ce fut le tour de Semir, suivi par Turbor.

Les diagrammes furent recueillis dans le silence, puis comparés.

Munn fut le dernier à prendre place. Il hésita une fraction de seconde, puis, avec une note de désespoir dans la voix, il dit :

« Il faudra tenir compte du fait que je passe le dernier et que j'éprouve un certain énervement.

— Nous en tiendrons compte, lui assura Darell. Vos émotions conscientes ne peuvent affecter que les primaires, et elles ne présentent pas d'importance. »

Des minutes s'écoulèrent qui parurent des heures, dans un silence total...

Puis, lorsque vint le moment de faire la comparaison dans l'obscurité, Anthor dit d'une voix rauque :

« Bien sûr, bien sûr, ce n'est là que le début d'un complexe. N'est-ce pas ce qu'il nous avait dit ? Rien qui ressemble à une intervention extérieure ! Il ne s'agit que d'une sotte notion anthropomorphique... Mais regardez ! Sans doute s'agit-il d'une coïncidence ?

— Qu'y a-t-il ? » cria Munn.

La main de Darell se posa sur l'épaule du bibliothécaire.

« Restez calme, Munn... Votre esprit a été influencé ; vous avez été conditionné par *eux*. »

Puis la lumière revint. Munn regardait autour de lui avec un air brisé et un lamentable effort pour sourire.

« Vous ne parlez pas sérieusement. Vous avez une idée derrière la tête. Vous voulez me faire marcher ! »

Mais Darell se contenta de secouer la tête.

« Non, no, Homir, c'est la vérité. »

Les yeux du bibliothécaire furent soudain remplis de larmes.

« Je ne sens pas en moi le moindre changement. Je ne puis y croire. » Et, avec une conviction soudaine : « Vous êtes tous contre moi, c'est une conspiration ! »

Darell tenta un geste de consolation, mais sa main fut brutalement repoussée.

« Vous méditez de me tuer, par l'Espace, vous méditez de me tuer ! »

D'un bond, Anthor fut sur lui. On entendit le craquement sec des os contre les os, et Homir devint mou et flasque, avec cet air terrifié, figé, sur son visage.

Anthor se leva tout tremblant.

« Il vaudrait peut-être mieux le ligoter et le bâillonner. Plus tard, nous déciderons de ce qu'il convient de faire. (Il repoussa ses longs cheveux en arrière.)

— Comment avez-vous deviné qu'il n'était plus normal ? » demanda Turbor.

Anthor se tourna vers lui avec une expression sardonique.

« Ce n'était guère difficile : *Je sais où se trouve réellement la Seconde Fondation.* »

(Des chocs successifs provoquent des effets décroissants...)

Aussi est-ce avec une douceur réelle que Semic demanda :

« En êtes-vous certain ? C'est-à-dire que nous venons de faire la même expérience avec Munn...

— Ce n'est pas du tout la même chose, riposta Anthor. Le premier jour de la guerre, Darell, je vous ai parlé très sérieusement. J'ai tenté de vous convaincre de quitter Terminus. Je vous aurais dit à ce moment ce que je vous dis maintenant si j'avais pu vous faire confiance.

— Vous prétendez connaître la solution du problème depuis six mois ? s'enquit Darell en souriant.

— Je la connais depuis le moment où j'ai appris qu'Arcadia était partie pour Trantor. »

Darell se leva, soudain consterné.

« Que vient faire Arcadia dans cette affaire ? Qu'insinuez-vous ?

— Absolument rien qui ne ressorte, de toute évidence, des événements que nous connaissons si bien. Arcadia se rend sur Kalgan et, prise de panique, se réfugie en plein centre de la Galaxie plutôt que de rentrer chez elle. Le lieutenant Dirige, notre meilleur agent sur Kalgan, a le cerveau influencé. Homir Munn fait un séjour sur Kalgan et est à son tour influencé. Le Mulet a conquis la Galaxie, mais, chose étrange, il a choisi Kalgan pour en faire son quartier général et je me pose la question de savoir s'il était un conquérant ou plutôt un instrument. Nous sommes

confrontés à tout bout de champ avec Kalgan. Kalgan
— rien que Kalgan, le monde qui a trouvé le moyen de
franchir sans être inquiété, toutes les luttes des Seigneurs de
la Guerre, et cela pendant plus d'un siècle.

— Et quelle est votre conclusion ?

— Il est évident, dit Anthor, avec dans les yeux l'expression d'une conviction profonde, que la Seconde Fondation
se trouve sur Kalgan.

— J'ai été sur Kalgan, Anthor, interrompit Turbor. J'y
étais encore, pas plus tard que la semaine dernière. S'il s'y
trouve la moindre trace de la Seconde Fondation, c'est que
je suis fou. Personnellement, je crois que vous êtes fou. »

Le jeune homme se tourna furieusement vers lui.

« Dans ce cas, vous êtes un niais. Et comment vous
représentez-vous donc la Seconde Fondation ? Comme un
collège ? Vous vous attendiez peut-être à ce que les voies
d'accès des astronefs fussent bordées de champs rayonnants
portant en lettres lumineuses vertes et pourpres les mots
« Seconde Fondation » ? Écoutez-moi bien, Turbor : où
qu'ils soient, ces gens forment une oligarchie fermée. Ils
doivent se cacher avec autant de soin sur le monde où ils
ont établi leur résidence que ce monde lui-même se dissi-
mule dans l'ensemble de la Galaxie. »

Turbor contracta les muscles de sa mâchoire.

« Je trouve votre attitude déplaisante, Anthor.

— Croyez que j'en suis désolé, répondit l'autre sarcas-
tiquement. Jetez un regard autour de vous, ici-même, sur
Terminus. Nous nous trouvons au centre — au cœur
même — à l'origine de la Première Fondation, avec toute sa
masse de connaissances sur le plan des sciences physiques.
Eh bien, combien y a-t-il de physiciens parmi cette population ? Etes-vous capable de faire fonctionner une station de
transmission d'énergie ? Connaissez-vous quelque chose au
principe d'un moteur hyperatomique ? Le nombre des véritables hommes de science résidant sur Terminus — même
sur Terminus — peut être estimé à moins de un pour cent
du chiffre de la population totale.

« Que dire alors de la Seconde Fondation, où il importe
avant tout de préserver le secret ? Le nombre des initiés
sera encore plus réduit, et ceux-ci devront être inconnus de
leur propre entourage.

Nous venons cependant de remporter la victoire sur Kalgan, dit Semic.

— Sans doute, sans doute, répondit sardoniquement Anthor. Et comme nous la célébrons, cette victoire ! Les villes sont encore illuminées ; on n'a pas fini de tirer des feux d'artifice : les écrans de télévision retentissent encore des périodes triomphales. Mais en ce moment, *en ce moment*, où la recherche de la Seconde Fondation est une fois de plus à l'ordre du jour, quel est le dernier endroit qu'il nous viendrait à l'idée de soupçonner ? Vous avez trouvé ! C'est Kalgan !

« Nous n'avons guère entamé leur puissance, vous savez, du moins de façon sensible. Nous avons détruit quelques astronefs, tué quelques milliers de personnes, démembré leur Empire, nous avons fait main basse sur une partie de leur puissance économique et commerciale — mais tout cela ne signifie rien. Je parierais qu'aucun membre de la véritable classe dirigeante ne se sent le moindrement déconfit. Bien au contraire, ils se croient maintenant à l'abri de la curiosité. Mais pas de *ma* curiosité. Quelle est votre opinion, Darell ? »

Darell haussa les épaules.

« Intéressant ! J'essaie de faire cadrer votre théorie avec un message que j'ai reçu d'Arcadia, il y a quelques mois.

— Un message ? Tiens ! dit Anthor. Et quels en étaient les termes ?

— Je ne suis pas très sûr de leur signification. Une courte phrase. Mais c'est intéressant.

— Ecoutez, dit Semic, avec un intérêt où transparaissait l'inquiétude, il y a quelque chose que je ne comprends pas.

— Parlez. »

Semic choisit soigneusement ses mots, levant sa vieille lèvre supérieure, pour les modeler séparément et comme à regret.

« Homir Munn disait il y a un instant que Hari Seldon avait lancé un canular en prétendant qu'il avait établi une Seconde Fondation. A présent, vous affirmez le contraire ; Seldon parlait sérieusement, n'est-ce pas ?

— C'est exact. Il ne mentait pas. Seldon a déclaré qu'il avait établi une Seconde Fondation et c'est bien ce qu'il a fait.

— Très bien. Mais il a dit encore autre chose. Il a déclaré qu'il avait créé deux Fondations aux extrémités de la Galaxie. Maintenant, dites-moi, jeune homme, s'il faut

considérer cela comme un mensonge — car Kalgan ne se
trouve pas à l'autre bout de la Galaxie. »

Anthor parut embarrassé.

« Il ne s'agit là que d'un détail mineur. Il se peut que
cette déclaration n'ait servi que de couverture afin de les
mieux protéger. Mais réfléchissons bien. A quoi leur servi-
rait-il de placer leurs maîtres-à-penser à l'autre bout de la
Galaxie ? Quelle est leur raison d'être ? De contribuer à
préserver le Plan. Quels sont ceux qui détiennent les cartes
maîtresses du Plan ? Nous, la Première Fondation. Quel est
l'endroit d'où ils puissent le mieux observer et favoriser au
mieux leurs propres desseins ? A l'autre bout de la Galaxie ?
Ridicule ! Ils sont en réalité à moins de cinquante parsecs
de nous, ce qui est infiniment plus raisonnable.

— Cet argument me plaît, dit Darell, il paraît logique.
Mais à propos, Munn a repris ses esprits depuis un bon
moment. Je propose que nous lui rendions la liberté. Il est
pratiquement inoffensif. »

Anthor ne semblait pas d'accord. Mais Homir hochait
vigoureusement la tête. Cinq secondes plus tard, il se fric-
tionnait les poignets non moins vigoureusement.

« Comment vous sentez-vous ? s'enquit Darell.

— Fort mal en point, dit Munn d'un ton boudeur, mais
peu importe. Je voudrais poser une question à ce brillant
jeune homme. J'ai entendu son exposé, et je prends la liberté
de lui demander ce que nous allons faire à présent. »

Il y eut un silence étrange, plein d'embarras.

« Supposons que Kalgan soit la Seconde Fondation, dit
Munn avec un sourire amer. Encore faut-il savoir de qui
précisément il s'agit. Comment ferons-nous pour découvrir
les responsables ? Et si nous les trouvons, par quelles
méthodes les attaquerons-nous ?

— Ah ! dit Darell, aussi bizarre que la chose puisse
paraître, je puis répondre à cette question. Vous dirai-je ce
que Semic et moi avons fait au cours des dix derniers
mois ? Vous vouliez savoir pourquoi je tenais à rester sur
Terminus pendant tout ce temps, Anthor ? Ceci peut constituer une autre raison. »

« Et tout d'abord, continua-t-il, j'ai travaillé l'analyse
encéphalographique avec bien plus de détermination
qu'aucun de vous ne pourrait l'imaginer. La détection des
cerveaux de la Seconde Fondation est une opération un peu

plus subtile que la mise en évidence d'un « tripatouillage de plateau » — et si je n'ai pas atteint mon objectif, je m'en suis fortement rapproché.

« Savez-vous quel est le processus des émotions ? C'est un sujet qui a été abondamment traité par les écrivains spécialisés dans la fiction, depuis l'époque du Mulet, et l'on n'a pas manqué d'écrire, de proférer ou d'enregistrer nombre de sottises sur la question. Pour la plupart, il s'agit d'une opération mystérieuse et occulte. Bien entendu, il n'en est rien. Chacun sait que le cerveau est la source d'une myriade de champs électromagnétiques infinitésimaux. La moindre émotion passagère fait varier ces champs d'une façon plus ou moins complexe, ce que chacun devrait également savoir.

« Maintenant, il est possible de concevoir un cerveau susceptible de détecter ces variations de champs, et même d'entrer en résonance avec eux. En d'autres termes, on peut concevoir qu'il existe dans le cerveau un organe spécial, susceptible d'adopter toute configuration magnétique présentée par l'ensemble de ces champs qu'il lui adviendra de détecter. Par quel processus arriverait-il à ce résultat ? Je n'en ai pas la moindre idée, mais peu importe. Si j'étais aveugle, par exemple, je pourrais néanmoins apprendre la signification des photons et des quanta d'énergie, et je pourrais admettre que l'absorption d'un photon d'une énergie donnée puisse provoquer, dans un organe du corps, des modifications chimiques telles que sa présence deviendrait décelable. Bien entendu, cela ne me permettrait pas de comprendre la couleur.

« Vous me suivez tous ? »

Hochement de tête énergique chez Anthor, dubitatif chez les autres.

« Un tel organe de résonance mentale en s'ajustant aux champs émis par d'autres cerveaux, pourrait réaliser ce que l'on appelle couramment la « lecture d'émotions » ou la « lecture de pensée » qui est en réalité quelque chose d'encore plus subtil. De là, il n'y a qu'un pas à concevoir un organe similaire qui serait capable d'imposer un ajustement donné sur un autre cerveau. Grâce à son champ plus puissant, il pourrait orienter le champ plus faible d'un autre cerveau — à la façon dont un aimant puissant oriente les dipoles atomiques dans une barre d'acier et lui confère une aimantation permanente.

« J'ai résolu le problème mathématique posé par les initiés de la Seconde Fondation, en ce sens que j'ai dégagé une fonction laissant prévoir la combinaison nécessaire de processus neuroniques qui permettrait la formation d'un organe tel que je viens de le décrire. Malheureusement, la fonction en question est trop complexe pour qu'on puisse la résoudre au moyen des outils mathématiques dont nous disposons actuellement. C'est dommage, parce que cela signifie que je ne pourrai jamais détecter un maître-à-penser par son seul schéma encéphalographique.

« Mais je pourrais faire autre chose. Je pourrais, avec l'aide de Semic, construire ce que j'appellerai un appareil de statique mentale. La science moderne est capable de créer une source d'énergie qui constituera la réplique du schéma type du champ électromagnétique encéphalographique. De plus, on peut s'arranger pour le faire osciller complètement au hasard et créer, par rapport au cerveau considéré, une sorte de brouillage, fait de parasites qui masqueraient d'autres cerveaux avec lesquels il pourrait être en contact.

« Vous me suivez toujours ? »

Semic gloussa. Il avait participé en aveugle à cette création, mais il avait deviné, et deviné juste. Le vieux bonhomme avait encore un tour ou deux dans son sac.

« Je crois, dit Anthor.

— L'appareil, continua Darell, est assez facile à fabriquer, et comme les dépenses étaient imputées au chapitre « recherches de guerre », je disposais de toutes les ressources de la Fondation. Et maintenant, les bureaux du Maire et les assemblées législatives sont entourées de statique mentale, autrement dit de stations de brouillage cérébral. Il en est de même pour nos industries clés. Eventuellement, nous pouvons protéger absolument contre les emprises de la Seconde Fondation, ou d'un second Mulet, tous les organismes que nous désirons. Et voilà. »

Il termina son exposé d'un geste de la paume posée à plat.

« Alors, c'est fini ? Grand Seldon, c'est fini ? dit Turbor estomaqué.

— Eh bien, dit Darell, pas tout à fait.

— Comment cela ? Il reste donc autre chose ?

— Oui, nous n'avons pas encore découvert le siège de la Seconde Fondation !

— Comment, rugit Anthor, vous prétendez...

— Parfaitement, je prétends que Kalgan n'est pas la Seconde Fondation !

— Comment le savez-vous ?

— C'est facile, grommela Darell. Voyez-vous, *je sais où se trouve réellement la Seconde Fondation.* »

XV

Turbor se mit soudain à rire à grands éclats bruyants qui se répercutèrent sur les murs et s'éteignirent en suffocations. Il secoua faiblement la tête.

« Grande Galaxie, et ça a duré toute la nuit, ce jeu de massacre ! L'un après l'autre, nous présentons nos pantins et l'un après l'autre, ils mordent la poussière. Nous nous amusons comme des petits fous, mais nous n'arrivons nulle part. Par l'Espace ! Qui vous dit que toutes les planètes n'appartiennent pas à la Seconde Fondation ? Peut-être n'ont-ils pas une seule planète, mais seulement quelques hommes de confiance disséminés judicieusement à travers la Galaxie ? Et qu'importe après tout, puisque Darell affirme avoir trouvé la parade idéale ? »

Darell eut un sourire sans gaieté.

« La parade idéale ne suffit pas, Turbor. Même ma station de brouillage est un appareil qui nous immobilise en un seul endroit. Nous ne pouvons demeurer les poings perpétuellement serrés, jetant des regards frénétiques vers les quatre points cardinaux, à la recherche d'un ennemi inconnu. Nous devons non seulement savoir *comment* vaincre, mais *qui* vaincre. Et il existe un monde précis où l'ennemi a établi sa résidence.

— Venez au fait, dit Anthor d'un ton las. En quoi consistent vos renseignements ?

— Arcadia, dit Darell, m'a fait parvenir un message, et avant de l'avoir lu, je n'avais jamais vu ce qui me crevait les yeux. Jamais sans doute je ne l'aurais vu. Pourtant, le message ne comportait que ces simples mots : « Un cercle n'a pas de bout. » Voyez-vous ?

— Non, dit Anthor, buté, et il parlait, évidemment, pour tout le monde.

— Un cercle n'a pas de bout, répéta songeusement Munn, le front barré de rides.

— Eh bien, dit Darell, pour moi c'était parfaitement clair. Quel est le seul fait absolument certain que nous connaissions sur la Seconde Fondation ? Je vais vous le dire : nous savons que Hari Seldon en avait désigné le siège comme étant à l'autre bout de la Galaxie. Pour Homir Munn, l'existence de la Seconde Fondation n'était qu'un canular. Selon Pelleas Anthor, Seldon avait dit la vérité, mais avait menti en ce qui concerne l'emplacement de la Fondation. Moi, je vous dis que Hari Seldon nous a dit la stricte vérité, sur toute la ligne.

« Mais en quoi consiste l'autre bout ? La Galaxie est un objet aplati de forme lenticulaire. La section transversale de cette lentille donne un cerle, et un cercle n'a pas de bout — comme Arcadia s'en est rendu compte. Nous, Première Fondation, sommes situés sur Terminus, sur la périphérie de ce cercle, et maintenant suivez-le, suivez-le... Vous ne trouverez pas d'autre bout. Vous reviendrez simplement à votre point de départ...

« Et c'est là que vous trouverez la Seconde Fondation.

— Là, répéta Anthor. Vous voulez dire *ici* ?

— Parfaitement, je veux dire ici, répondit énergiquement Darell. En quel autre lieu pourrait-elle bien être ? Vous avez dit vous-même que si les membres de la Seconde Fondation étaient les gardiens du Plan Seldon, il serait peu vraisemblable qu'ils fussent installés à ce soi-disant autre bout de la Galaxie, où ils se trouveraient aussi isolés qu'il est possible de l'être. Vous pensiez qu'une distance de cinquante parsecs était plus acceptable. Eh bien, je prétends que c'est encore trop loin. Bien mieux, aucune distance n'est admissible. Et où se trouveraient-ils le plus en sécurité ? Qui penserait à les chercher à cet endroit ? c'est la vieille histoire classique : plus un objet vous crève les yeux, et moins on soupçonne sa présence.

« Pourquoi le pauvre Ebling Mis fut-il à ce point surpris

et désarçonné par la révélation du siège de la Seconde
Fondation ? Il la cherchait désespérément pour l'avertir de
l'arrivée imminente du Mulet, et tout cela pour apprendre
que ledit Mulet avait déjà conquis les deux Fondations dans
sa foulée. Pourquoi le Mulet lui-même a-t-il échoué dans sa
quête ? Et pourquoi pas ? Lorsqu'on court après un ennemi
insaisissable, on ne pense guère à le chercher parmi les
adversaires déjà conquis. Si bien que les maître-à-penser
pouvaient à loisir prendre leurs dispositions pour arrêter le
Mulet, et ils y ont effectivement réussi.

« Oh ! tout cela est d'une simplicité désarmante. Car
nous sommes là, la bouche enfarinée avec nos complots et
nos ruses, persuadés que notre secret est bien gardé et,
pendant tout ce temps, nous sommes en plein cœur de la
place forte ennemie. C'est à mourir de rire ! »

Anthor ne se départit pas de son expression sceptique.

« Vous   croyez   honnêtement   à   cette   théorie,
Dr Darell ?

— J'y crois, en toute sincérité.

— Alors l'un quelconque de nos voisins, un passant que
nous croisons dans la rue, pourrait être un surhomme de la
Seconde Fondation dont l'esprit est braqué sur le nôtre,
auscultant nos pensées ?

— Exactement !

— Et pendant tout ce temps, nous avons pu vaquer à nos
occupations sans être cérébralement molestés ?

— Molestés ? Qui vous dit que nous n'avons pas été
molestés ? N'avez-vous pas démontré vous-même que Munn
avait été influencé ? Qui vous prouve que c'est de notre
propre volonté que nous l'avons envoyé sur Kalgan — ou
que c'est en toute liberté qu'Arcadia a surpris nos conversa-
tions et est montée à bord de son astronef ? Ah ! nous
avons probablement été molestés sans interruption. Et après
tout, pourquoi auraient-ils dû faire plus qu'ils n'ont fait ?
Ils ont plus d'intérêt à nous égarer qu'à entraver notre
action. »

Anthor se plongea dans une méditation profonde dont il
émergea insatisfait.

« Tout cela ne me plaît guère. Votre brouillage mental
ne vaut pas une guigne. Nous ne pouvons demeurer perpétuellement enfermés dans nos maisons et nous trouver per-
dus sitôt que nous mettons le nez dehors, avec ce que nous
croyons savoir à présent ; à moins que vous ne puissiez

construire une petite machine pour chaque habitant de la
Galaxie.

— Sans doute, mais nous ne sommes pas complètement
désarmés, Anthor. Ces hommes de la Seconde Fondation
possèdent un sens spécial qui nous manque. C'est leur force,
sans doute, mais aussi leur faiblesse. Citez-moi par exemple
un moyen d'attaque qui soit efficace contre un homme
normal, et inopérant pour un aveugle ?

— Certainement, dit Mun. Une lumière plantée dans les
yeux.

— Eh bien, et après ? demanda Turbor.

— L'analogie est pourtant claire. Je possède un appareil
de brouillage mental. Il produit artificiellement un effet
électromagnétique susceptible d'impressionner le cerveau
d'un homme de la Seconde Fondation comme un rayon de
lumière excite les cellules de notre rétine. Mais la station de
brouillage mental opère à la manière d'un kaléidoscope.
Son émission évolue constamment, avec une vitesse que le
cerveau récepteur ne peut suivre. Considérez maintenant
une lumière clignotante, de celles qui vous causent immanquablement des maux de tête lorsqu'elles se prolongent
pendant un certain temps. Maintenant, donnez à cette
lumière, ou à ce champ magnétique, une intensité aveu-
glante — et vous provoquerez chez le sujet une sensation
douloureuse, insupportable. Mais seulement pour ceux qui
sont dotés du sens approprié ; pas pour les aveugles, sur le
plan physique ou mental.

— Vraiment ? dit Anthor avec un début d'enthousiasme.
En avez-vous fait l'expérience ?

— Sur qui ? Naturellement, je n'ai pu l'essayer. Mais il
fonctionnera.

— Eh bien, où sont disposées les commandes du champ
qui entoure la maison ? Je voudrais bien voir ça !

— Voici. » Le Dr Darell glissa la main dans sa poche :
c'était un petit objet qui gonflait à peine l'étoffe. Il lança
vers l'autre le petit cylindre émaillé de boutons.

Anthor l'examina avec soin et haussa les épaules.

« Je ne suis pas plus avancé. Que m'est-il interdit de
toucher, Darell ? Je ne voudrais pas involontairement priver
la maison de son système de défense.

— Pas de danger, dit Darell avec indifférence. Les boutons sont bloqués. (En guise de démonstration, il appuya
sur un bouton qui refusa effectivement de bouger.)

— A quoi sert cette molette ?

— Elle permet de varier l'amplitude de l'émission. Celle-ci contrôle l'intensité. C'est à cette dernière que je faisais allusion.

— Puis-je ?... demanda Anthor, le doigt sur le bouton d'intensité. (Les autres se groupaient autour d'eux.)

— Pourquoi pas ? répondit Darell. Le résultat ne risque pas de nous affecter. »

Lentement, grimaçant presque, Anthor tourna le bouton dans un sens, puis dans l'autre. Turbor grinçait des dents, tandis que Munn clignait rapidement des paupières. On eût dit qu'ils s'efforçaient d'aiguiser leurs organes sensoriels inadéquats, pour percevoir cette émission qui ne pouvait les affecter.

Anthor haussa enfin les épaules et lança le petit appareil sur les genoux de Darell.

« Eh bien, je suppose que nous devons vous croire sur parole. Mais il est difficile d'imaginer qu'il se passait quelque chose lorsque je tournais ce bouton.

— Naturellement, Pelleas Anthor, puisque l'appareil que je vous ai remis était factice. J'en possède un autre, voyez-vous. (Il écarta son veston et saisit à sa ceinture une réplique de la boîte qu'Anthor avait examinée.) Regardez », dit-il, et d'un seul geste il tourna le bouton d'intensité au maximum.

Avec un cri inhumain, Pelleas Anthor s'écroula sur le sol. Il se roulait frénétiquement, le visage livide, ses doigts labourant convulsivement ses cheveux.

Munn recula précipitamment pour ne pas entrer en contact avec le corps convulsé ; ses yeux reflétaient une indescriptible horreur. Semic et Turbor semblaient mués en statues de plâtre, dont ils avaient la blancheur et la rigidité.

Darell, le visage sombre, ramena le bouton à zéro. Anthor remua faiblement une ou deux fois et demeura immobile. Il vivait car sa poitrine se soulevait sous une respiration spasmodique.

« Entendez-le sur la couchette, dit Darell en saisissant la tête du jeune homme. Aidez-moi. »

Turbor saisit les pieds. Ils avaient l'impression de soulever un sac de farine. Puis au bout de quelques minutes, la respiration devint plus régulière et les paupières d'Anthor palpitèrent. Son visage avait pris une horrible teinte jaune ;

ses cheveux et son corps étaient inondés d'une transpiration profuse, et sa voix, lorsqu'il parla, était brisée et méconnaissable.

« Non, marmotta-t-il, non ! non ! Ne recommencez pas ! Vous ne savez pas... Vous ne savez pas... Ohhh... (De ses lèvres sortit une longue plainte palpitante.)

— Nous ne recommencerons pas, dit Darell, si vous nous dites la vérité. Vous êtes un membre de la Seconde Fondation ?

— Donnez-moi un peu d'eau à boire, supplia Anthor.

— Allez chercher de l'eau, Turbor, dit Darell, et rapportez la bouteille de whisky. »

Il répéta la question après avoir fait avaler une rasade de whisky et deux verres d'eau au jeune homme. Celui-ci parut se détendre.

« Oui, dit-il d'un ton las, je suis un membre de la Seconde Fondation.

— Qui a son siège, ici même, au Terminus ?

— Oui, oui. Vous avez raison sur tous les points, Dr Darell.

— Bien ! Maintenant, expliquez-nous ce qui s'est passé au cours des six mois écoulés. Dites !

— Je voudrais dormir, murmura Anthor.

— Plus tard. Maintenant, il faut parler ! »

Un soupir entrecoupé. Puis des mots pressés, à voix basse. Les autres se penchaient au-dessus de lui pour ne rien perdre de ses paroles.

« La situation devenait dangereuse. Nous savions que Terminus et ses physiciens commençaient à s'intéresser aux schémas psychiques et que les temps étaient mûrs pour la création d'un appareil dans le genre de la station de brouillage mental. D'autre part, nous constations une hostilité croissante à l'égard de la Seconde Fondation. Il fallait renverser cette tendance sans ruiner le Plan Seldon.

« Nous avons tenté de diriger le mouvement. Nous avons essayé de nous y intégrer. C'était une façon de détourner de nous les soupçons. En manière de diversion, nous avons induit Kalgan à déclarer la guerre. C'est pourquoi j'ai envoyé Munn sur Kalgan. La maîtresse supposée de Stettin était des nôtres. Elle dirigeait les actes de Munn dans un sens favorable à nos projets...

— Callia est... », s'écria Munn, mais Darell lui imposa silence d'un geste.

Anthor poursuivit sans s'apercevoir de l'interruption :

« Arcadia suivit. Nous n'avions pas compté sur son intervention — nous ne pouvons pas tout prévoir — de sorte que Callia l'amena à se réfugier sur Trantor pour prévenir toute ingérence de sa part. C'est tout. Si ce n'est que nous avons perdu la partie.

— Vous avez tenté de me convaincre de partir pour Trantor, n'est-ce pas ? » interrogea Darell.

Anthor hocha la tête.

« Je devais vous écarter de notre route. Le sentiment de triomphe qui se développait dans votre esprit était suffisamment clair. Vous étiez en train de résoudre les problèmes de la station de brouillage mental.

— Pourquoi n'avez-vous pas influencé mon esprit afin de pouvoir me contrôler ?

— Je ne pouvais pas... J'avais des ordres. Nous travaillions conformément au Plan. Si j'avais improvisé, j'aurais faussé tous les calculs. Le Plan n'indique que des probabilités... vous savez cela... Comme le Plan Seldon. (Il parlait à mots entrecoupés, la voix pleine d'angoisse. Presque avec incohérence. Sa tête ballait de droite à gauche sous l'effet de la fièvre.) Nous avions affaire à des individus... pas à des groupes... probabilités incertaines... En outre... si nous vous influencions... quelqu'un d'autre inventerait l'appareil... peine perdue... Il fallait agir sur le temps... plus de subtilité... Propre Plan du Premier Orateur... ne connaît pas tous les aspects de la situation... sauf... échec... euhhh... » Il s'effondra.

Darell le secoua rudement.

« Le moment n'est pas encore venu de dormir. Combien de membres comprend la Fondation ?

— Hein ? Que dites-vous ?... Oh !... guère... seriez surpris... cinquante... c'est suffisant.

— Et tous sur Terminus ?

— Cinq, six... dans l'espace... Comme Callia... je vais dormir. »

Il se secoua soudain, comme par un effort surhumain, et son élocution gagna en clarté. Il tentait un dernier effort pour se justifier, pour minimiser sa défaite.

« Nous avons failli vous avoir à la fin. Nous aurions tourné vos défenses et vous aurions réduits à l'impuissance. Nous vous aurions montré qui étaient les maîtres. Mais vous m'avez donné le change... Vous m'avez soupçonné dès le début. »

Et finalement, il s'endormit.

« Depuis combien de temps le soupçonniez-vous ? demanda Turbor impressionné.

— Depuis le jour où il est entré ici, répondit l'autre de sa voix calme. Il venait de la part de Kleise, disait-il. Mais je connaissais Kleise ; et je savais en quels termes nous nous étions séparés. Il se conduisait en fanatique pour tout ce qui concernait la Seconde Fondation, et je l'ai abandonné. Mes objectifs étaient raisonnables, puisque je pensais qu'il valait mieux, qu'il était plus sûr de me fier à ma propre inspiration. Mais je ne pouvais pas le dire à Kleise : d'ailleurs, il ne m'aurait pas écouté. A ses yeux, j'étais un poltron et un traître, voire un agent de la Seconde Fondation. C'était un homme vindicatif et, depuis ce moment jusqu'aux jours précédant sa mort, il s'abstint de toute relation avec moi. Puis, au dernier moment, je reçois de lui une lettre amicale et il me recommande son élève le meilleur et le plus brillant, et m'engage à faire de lui mon collaborateur, afin de reprendre l'enquête que nous avions menée ensemble autrefois.

« Cette attitude était absolument contraire à son caractère. Jamais il n'aurait pris une pareille initiative s'il n'avait pas été soumis à une influence extérieure, et je me suis bientôt demandé si l'objet réel de cette démarche n'était pas d'introduire dans ma confiance un véritable agent de la Seconde Fondation. C'est bien ce qui s'est produit... »

Il soupira et ferma les yeux un moment.

« Qu'allons-nous faire de tous ces gens ? demanda Semic d'une voix hésitante. Je parle de ceux de la Seconde Fondation.

— Je n'en sais rien, dit Darell mélancoliquement. Nous pourrions les exiler, je suppose. Il y a Zoranel, par exemple. On pourrait les y reléguer en saturant la planète de stations de brouillage mental. On peut séparer les hommes des femmes, ou mieux encore les stériliser... Et dans cinquante ans, la Seconde Fondation ne sera plus qu'un souvenir. Peut-être qu'une mort douce serait encore une solution plus humaine.

— Croyez-vous, dit Turbor, que nous pourrions apprendre à nous servir de ce sens qui leur est particulier ? Ou bien le possèdent-ils de naissance, comme le Mulet ?

— Je ne sais pas. Je crois qu'on le développe grâce à un long entraînement, puisque l'encéphalographie démontre que le cerveau recèle une telle potentialité à l'état latent. Mais pour quelles raisons voudriez-vous disposer d'un tel sens ? Il ne leur a guère servi. »

Il fronça les sourcils.

Bien qu'il gardât le mutisme, ses pensées poussaient des clameurs sous son crâne.

Le succès avait été trop facile... beaucoup trop facile. Ils avaient chu, ces invincibles, comme des traîtres de comédie, et cela ne lui plaisait guère.

Galaxie ! A quel moment l'homme peut-il savoir qu'il n'est pas un pantin dont un autre tire les ficelles ? Comment pourrait-il le savoir ?

Arcadia allait bientôt rentrer, et il frissonna à la pensée de ce qu'il lui faudrait affronter, le moment venu.

Elle était à la maison depuis une semaine, puis deux, et cependant il ne pouvait pas secouer les lourdes chaînes qui pesaient sur ses pensées. Comment l'aurait-il pu ? Durant son absence, l'enfant était devenue femme par la vertu de quelque curieuse alchimie. Elle était le lien qui l'attachait à la vie ; le lien lui rappelant un mariage fait d'amertume et de douceur, qui avait à peine dépassé les limites de la lune de miel.

Et puis, tard, un soir, il dit aussi naturellement qu'il le put :

« Arcadia, qu'est-ce qui t'a amenée à penser que Terminus était le siège des deux Fondations ? »

Ils avaient été au théâtre, dans les meilleurs fauteuils, dont chacun était pourvu d'un écran tridimensionnel ; elle portait une nouvelle robe pour l'occasion et elle se sentait heureuse.

Elle le considéra un moment avec des yeux pénétrants, puis elle préféra éluder la question.

« Oh ! je ne sais pas, père, c'est une idée qui m'est venue, comme cela. »

Le Dr Darell sentit une couche de glace se former autour de son cœur.

« Réfléchis, dit-il d'une voix insistante. C'est très important. Qu'est-ce qui t'a donné la conviction que les deux Fondations se trouvaient sur Terminus ? »

Elle se rembrunit légèrement.

« Eh bien, il y avait Callia. Je savais qu'elle appartenait à la Seconde Fondation. Anthor était également de cet avis.

— Pourtant elle se trouvait sur Kalgan, poursuivit Darell. *Qu'est-ce qui t'a fait penser à Terminus ?* »

Cette fois, Arcadia attendit plusieurs minutes avant de répondre. Quel était le facteur qui avait déterminé son choix ? Qui, quel était-il, en vérité ? Elle avait l'horrible impression de sentir une chose lui glisser entre les doigts...

« Elle connaissait trop de choses — je parle de Dame Callia, dit-elle. Elle devait tenir ses renseignements de Terminus. Ne penses-tu pas que ce soit l'explication, père ? »

Il se contenta de secouer la tête.

« Père, s'écria-t-elle, je sais ! Plus je réfléchissais, plus je sentais grandir ma certitude. C'était une affaire de logique. »

Son père avait un regard lointain et quelque peu perdu.

« Mauvaise raison, Arcadia, mauvaise raison. Il faut se méfier des intuitions lorsqu'il s'agit de la Seconde Fondation. Tu comprends ce que je veux dire, n'est-ce pas ? On peut mettre cela sur le compte d'une intuition personnelle, mais aussi l'attribuer à une suggestion imposée !

— Une suggestion imposée ? Tu veux dire qu'ils auraient établi leur emprise sur mon esprit ? Oh ! non, non, ils ne le pouvaient pas. (Elle s'écartait instinctivement de lui.) Anthor n'a-t-il pas déclaré que j'avais raison ? Il a embrassé ma thèse. Depuis A jusqu'à Z. Et c'est bien ici, sur Terminus, que tu as démasqué toute la bande, n'est-ce pas ? (Elle haletait légèrement.)

— Je sais... mais, ma petite Arcadia, me permettrais-tu de faire l'analyse encéphalographique de ton cerveau ? »

Elle secoua violemment la tête.

« Non, non, j'ai trop peur !

— Tu as peur de moi, Arcadia ? Tu n'as rien à craindre. Mais il faut que nous sachions la vérité. Tu le comprends, n'est-ce pas ? »

Après cela, elle ne l'interrompit qu'une seule fois. Elle s'accrocha à son bras avant que le dernier contact fût coupé.

« Et qu'adviendra-t-il si je suis influencée, père ? Quelle conduite devras-tu adopter ?

— Je ne changerai rien à ma conduite. Si tu es devenue

différente, nous partirons. Nous retournerons sur Trantor,
toi et moi... et nous nous laverons désormais les mains de
ce qui se passe dans la Galaxie. »

Jamais, dans l'existence de Darell, une analyse n'avait
duré aussi longtemps, ne lui avait autant coûté, et lorsque
tout fut terminé, Arcadia se recroquevilla sur la couchette
et n'osa pas regarder les épreuves. Puis elle l'entendit éclater
de rire et elle n'eut pas besoin d'autres explications pour
comprendre. Elle se leva d'un bond et se blottit dans ses
bras largement ouverts.

Il ne cessait de parler follement, tout en répondant avec
emportement aux embrassades de sa fille.

« J'ai porté au maximum l'intensité de la station de
brouillage mental qui équipe la maison et ton schéma psychique est normal. Nous les avons réellement capturés dans
nos filets et nous pouvons recommencer à vivre.

— Père, souffla-t-elle, pouvons-nous maintenant leur
permettre de nous décerner des médailles ?

— Comment as-tu découvert que j'ai demandé à être
relevé de mes fonctions ? (Il la tint un moment à bout de
bras, puis se remit à rire.) Peu importe ; tu sais tout. Très
bien, tu pourras recevoir ta médaille sur un podium, avec
des discours et tout et tout.

— Père...

— Oui ?...

— Pourrais-tu m'appeler Arkady à partir d'aujour-
d'hui ?

— Mais... entendu, Arkady. »

Lentement, l'immensité de la victoire pénétrait l'esprit de
Darell jusqu'à saturation. La Fondation, la Première Fondation — maintenant la seule et unique — était maîtresse
absolue de la Galaxie. Nul obstacle ne se dressait plus
désormais entre eux et le Second Empire, ce suprême
accomplissement du Plan Seldon.

Ils n'avaient plus qu'à tendre la main...

Grâce à...

XVI

Une pièce secrète dans un monde ignoré !

Et un homme dont le plan s'était réalisé.

Le Premier Orateur tourna son regard vers l'étudiant.

« Cinquante hommes et femmes, dit-il. Cinquante martyrs ! Ils savaient qu'ils risquaient la mort ou l'emprisonnement à vie, et ils ne pouvaient même pas être orientés pour prévenir toute faiblesse — puisque cette orientation aurait pu être détectée. Et pourtant, ils n'ont pas faibli. Ils ont mené le plan à son terme, par amour du Plan principal.

— Aurait-on pu réduire leur nombre ? » demanda l'étudiant d'un air peu convaincu.

Le Premier Orateur secoua lentement la tête.

« C'était le strict minimum. Au-dessus de ce nombre, il leur eût été impossible d'entraîner la conviction. Une parfaite objectivité eût exigé un nombre de soixante-quinze, pour tenir compte de la marge d'erreur. Mais peu importe. Avez-vous étudié le déroulement de l'action tel qu'il a été élaboré par le Conseil des Orateurs, voilà quinze ans ?

— Oui, Orateur.

— Et vous l'avez comparé aux développements actuels ?

— Oui, Orateur. » Puis après une pause : « Je suis absolument confondu, Orateur.

— Je sais. Votre étonnement ne me surprend pas. Si vous saviez combien d'hommes ont travaillé pendant des mois — des années, en fait — pour donner à l'œuvre le fini de la perfection, vous seriez moins stupéfait. Maintenant expli-

quez-moi — en paroles — ce qui s'est passé. Je désire que
vous traduisiez cela du langage mathématique.

— Oui, Orateur. (Le jeune homme ordonna ses idées.) Il
était primordial de persuader les hommes de la Première
Fondation qu'ils avaient démasqué et *détruit* la Seconde
Fondation. De cette façon, ils recouvreraient leur initiative
originelle. A tous points de vue, Terminus perdrait la
notion de son existence et ne nous ferait plus intervenir
dans aucun de ses calculs. Une fois de plus, nous avons
replongé dans la nuit — au prix de la perte de cinquante
hommes.

— Et le rôle de la guerre kalganienne ? Quel était-il ?

— De démontrer à la Fondation qu'elle était capable de
vaincre un ennemi physique — d'effacer les dommages
causés à son amour-propre et à sa confiance en soi par le
Mulet.

— Votre analyse est incomplète sur ce point. Souvenez-
vous : la population de Terminus nous considérait avec une
nette ambiguïté. D'autre part, elle haïssait et jalousait
notre supériorité présumée ; et d'autre part, elle s'appuyait
implicitement sur nous pour sa protection. Si nous avions
été « détruits » avant la guerre kalganienne, la panique se
serait déclarée à travers la Fondation. Ils n'auraient jamais
eu le courage suffisant pour résister à Stettin lorsqu'il aurait
déclenché son attaque ; ce qu'il n'aurait pas manqué de
faire. C'est seulement dans les transports de la victoire que
cette « destruction » pouvait avoir lieu avec le minimum
d'inconvénients. Un délai consécutif d'un an eût provoqué
un trop grand refroidissement de cet enthousiasme qui était
notre plus sûr garant de succès. »

L'étudiant hocha la tête.

« Je vois. Ainsi l'Histoire va reprendre son cours, sans
dévier, dans la direction indiquée par le Plan.

— A moins d'incidents imprévus de caractère individuel,
fit remarquer le Premier Orateur.

— Et pour y parer, dit l'étudiant, *nous* sommes toujours
là. Pourtant... Un aspect de la situation présente m'inquiète,
Orateur. La Première Fondation conserve ce dispositif que
l'on appelle « station de brouillage mental » — et qui
constitue une arme redoutable dirigée contre nous. C'est un
fait nouveau.

— Votre remarque est pertinente. Mais, faute d'adversaires, cet artifice devient sans objet ; de même que, privée

de l'aiguillon de la menace que faisait peser sur eux notre influence, l'analyse encéphalographique deviendra une science stérile. D'autres variantes de la connaissance leur apporteront des résultats plus tangibles et plus immédiats. Si bien que la première génération des spécialistes de la science psychique sera aussi la dernière, et, dans un siècle, la station de brouillage mental ne sera plus qu'un souvenir enseveli dans des archives poussiéreuses.

— Eh bien, dit l'étudiant, après avoir examiné mentalement la situation, je suppose que vous avez raison.

— Mais le point sur lequel je désire surtout attirer votre attention, jeune homme, pour le plus grand bien de votre avenir au sein du Conseil, c'est l'importance que nous avons accordée aux infimes interférences qui ont affecté notre plan au cours des quinze dernières années, en raison du fait que nous devons tenir compte des réactions individuelles. C'est ainsi que Pelleas Anthor devait attirer les soupçons sur sa personne de manière telle qu'ils viendraient à maturité au moment approprié. Mais cela, c'était relativement simple.

« Nous devions également manipuler l'atmosphère régnant sur Terminus, de telle manière que nul ne soit averti prématurément que Terminus pourrait bien être le centre cherché. Cette notion devait être instillée à la jeune Arcadia dont seul son père ensuite aurait la garde. Par la suite, il a fallu l'expédier sur Trantor pour prévenir tout contact prématuré entre le père et l'enfant. Ces deux êtres constituaient les deux pôles opposés d'un moteur hyperatomique, dont aucun ne réagissait sur l'autre. Il fallait actionner le commutateur — provoquer le contact — rigoureusement au moment prévu. J'y ai pourvu !

« Et la bataille finale devait être convenablement menée. Les équipages de la flotte de la Fondation virent leur moral exalté, cependant que ceux de Kalgan étaient conditionnés pour la défaite. J'y ai pourvu également !

— Il me semble, Orateur, que vous, que nous tous, comptions sur le fait que le Dr Darell ne soupçonnait pas Arcadia d'être notre instrument. Si j'en crois la vérification à laquelle je me suis livré sur nos calculs, il y avait trente chances sur cent qu'il soupçonnât la vérité. Que se serait-il passé dans ce cas ?

— Nous avions prévu cette éventualité. Que vous a-t-on enseigné sur le conditionnement des plateaux ? En quoi

consiste-t-il ? Certainement pas en l'introduction d'un indice
permettant de mettre en évidence une déformation émotionnelle. On peut procéder à cette opération sans qu'il soit
possible de la détecter par la plus fine des analyses encépha-
lographiques. C'est la conséquence du théorème de Loffet,
comme vous le savez. C'est le prélèvement, la suppression
d'une tendance émotionnelle précédente qui seule est apparente. Qui doit obligatoirement apparaître.

« Et, bien entendu, Anthor fit en sorte que Darell fût
informé du conditionnement des plateaux.

« Cependant, à quel moment peut-on conditionner un
individu sans que la chose soit visible ? Lorsqu'il n'existe
aucune tendance préalable qu'il soit nécessaire d'extirper.
En d'autres termes, lorsque l'individu est un enfant nouveau-né dont le cerveau est encore une cire vierge. Il y a
quinze ans, Arcadia était précisément un nouveau-né, ici
même sur Trantor, à l'époque où nous posions la première
pierre du Plan. Elle ignorera toujours qu'elle a été conditionnée et ne s'en trouvera que mieux, puisque ce conditionnement impliquait le développement d'une personnalité
précoce et intelligente. »

Le Premier Orateur eut un rire bref.

« En un certain sens, c'est le côté paradoxal de toute
l'affaire qui est le plus stupéfiant. Pendant quatre cents ans,
tant d'hommes ont été obnubilés par cette phrase de Seldon : « L'autre bout de la Galaxie. » Ils ont concentré leur
appareillage de sciences physiques sur le problème, mesu-
rant « l'autre bout » avec règles à calculer et rapporteurs,
pour aboutir en un point situé à cent quatre-vingts degrés
sur le périmètre de la Galaxie, ou revenir à leur point de
départ.

« Cependant le plus grand danger que nous encourions
résidait dans le fait qu'il existait une solution possible,
basée sur la manière de penser en termes de physique. La
Galaxie n'est en aucune manière un objet ovoïde de forme
lenticulaire ; sa circonférence ne constitue pas davantage un
circuit fermé. Il s'agit, en réalité, d'une double spirale, dont
les quatre-vingt pour cent des planètes habitées se rouvent
sur le bras principal. Terminus se trouve à la pointe
extrême de cette spirale principale, et nous à l'autre. En
effet, quelle est l'extrémité opposée d'une spirale ? Son
centre, bien entendu...

« Mais ce n'est là qu'un détail sans importance. Une

solution accidentelle et fortuite. La véritable solution aurait pu être trouvée immédiatement si seulement les chercheurs avaient voulu se souvenir que Hari Seldon était un spécialiste en sociologie et non un physicien, et avaient ajusté leurs raisonnements en conséquence. Que pouvait signifier l'expression « bouts opposés » dans la bouche d'un sociologue ? Des points diamétralement opposés sur la carte ? Non, bien entendu. Ce serait là une interprétation purement mécanique.

« La Première Fondation se trouvait placée sur la périphérie, à l'endroit où l'Empire originel était le plus faible, où sa civilisation exerçait son influence avec le moins d'efficacité, où sa richesse et sa puissance étaient pratiquement absentes. Et quelle est, *socialement parlant, l'extrémité opposée de la Galaxie* ? Evidemment l'endroit où l'Empire originel était le plus puissant, où sa richesse et sa culture étaient le plus fortement représentées.

« Ici ! En plein centre ! Sur Trantor, métropole de l'Empire à l'époque de Seldon.

« Il ne pouvait en être autrement. Hari Seldon avait laissé derrière lui la Seconde Fondaion avec mission de maintenir, d'améliorer, de développer son œuvre.

« Le fait a été connu, ou du moins supposé, depuis cinquante ans. Mais en quel lieu pouvait-on le mieux réaliser ce programme ? Sur Trantor, où le groupe de Seldon avait travaillé et où s'étaient accumulés les documents recueillis au cours des décennies. Et c'était le rôle de la Seconde Fondation de protéger le Plan contre les ennemis. Cela, on le savait également ! Et où se trouvait la source des plus grands dangers qui menaçaient Terminus et le Plan ?

« Ici, toujours ici, sur Trantor, où l'Empire, quoique agonisant, aurait pu, pendant trois siècles, détruire encore la Fondation, s'il avait pu s'y décider.

« Puis, après la chute, la mise à sac et la destruction totale de Trantor, il y a de cela à peine un siècle, nous avons pu naturellement protéger notre quartier général et, sur toute la planète, la bibliothèque impériale et les territoires attenants demeurèrent indemnes. Le fait était bien connu de toute la Galaxie, et cependant cet indice hautement révélateur passa inaperçu.

« C'est ici même, sur Trantor, qu'Ebling Mis nous avait découverts ; et c'est encore ici que nous fîmes en sorte qu'il ne survécût pas à cette découverte. Pour ce faire, nous avons dû nous arranger de telle sorte que les pouvoirs extraordinaires du Mulet fussent annihilés par une fille normale issue de la Fondation. Sans doute un aussi phénoménal exploit n'aurait-il pas manqué d'attirer les soupçons sur la planète dont il aurait été le théâtre ! C'est ici que nous avons pour la première fois étudié le Mulet et échafaudé les plans qui devaient provoquer sa défaite finale. C'est ici que naquit Arcadia, et que s'amorça la chaîne des événements qui allaient déterminer le grand retour du Plan Seldon.

« Et tous ces défauts de notre cuirasse — ces trous béants — passèrent inaperçus, parce que Seldon avait parlé à sa façon de « l'autre extrémité » et qu'ils avaient interprété cette expression à leur manière. »

Il y avait longtemps que le Premier Orateur avait cessé de s'adresser à l'étudiant. Il faisait un exposé pour son propre compte, en vérité, debout devant la fenêtre, contemplant l'incroyable luminescence du firmament ; la colossale Galaxie qui avait maintenant retrouvé pour toujours la sécurité.

« Hari Seldon appelait Trantor « Star's End », murmura-t-il. Et pourquoi n'aurait-il pas fait usage de cette image poétique ? L'univers entier obéissait autrefois aux directives venues de ce rocher ; toutes les routes des étoiles convergeaient sur lui. « Tous les chemins mènent à Trantor », dit le vieux proverbe, « et c'est là que finissent toutes les étoiles ».

Dix mois plus tôt, le Premier Orateur avait contemplé avec une certaine méfiance ces mêmes masses d'étoiles — nulle part aussi denses qu'au centre de ce gigantesque amas de matière que l'Homme appelle la Galaxie. Mais à présent, on lisait une sombre satisfaction sur le visage rond et rougeaud de Preem Palver — le Premier Orateur.

Cet ouvrage reproduit par procédé photomécanique
a été achevé d'imprimer en octobre 1990
par l'Imprimerie Bussière à Saint-Amand (Cher)

— N° d'édit. 3314. — N° d'imp. 3039. —
Dépôt légal : octobre 1990.

3314   *Imprimé en France*